팬데믹 그리고 생태의 귀환

강과 사람

우리의 삶을 에둘러 흐르는 사람과 강의 이야기

강과 사람

팬데믹 그리고 생태의 귀환

(사)한강생명포럼

Contents

3부 특집 하천의 생태적 연속성과 복원 경제 -해외의 사례들 3

4부 특집 생태와 생명의 존엄을 지키자 4

강

권미강

마음의 눈으로 보면 안다
강이 아래로 아래로 흐르는 것은
강줄기 따라 사는 뭇 생명 눈물 받아서
바다로 흘려보낸다는 것을
강줄기 어디, 물버드나무에 깃든
새들과 개구리와 수달과 플랑크톤까지
기쁘고 슬퍼서 흐르는 눈물들
모아모아 바다로 흘려보내는 것이다
바다가 짠 이유도 거기에 있다
강은 어머니처럼 받아준다
천렵의 발길이 간지러웠던 기억도

살 깎아내고 시멘트길 만드는 땀까지도 강은
몸으로 몸으로 받아내 바다까지 실어낸다
강은 어느 것에게도 자신을 드러내지 않는다
홀로 받아내 흐르고 흘러
바다에 닿을 때까지 아낌없이 흘려보낸다

권미강

충남 서천 한산 출생. 한국작가회의 회원. 잡지『시에』에서 에세이부문 신인상 수상. 시집『소리다방』등을 냄.

권두언

팬데믹, 그리고 생태의 귀환

지난해 말 중국 우한에서 발생한 신종 코로나바이러스가 전 지구를 강타했다. 그 파괴력은 2003년의 사스, 2015년의 메르스보다도 훨씬 더 큰 것으로 드러나고 있다. 11월 말 현재 전 세계의 총 확진자 수는 6,040만 명, 사망자 수는 142만 명. 곳곳에서 최상위 경보단계인 도시 봉쇄조치가 벌어지면서 전 지구적인 생산-공급사슬에도 단절사태가 발생했다. 제조업, 운송업, 서비스업이 마비되다시피 했고 나라마다 GDP, 상품교역량, 경제 성장률 등의 지표가 큰 폭으로 떨어졌다. 실업률이 치솟았고 공중보건의료시스템은 붕괴 상황 직전으로까지 몰렸다. 선진국에서든 후진국에서든, 남반구에서든 북반구에서든, 일상의 삶은 생계의 최저선에서부터 무너졌다. 이러는 사이 호주, 시베리아, 미국 서부는 계속 불타오르고 있었다. 미 전국합동화재센터(NIFC)에 따르면 9월 기준으로 미국 캘리포니아, 오레곤, 워싱턴 주에서만 대한민국 면적의 20%에 육박하는 땅이 잿더미로 화했다. 지난해 9월부터 올해 2월까지 호주 남부의 산불로 죽은 동물은 무려 30억 마리였다(WWF, "Australia's 2019-2020 Bushfires: The Wildlife Toll").

전문가들은 세 가지 점을 동일하게 지적한다 – 우선 신종 코로나바이러스 사태는 각종 기후재난이나 마찬가지로 야생동식물의 서식처인 자연 생태계에 대한 인간의 과도한 개입과 무분별한 개발로 인해 벌어진 것이다. 다음으로, 신종 바이러스는 늘 출현할 것이다. 다시 말해 코비드-19 같은 전 지구적 전염병(팬데믹)은 앞으로도 늘 있을 것이다. 마지막으로 이러한 지속적인 전 지구적 위기 사태에 직면한 인류가 지불해야 할 비용은 엄청날 것이다. 사회 안전망의 크고 작은 '공백'을 통해 사회 전체가 붕괴되는 사태가 벌어질 수도 있을 것이다.

1918년의 인플루엔자 대유행 이후 여섯 번째의 전 지구적 팬데믹이라고 알려진 코비드-19의 원인은 동물을 매개로 한 바이러스지만, 그 바이러스의 '출현'은 전적으로 인간 활동에 기인하고 있다. 이는 단지 이번 사태의 진원지로 지목되기도 했던 중국 후베이성 우한 바이러스연구소 하나만의 문제가 아니다. 심판대에 오른 것은 마치 돈과 상품의 수요-공급체계 그 바깥에는 아무것도 존재하지 않는다는 양 지구 생태계가 제공하는 자원들을 돌이킬 수 없는 방식으로 남용하고 파괴해온 자본주의적인 생산 활동과 경제시스템 '전체'다. 그런데 저 자연 생태계에는 60~80만 종 이상의 아직 알려지지 않은 바이러스가 존재한다고 한다. 포유류와 조류에만 170만여 종의 아직 알려지지 않은 바이러스가 있다고 한다. 문제의 '시스템 전체'가 바뀌지 않는 이상 이번 신종 코로나 사태 같은 대감염 사태는 '앞으로도 늘 발생할 것'이라는 예측은 지극히 논리적인 귀결이다.

'생물 다양성 및 생태계 서비스에 관한 정부 간 과학-정책 플랫폼(IPBES)'은 "토지 사용 방식의 변화, 농업의 확장과 증대, 지속불가능한 무역, 생산, 소비가 자연을 파괴하고 야생동물, 가축, 병원체, 사람 간의 접촉을 증가시켰으며 바로 이것이 계속 전염병을 불러왔다"고 지적하면서, 대응은 예방보다도 100배 이상의 비용을 요구하므로(전 세계적인 코비드-19 대응 비용은 지난 7월 기준으로 약 8~16조 달러에 이를 것으로 예상됐다) "생물 다양성의 손실을 유발하는 인간 활동을 줄이고, 보호 지역을 더 많이 보전하며, 생물 다양성이 높은 지역에 대한 지속불가능한 개발(exploitation)을 줄이는 조치를 통해 전염병 위험을 낮춰야 한다"고 제언한다(Daszak, P. et al., Oct. 2020, IPBES "Workshop Report on Biodiversity and Pandemics"). 지금 우리 모두가 처해 있는 상황은 '여섯 번째 종 대절멸'이 운위될 만큼 급박하다. 사막화(산림 파괴)와 과잉 소비로 인해 지난 50년간 지구상 야생동물의 숫자는 68%로 급감했다. 근 100만 종의 개체들이 멸종 직전에 와있고, 1억 헥타르가 넘는 열대우림이 사라졌다. 토지는 3/4이 성능 저하됐고 해양은 40% 이상이 오염됐다(WWF, "2020 Living Planet Report"). 습지는 1700년과 2000년을 비교했을 때 고작 13% 정도만이 남아있을 뿐이다. 특히 민물종의 급감은 충격적이어서, 지난 50년 동안 무려 84%가 감소했다. 유엔의 '새천년 지속가능 발전 목표' 연계망이 잘 보여주듯이, 생물 다양성의 이러한 붕괴는 인류 모두의 기본적인 생존·보건 활동을 매우 심각하게 제약한다.

사정이 이러한데도 그동안 수자원 공급과 관련된 정책에서 습지생태계 보호의 문제는 그리 중요하게 취급되지 않았다. 강은 그저 여느 도수로나 마찬가지인 물길이었을 뿐이고 습지는 '개발 안 된 채 비어 있어서 아까운' 면적이었을 뿐이다. 우후죽순 세운 댐, 제방, 저수지들은 오히려 강의 자연적인 능력을 회복 불능 상태로 만들어버렸을 뿐이다. 그러나 하천과 습지의 건강성은 물의 지속가능한 '이용'을 위해 절대적으로 중요하다. 게다가 건강한 강이 주는 것은 단지 물만이 아니다. 건강한 강은 깨끗한 마실 물뿐만이 아니라 수많은 사람들을 먹여 살리는 고갈되지 않는 어족자원을 가진 자연 어장들도 주고, 영양분 풍부한 홍수터를 거느린 농경지들도 준다. 퇴적물을 실어 날라 바다를 살찌우는 하구를 주고, 다양한 생물 서식처들과 생물 다양성을 준다. 홍수, 가뭄 등의 자연재난으로부터 안전하게 지켜주고, 각종 대감염, 기후재난도 미리 예방할 수 있게 해준다. 우리가 '미리 예방'하지 못하면 그 때문에 치러야 할 사회적 비용이 예방할 때보다 '100배는 더 크다'는 그러한 재난들을 말이다. 생태계의 파탄은 곧 인간 경제의 파탄에 다름 아니다. 세계은행과 유엔대학이 내놓은 코비드-19 사태로 인한 전 지구 빈곤율 변동에 관한 조사 결과에 따르면, 코비드-19 이전과 비교했을 때 기준선 시나리오 상에서는 7,100만 명이, 하향 시나리오 상에서는 1억 명이 극심한 빈곤에 내몰리는 것으로 나타났다. 20%의 소득 또는 소비 감소라는 가장 극단적인 시나리오 상에서는 빈곤으로 내몰린 인구는 2018년의 공식 기록 숫자에 비해 4억2천만~5억8천만 명이 더 증가했다(UN-WIDER, 8 Apr. 2020, "Estimates of the impact of COVID-19 on global poverty"; WB, "June 2020 Global Economic Prospects"). 빈부 격차와 부국, 빈곤국 간 격차는 더더욱 극심해질 것이다. 국가 예산은 마땅히 사회 안전망을 강화하는 동시에 "기후-회복적이고, 저탄소적이며, 디지털화된 경제로의 전환을 가속화함으로써 미래를 위한 기초를 놓는 일"에 집중 투입되어야 한다("IMF chief: Covid will widen inequality without global action", [The Independent] Sep. 29, 2020).

그래서 이번 호의 주제는 "팬데믹, 그리고 생태의 귀환"이다. 1부, 2부에서는 현 환경 정책 몇 가지의 문제점을 비판적으로 짚어보고 '4대강 재자연화'가 자꾸 지체되고 있는 이유를 따져본다. 해외 사례 탐구 부분인 3부에서는 '복원 경제'를 소개한다. 4부에서는 생태와 생명의 존엄에 관해 돌아볼 수 있는 산문들을 싣는다.

아무쪼록 이번 호가 전 인류의 생존에 절대적으로 필요한 생태계의 능력과 가치들을 독자들에게 다시 한 번 일깨우는 경험으로 다가갈 수 있기를 바란다.

1

1부 특집

전 지구적 위기 속의 환경 정책

지속가능한 사회를 위한 새로운 사회 협약

환경영향평가자의 독립성 확보를 위한 환경영향평가법 개정 방안

환경영향평가의 문제점—'대장들녘 개발' 문제를 중심으로

지속가능한 사회를 위한 새로운 사회 협약

강은주

(사)생태지평 연구기획실장

한국 사회에 하나의 유령이 떠돌고 있다. '그린뉴딜'이라는 유령이

한국에서 '그린뉴딜'이라는 단어를 마주한 것은 2020년이 처음이 아니다. 이미 2005년부터 간간히 해외의 기후변화 대응이나 새로운 성장 동력 정책을 소개하는 기사에 등장해왔다. '그린뉴딜'의 경우 2005년부터 기후변화와 경제위기 앞에서 외국은 어떤 정책을 고민하는지 소개하는 차원에서 언론에 등장했다. 당시 〈한겨레〉 기사[1]가 대표적이다. "금융·연료·식량위기는 루즈벨트와 같은 혁신적인 접근이 필요하다"는 반기문 UN사무총장의 발언은 물론 고든 브라운(Gordon Brown) 영국 총리와 버락 오바마(Barack Obama) 당시 미국 민주당 대선 후보의 기후위기 대응을 위한 청정에너지 투자와 일자리 창출 계획들을 소개했다. 물론 당시에는 그린뉴딜이라는 단어보다 녹색성장,

1) "'그린뉴딜' 지구경제 불켜다오". 한겨레. 2008-10-30.

녹색뉴딜이라는 단어가 더 자주 등장했다. 그린뉴딜은 해외 사례를 소개할 때 등장한 단어였다. 미국과 유럽의 많은 나라들이 금융위기와 환경문제에 대한 대응의 차원에서 세운 정책 패키지를 일컫는 언어로 그린이코노미나 그린뉴딜이 등장한 것이다. 한국의 녹색성장은 2008년 이명박 정부의 출범과 함께 본격적으로 우리 사회 전반의 화두이자 논란의 중심에 등장했다.

먼저 녹색성장은 얼마나 자주 등장했으며, 어떻게 사용되었는가. 언론 기사에 관한 통계를 제공하는 한국언론진흥재단의 빅카인즈(kinds.or.kr)에서 '녹색성장'을 키워드로 검색하면[2] 〈그림 1〉와 같은 키워드 트렌드를 볼 수 있다. 2001년 지역 언론에 '녹색성장의 중심도시'와 같은 단어가 등장하긴 하지만 본격적으로 언론에 '녹색성장'이 등장한 것은 2005년(17건)이라고 할 수 있다. 당시 한국조세연구원의 보도 자료를 받아쓴 기사가 대부분인데, 주요 내용은 "환경적으로 지속가능한 경제 성장을 의미하는 이른바 '녹색성장' 가능성에서 우리나라가 경제협력개발기구(OECD) 가입 국가 중 평균치 이하인 18위에 머물고 있다는 분석"이었는데, 주요 내용은 김승래 한국조세연구원 전문연구위원의 '녹색성장을 위한 최적의 조세·예산 개혁방안' 연구 논문에 기반한 것이었다.[3] 하지만 이러한 보도 경향을 한국에서 본격적 녹색성장 담론의 시작이나 확신이라고 보기는 어렵다. 2007년에 보도된 11건의 언론 기사 역시 '녹색성장을 통한 명품도시' 등의 보도 자료를 기반으로 작성된 것이라 유의미한 사회적 논의라고 보기는 어렵다. 다만 한국 경제가 한승수 유엔 기후변화 특사의 말을 빌려 '지구 온난화의 위기를 녹색성장의 기회로 바꾸는 데 기업의 역할이 중요'하며, '기업들의 새로운 비즈니스 모델과 금융 메커

2) 1990년 이후 언론 기사를 대상으로 중앙지.경제지.지역종합지.방송사.전문지 등 총 54개 언론사의 기사 검색
3) "아직 먼 '녹색성장'/친환경 경제 성장 가능성 한국 OECD 평균 밑돌아". 한겨레. 2005-11-09.

니즘의 필요'성을 강조하는 보도가 있다.[4]

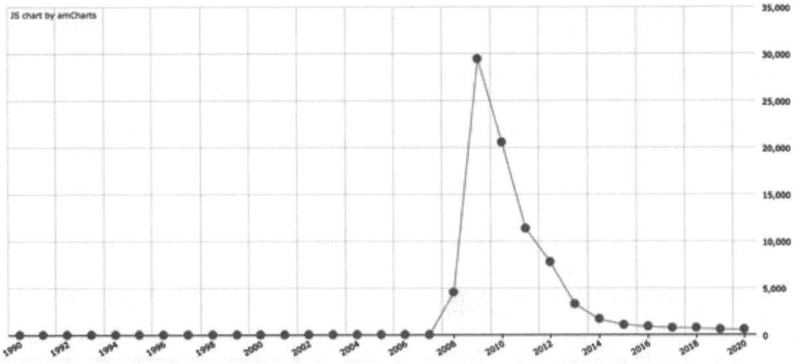

그림 1. 1990년~2020년(9월) '녹색성장' 관련 언론 기사 키워드 트렌드(자료: kinds.or.kr 검색)

이후 '녹색성장'에 대한 언론 보도가 폭증한 것은 2008년으로 총 4,532건이다. 2009년에는 29,450건으로 증가한다. 당시 이명박 대통령은 2008년 7월 G8 정상회의에서 '지구 온난화 대비를 위한 새로운 에너지 및 경제 체제'에 대한 국제사회 노력을 강조하였고, 2008년 8월 15일 '815 경축사'에서 '저탄소 녹색성장'을 발표하였다. 이어 2010년 1월에는 '저탄소 녹색성장 기본법'이 제정된다.[5] 2008년 '8.15광복 63년 건국 60년 경축식'에서 발표한 '저탄소 녹색성장'의 비전을 살펴보자. '녹색성장은 한강의 기적에 이어 한반도의 기적을 만들 미래 전략'이라 말하면서 "녹색성장은 온실가스와 환경오염을 줄이는 지속가능한 성장으로 신성장동력과 일자리를 창출하는 신국가발전 패러다임"이며 "녹색기술은 좋은 일자리를 만들어 일자리 없는 성장의 문제를 치유할 것"이라고 밝혔다. 저탄소 녹색성장이라는 정부의 정책 기조는 4대강 사업, 원자력 발전소 수출, 대규모 SOC사업과 함께 사회적 갈등의 중심이 되

4) "지구온난화 위기 녹색성장 기회로". 서울경제, 2007-07-18.

5) 시행은 2010. 4. 14

었다. 그리고 이명박 정부의 임기 마감과 함께 녹색성장이라는 단어는 신문에서 사라졌다.

그렇다면 지금 우리가 마주하고 있는 '그린뉴딜'은 어떨까. 동일한 조건으로 '그린뉴딜' 관련 언론 보도를 검색하면 〈그림 2〉와 같은 키워드 트렌드를 확인할 수 있다. 처음 '그린뉴딜'이라는 단어를 사용하여 기사가 등장한 것은 2008년(39건)이다. 2009년에 203건으로 증가하였다가 점차 감소 추세를 보인다. 앞서 언급한 바와 같이 '녹색성장'과 달리 '그린뉴딜'은 통용되는 담론이라기보다 해외 사례 소개를 다룬 기사에서 발견되는 용어였다. 이런 기사는 한국에서 2009년에 203건으로 증가하였다가 점차 감소 추세를 보인다. 그리고 다시 언론에 집중적으로 등장한 것은 2019년 144건이며, 2020년 9월 말 현재 6,078건으로 폭증한다.[6]

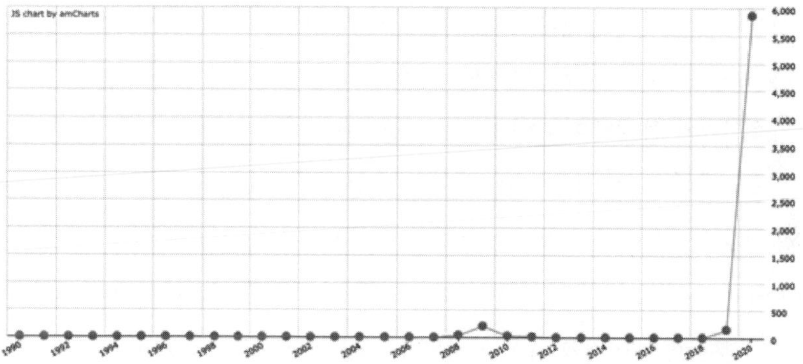

그림 2 1990년~2020년(9월) '그린뉴딜' 관련 언론 기사 키워드 트렌드(자료: kinds.or.kr 검색)

문재인 정부의 '그린뉴딜'은 2020년 5월에 집중적으로 보도된다. 5월 8일에는 이낙연 당시 총리가 '한국판 뉴딜의 성공을 통해 경제 활력 창출에 기여'

6) 검색일. 2020-09-23.

하겠다는 언급과 함께 주요 추진 과제로 "사회 안전망 확충과 노동조건 개선 등 포용성장, 에너지 전환과 기후변화에 대응하는 그린뉴딜, 코로나 사태로 중요성과 가능성이 커진 바이오.헬스산업 강화 등"이라고 제시했다.[7] 이어 5월 13일, 대통령은 '그린뉴딜' 사업과 관련한 4개 부처(환경부, 산업통상자원부, 중소벤처기업부, 국토교통부)의 합동 서면 보고를 요청했으며,[8] 5월 20일에는 "한국판 뉴딜"에 '그린뉴딜'이 포함될 것을 지시했다는 내용이 보도된다.[9] 대통령의 메시지에는 "그린뉴딜은 그 자체로 많은 일자리를 만들 수 있다"며 "국제사회도 한국의 역할을 적극적으로 원하고 있다"는 내용이 포함되었다.[10] 그리고 7월 14일, 대통령이 직접 '한국판 뉴딜'을 발표했다. 7월 14일 청와대 영빈관에서 '한국판 뉴딜 국민 보고대회'라는 이름으로 진행된 발표회에서 대통령의 주요 메시지에는 우선 "선도 국가로 도약하는 대한민국 대전환 선언", "탄소의존 경제에서 저탄소 경제로, 불평등 사회에서 포용 사회로"라는 단어가 담겼다. 물론 이는 그린뉴딜에만 국한되는 것이 아니라 디지털뉴딜과 휴먼뉴딜을 포함하는 계획에 대한 설명이다. 그린뉴딜로 좁히면 "기후위기에 선제적으로 대응하기 위한 사업으로 미세먼지 등을 해결해 삶의 질을 높여줄 뿐 아니라 강화되는 국제 환경규제 속에서 우리의 산업경쟁력을 높여주고 녹색산업 성장으로 대규모 일자리를 창출할 수 있을 것으로 기대한다"고 밝혔다. 주요 내용으로는 도시.공간.생활 인프라의 녹색전환, 저탄소 . 분산형 에너지를 위한 신재생에너지와 수소차.전기차 보급.스마트 그린 산단 등이 포함되었다.

---

7) "이낙연 '한국판 뉴딜 성공시키며 경제 활력 창출 기여하겠다'". 연합뉴스. 2020-05-08.

8) "문 대통령, '그린뉴딜' 부처 합동 보고 받기로". 연합뉴스. 2020-05-13.

9) "문 대통령 '한국판 뉴딜에 그린뉴딜 포함'". 연합뉴스. 2020-05-20.

10) 상동

그린뉴딜은 이제 새로운 한국 사회의 논의의 중심이 되고 있다. 한국판 뉴딜 안에 포함된 세 가지 축 중 그린뉴딜이 가장 큰 논의와 토론이 이루어지고 있다 해도 과언이 아니다. 그린뉴딜 관련 국회의원 연구 모임만 21대 국회에 3개다. 어떤 그린뉴딜이어야 하는가에 대한 이야기도 시민 사회를 중심으로 활발하게 이뤄지고 있다. 2020년 우리는 하루가 멀다 하고 쏟아지는 '그린뉴딜' 기사를 보고 있다. 사설과 칼럼도 넘쳐난다. 평가와 비판, 찬성과 반대가 뒤섞여 있다. 하지만 모두가 같은 단어를 말하고 있지만 모두가 다른 의미로 말하고 있다. 그리고 가장 중요한 것은 그것이 무엇인지 정확히 모르겠다는 것이다. 녹색성장과는 무엇이 다르고, 창조경제와는 어떻게 다른 것인가. 휴먼뉴딜과 디지털뉴딜과의 관계는 무엇인가. 과연 2020년의 기후위기와 경제위기를 돌파할 새로운 이정표가 될 수 있는가.

뉴딜

미국에서 시작된 '뉴딜'이라는 단어는 우선 그 시작이 정치의 언어였음을 기억하자. 모두가 알고 있다시피 뉴딜은 미국 루즈벨트 대통령과 붙어 다니는 단어다. 포털에서 '뉴딜'을 검색하면 "미국 제32대 대통령 F. D. 루스벨트의 지도 아래 대공황(大恐慌) 극복을 위하여 추진하였던 제반 정책"이라고 언급되어 있다. 이러한 정의와 별개로 뉴딜이라는 단어 그 자체의 의미를 찾는다면 '새로운 협약' 혹은 '새로운 거래' 정도가 될 것이다. 그렇다면 대공황이라는 경제위기를 해결하기 위한 제반의 국가 정책에 왜 '거래'나 '협약'이라는 단어가 붙었는가. 미국 사회가 뉴딜을 추진했던 과정을 살펴보자.

1929년 10월 24일, 뉴욕 주식시장의 주가는 대폭락했다. 경제 불황과 물가 폭락이 이어졌고, 1,300만 명가량의 실업자를 양산했다. 1932년을 기준으로 미국의 GNP는 1929년의 56%까지 하락했다. 1932년 미국 대통령 선거 당시 민주당 후보는 뉴욕 주지사였던 프랭클린 D. 루즈벨트(Franklin D. Roosevelt)였다. 후보가 된 그는 대공황 극복을 위해 "잊혀진 사람들을 위한 뉴딜(New Deal for the Forgotten)"을 언급했다. 1933년 3월 루즈벨트의 임기가 시작되면서 다양한 법안들이 통과되었다. 첫째는 은행을 구출하기 위한 '긴급은행법'이었으며, 농산물 가격 안정과 농업 구제를 위한 '농업조정법', 그 다음이 '전국산업부흥법(National Industrial Recovery Act, NIRA)'이었다. 이법을 통해 공공사업부(Public Works Administration, WPA)와 국가부흥부(National Recovery Administration, NRA)가 설립되었다. 이 중에 뉴딜의 상징이 된 것이 바로 '전국산업부흥법'이다. 이 법에서 바로 노동자의 단결권과 단체교섭권을 명시했다.

1935년 7월, 일명 '와그너 법'[11]이라 불리는 전국노동관계법(National Labor Relations Act)을 통해 단결권과 단체교섭권을 보장하고, 사회보장법(Social Security Act)도 통과시켰다. 현재까지도 미국 사회 안전망의 근간이 되고 있는 이 사회보장법에는 연금, 노인 지원, 실업보험, 미혼모 지원과 같은 사회안전망을 구축했다. 이를 위해 부유세 성격을 갖는 세제(Wealth Tax Act)도 도입했다. 소득세를 79%까지 인상한 것이다. 1936년에는 사내유보금에 대

11) 이 법안을 이끈 로버트 와그너(Robert Wagner)의 이름에서 차용. 뉴욕 주의회 의원으로 정치를 시작했던 루즈벨트는 뉴욕이 배태한 혁신주의 시대의 산물이라 평가받기도 한다(김진희, 2011). 로버트 와그너(Robert Wagner)와 루즈벨트 행정부에서 여성 출신 첫 노동부 장관을 역임했던 프랜시스 퍼킨스(Francis Perkins) 역시 뉴욕 상원의원 출신이었다. 이들은 산업화가 낳은 빈곤, 실업과 같은 노동 문제를 국가가 적극적으로 개입해 해결해야 한다고 생각했고, 복지와 사회 안전망에 대한 국가의 역할, 자본에 대한 규제를 중요하게 생각했다.

한 과세도 시작했다. 우리가 흔히 알고 있는 대규모 공공 투자와 비숙련 노동 일자리 창출도 당연히 있었다. '테네시강 유역 개발공사(Tennessee Valley Authority)'의 설립으로 대규모 공공사업이 진행되었고, WPA는 실업률을 올리기 위해 지방 정부와 연계해 병원, 공원, 다리 등의 인프라 사업을 진행했다. 하지만 이것이 전부는 아니다. 미술, 공연, 음악 등의 예술 사업 투자를 통해 예술가 지원도 있었다.

만약 루즈벨트의 정책이 대규모 공공사업과 공공 투자를 통한 일자리 창출과 실업자 구제에 국한되어 있었다면 정책의 이름은 '뉴딜'이 아니라 '국가부흥(National Industrial Recovery)' 정도로 남았을 것이다. 전국노사관계법에 대통령이 서명한 직후, 당시 전미 노조연맹(American Federation of Labor, AFL)의 윌리엄 그린(William Green) 위원장은 이 법을 '노동자의 권리장전'이라 불렀다.[12] 대공황이라는 위기 앞에서 당시 미국 사회가 고민했던 것은 국가의 재정을 통해 일자리를 지원하고, 사회 취약계층을 보호하는 것이 핵심이었다. 즉, 당시 미국 사회의 '뉴딜'은 시대적 상황과 요구에 맞춰 국가의 역할이 재정의되어야 하며 국가와 시민의 관계, 시민의 권리가 재정립되어야 한다는 것(김진희, 2011)이었다. 앞서 언급한 바와 같이 '뉴딜'은 정치의 언어에서 출발했고, 미국의 시민들은 그를 대통령으로 선택했다. 단순한 공공재정투자 사업이나 금본위제 포기나 보호무역과 같은 경제 정책의 언어가 아니었다. 시대의 모순과 위기를 진단하고 이를 극복하기 위한 이정표로서 '노동자' 혹은 '사회경제적 약자'와의 거대한 '거래', 산업화가 주는 풍요의 그늘을 줄이기 위한 노력, 새로운 시민계급과의 '협약'이자 '조직', 동시에 거대한 정치 전략이었다.

12) New York Times, July 1935.

전례 없는 위기와 정치적 선택

뉴딜은 현재의 경제사회적 위기를 극복하기 위한 정치인의 정책에서 출발했다. 그리고 유권자들은 그의 정책을 지지했고, 대통령으로 선출하면서 국가의 핵심 사업으로 진행되었다. 가장 큰 계기는 대공황과 그 이후의 경제사회적 위기였다. 1차 세계대전 후 미국은 경제적 번영과 안정이 지속되고 있는 것처럼 보였다. 하지만 과잉 생산과 실업자라는 자본주의의 그늘은 확장되고 있었다. 자본은 끊임없이 확장되고 집중되었지만 정부는 이들을 규제하거나 제어하는 데 관심이 없었다. 실물 경제는 과잉 생산으로 경기 하락을 맞이했고, 1929년 10월 24일의 검은 목요일과 10월 28일 검은 화요일에 미국 월스트리트의 주가가 폭락(the Wall Street Crash)했다. 당시 미국의 GDP는 60%가 증발했고, 이후 3년간 미국의 시가총액의 88% 이상이 사라졌다. 주가의 폭락은 경제 각 부분에 급속도로 파급되었다. 물가 폭락, 생산 축소, 기업 도산, 실업자 속출. 1933년에는 전 노동자의 30% 가량인 1,500만 명 이상이 실업자가 되었다. 미국발 공황은 유럽으로 확산되었다. 공업과 농업, 그리고 금융 부분으로 이어졌다. 불행하게도 이 공황은 제2차 세계대전까지 계속되었다. 공황이 가져온 위기는 실물 경제의 악화나 실업자 양산을 넘어 사회 전반에 악영향을 주었다. 번영과 풍요의 약속이었던 시장 경제에 대한 회의, 삶의 질 악화는 인종 차별을 비롯한 다양한 사회적 갈등의 기폭제가 되었다. 독일이 가장 극단적 사례였다. 바이마르 공화국은 1차 대전 이후 초인플레이션에서 간신히 회복 중이었지만 미국에서 시작되어 유럽으로 번져가던 공황을 피하지 못했다. 회복세의 경기는 붕괴 직전에 이르렀을 때, 전폭적 지지를 받고 집권한 정당이 바로 '국가사회주의독일노동자당(Nationalsozialistische Deutsche Arbeiterpartei)'이었다. 우리가 흔히 '나치 정당'이라고 부르는 그 정당이다.

이후 2차 세계대전은 서유럽의 패권을 무너뜨렸고, 공황에 대한 타격이 적었던 구소련은 안정적 계획 경제를 운영했던 소련과 미국은 전후 세계 질서의 중심으로 자리 잡으면서 냉전시대를 불러왔다.

종종 우리는 역사에서 배워야 한다고 말하지만 역사의 맥락은 지운 채 단어만 가져온다. 뉴딜은 폭락한 주가, 과잉 생산, 소비 위축, 실업자 양산, 그리고 사회적 불안의 증가라는 위기에 대한 정치인과 유권자들의 '정치적 선택'에서 출발했다. 전후 미국 사회가 누려온 번영이나 풍요가 사실은 얼마나 거품이었는지를 깨닫는 과정이었으며, 브레이크 없는 자본의 투자가 삶을 얼마나 위태롭게 만들 수 있는지 알아야 했던 고통스러운 과정이었다. 당시 미국의 정치적 선택은 국가가 국민들의 삶을 적극적으로 보호하지 않으면 안 된다는 것, 사회적 안전망을 갖추는 것이 중요하다는 것, 시장과 자본에 대한 국가의 개입이 필요하다는 것은 물론 시민들이 자신을 보호할 수 있는 권리를 부여하는 것이 얼마나 중요한가를 깨닫는 과정이었다.

한국의 그린뉴딜을 되새겨보자. 분명 과거와는 다른 삶의 방식, 다른 정책, 다른 예산이 필요하다는 것을 공감하고 있다. 대규모 감염병과 경제위기, 다음을 기약할 수 없는 새로운 세대의 불안, 기후위기라는 지구적 공포. 지금 우리의 정치적 선택이 지속가능한 사회를 위한 용기 있는 선택이어야 한다는 것은 분명하다. 우리의 삶은 달라졌다. 2020년은 우리가 일상적이고 당연하다고 믿었던 것들이 어떤 상황에선 얼마나 쉽게 무너질 수 있는지도 깨닫고 있다. 하지만 한국판 뉴딜, 그린뉴딜은 이러한 고민을 얼마나 품고 있을까. 지금 우리가 당면한 위기 앞에서 최선의 선택인가. 기후위기와 불평등 속에서 공동체를 보호하기 위한 국가의 역할에 대한 새로운 고민, 과거 우리 사회가 추앙

해온 가치는 과연 앞으로도 유효한 것인지에 대한 반성에서 출발해야 하는 것 아닌가.

'한국판'이라는 수식어

많은 단어 앞에 '한국형' 혹은 '한국판'이라는 단어가 붙을 때 한번쯤 의심해볼 필요가 있다. 대체로 많은 단어들이 이러한 수식어의 무게에 눌려 본래의 뜻이나 오랜 시간 통용되어 왔던 단어의 정의가 눌려버리기 때문이다. 싱가포르의 리콴유는 '아시아적 특수성'를 말하며 보편성의 민주주의 정신을 긍정하지 않았으며, 북한은 '우리식' 사회주의를 말해왔다. 멀리 갈 것도 없이 한국에서는 박정희가 '한국식 민주주의'라는 말로 독재를 포장했다.

7월 14일 진행된 한국판 뉴딜 국민 보고회에서 가장 먼저 들었던 감정은 기시감이었다. 한국판 뉴딜의 핵심 중 하나는 '휴먼뉴딜'이다. 물론 이 휴먼뉴딜이라는 단어도 현 정부에서 처음으로 등장한 것이 아니다. 2009년 3월 23일 이명박 정부의 대통령 직속 미래기획위원회는 '중산층을 키우는 휴먼뉴딜' 추진을 선언했다. 당시 이명박 대통령은 "인적 자원 투자를 통해 위기 대항력을 키우고, 성장 잠재력을 높여 미래 중산층을 두텁게 하기 위한" 정책이라고 밝혔다(중앙일보, 2009.03.24.)[13]. 중산층의 탈락을 방지하고, 중산층으로의 진입을 촉진하기 위한 정부의 핵심 과제는 교육과 보육 비용을 줄일 수 있도록 하고, 1인 창업 등을 지원하는 내용이 다수 담겨 있다. 당시 미래기획위원회 곽승준 위원장은 "녹색뉴딜과 함께 휴먼뉴딜이 이명박 정부 국정 운영의 양

13) https://news.joins.com/article/3542287

대 축이 될 것"이라고 밝힌 바 있다. 물론 감세와 작은 정부라는 이명박 정부의 핵심 기조와는 정책적 정합성에서 맞는 것 같지 않지만 중요한 것은 '중산층 확대'라는 휴먼뉴딜은 이명박 정부의 언어였다.

한국판 뉴딜이라는 단어도 마찬가지다. 2004년 10월 노무현 당시 대통령은 국회 시정연설에서 '어려운 경제 상황을 극복하기 위해 뉴딜적 종합투자계획으로 경기를 활성화'시키겠다고 밝혔다. 이헌재 경제부총리가 내놓은 카드가 바로 한국형 뉴딜이라 이름 붙은 종합투자계획이었다.[14] 정부 예산은 물론 연기금 등의 자본을 활용해 사회간접자본(SOC)과 정보통신(IT) 부문에 쏟아붓겠다는 게 핵심 내용이었다. 학교·노인 복지시설 등 공공시설을 민간이 짓고 정부가 이를 임대해 쓰면서 민간이 투자금을 회수하게 하도록 했다. 총 10조원 규모였다. 시작도 하기 전에 시장 개혁이 아니라 재벌에 대한 특혜라는 비판이 쏟아졌고, 연기금 동원이라는 자금 조달에 대해 논란이 시작되었다. 그때도 미국 루즈벨트의 뉴딜이 가졌던 사회보장 정책이 빠졌다는 비판이 있었다. 또다시 토건경기 부양이라는 한계도 지적되었다.

디지털뉴딜은 다를까. 2013년 박근혜 정부는 '창조경제'라는 이름으로 디지털 중심의 성장(벤처·중소기업의 지원 및 글로벌 진출 강화, 과학기술과 ICT 혁신역량)을 말했다. 2014년 미래창조과학부가 밝힌 9대 전략 산업은 스마트 자동차, 5G 이동통신, 심해 해양플랜트, 인공지능로봇, 착용형 스마트기기, 실감형 콘텐츠, 맞춤형 웰니스 케어, 재난안전관리 스마트시스템, 신재생에너지 하이브리드 등이다. 현 정부의 디지털뉴딜에는 전 산업 5G·AI 및 융합 확산 5G·AI 기반 지능형 정부, 디지털 인프라 기반 구축 및 교육 콘텐츠 확

14) http://news.khan.co.kr/kh_news/khan_art_view.html?art_id=202005091527031

충 추진, 의료.근무.비즈니스 등 국민 생활과 밀접한 분야의 비대면 인프라 구축, SOC 핵심 인프라 디지털화, 도시.산단.물류 등 스마트화 등이 포함되어 있다.

2004년 노무현 정부의 '한국형 뉴딜', 2008년 이명박 정부의 '녹색성장(녹색뉴딜)', 2013년 박근혜 정부의 '창조경제'를 넘어 우리는 '한국판 뉴딜'을 마주하고 있다. 2020년 문재인 정부의 '한국판 뉴딜'은 무엇인가. 홍남기 경제부총리의 현란한 프레젠테이션과 드론쇼, 굴지의 대기업이 함께한 '한국판 뉴딜 국민 보고회'는 이 정부가 생각하는 '뉴딜'의 위상을 되새기게 했다. 우선 어디가 '뉴'이고 어디가 '딜'인가. 그린뉴딜에서 어떤 부분이 '그린'인가. 한국의 그린뉴딜은 집권당이 제시하는 새로운 '성장 동력'이자 자본에게 보내는 시그널이자 투자처이다. 여전히 신자유주의 세계화, 경제 성장, GDP라는 단어에서 벗어나지 못한 행정부의 재포장 사업이라는 비판에서 자유롭지 못하다. 물론 새로운 것이 좋은 것은 아니다. 5년마다 바뀌는 국정 기조가 달갑지도 않다. 하지만 지금 당면한 과제에 대한 고민이 충분한가에 대해서는 질문해야 한다.

시장과 자본이 주인공이 되어 달려온 시간은 적지 않다. 한국은 신자유주의 세계화의 모범생이었다. COVID-19라는 대규모 감염병은 꽤 긴 시간 동안 경기 불황을 예고하고 있고, 실업의 충격도 증가할 것이다. K-방역이라는 자찬 뒤에는 적지 않은 수의 국민들이 벼랑으로 내몰렸음도 기억해야 한다. 2021년에는 어떤 경제 지표가 얼마나 더 나빠질지 알 수 없다. 또 얼마나 많은 태풍과 폭염과 혹한으로 약자들이 고통 받을지 알 수 없다. 하지만 '한국판 뉴딜'은 이 위기 앞에 연대라는 방파제가 아니라 낡은 개발 국가의 성장 담론의

연장선에 있다. 미국의 경영학자 피터 드러거의 말처럼 "대전환 시대에 과거 방식의 대응"이다. 그린뉴딜은 '녹색을 중심으로 하는 지속가능한 사회를 위한 사회적 협약'이 아니라 '녹색경제개발계획 5개년 계획'의 다른 이름에 불과하다. 경부고속도로를 깔던 그 시절에서 한 발짝이라도 현재에 대한 고민이 담겨 있는가. 비대면 시대에 '디지털'뉴딜에 성장과 개발의 무게중심을 이동했다는 것 외에 무엇이 달라졌는가.

디지털 시대라는 4차 산업혁명이라는 미사여구가 낳은 그림자에 대한 성찰도 없다. 기술의 발전이 가져올 부작용에 대한 안전판도 보이지 않는다. 단순히 비대면 시대에 디지털이 새로운 성장 동력이라는 막연한 확신만 남았다. 휴먼뉴딜 역시 풍부하지 않다. 고용보험 확대, 부양의무자 기준 폐지, 상병수당 등이 포함되었지만 공공의료의 확충, 돌봄 확대 등은 빈약하다. 플랫폼 노동과 같은 새로운 노동에 대한 보호나 노동권 보장, 변화하는 산업과 사라지는 일자리에 대한 대책도 부족하다. '뉴딜'이라는 이름에 걸맞은 정치 전략도, 미래지향적 정책 방안도, 사회적 협약도 아닌 정치인의 새로운 브랜드 전략이거나 어정쩡한 개발주의의 재포장이라는 단어가 가혹한가.

정책이란 무엇인가

한국 정부의 '한국판 뉴딜' 그리고 '그린뉴딜'을 정책의 성격이나 목적에 대한 논의에 빗대 생각해보자. 우선 정책의 정합성 측면이다. 한국판 뉴딜의 디지털뉴딜, 휴먼뉴딜, 그린뉴딜 세 가지 모두 다른 정책과의 정합성이라는 측면에서 높은 점수를 주기 어렵다. 총선을 중심으로 제주, 영남권을 중심으로 신공항 건설 이야기는 빠지지 않고 있다. 뿐이랴 지리산에는 산악열차 관광산업이 논의되고 있다. 새만금은 노태우 대통령 후보의 공약 이후 전북도 경제의 기복신앙으로 자리 잡았다. 석탄화력 발전에 대한 해외 투자도 계속되고 있다. 하나의 사례를 들어보자. 2009년 습지보호 지역으로 지정되고, 2014년 람사르 습지로 등록된 송도갯벌이 있다. 저어새, 검은머리갈매기, 말똥가리, 알락꼬리도요 등 동아시아 철새 이동경로로 중요한 기능을 하는 곳이다. 광활한 갯벌은 이제 없다. 신도기 개발로 사라졌다. 남아 있는 곳이나마 보호하겠다고 습지보호 지역이 되었다. 국가와 인천시가 나서서 유치한 동아시아 대양주철새이동경로파트너쉽(EAAFP) 사무국도 바로 송도갯벌 앞에 있다. 하지만 이곳에는 수도권 제2순환고속도로 인천~안산 구간 건설 계획이 수립되었다. 뿐이랴 DMZ를 관통한다는 문산-도라산 고속도로도 있다. 여전히 한국사회의 '녹색'은 멀다. 더 많은 도로, 더 높은 빌딩이라는 개발의 이데올로기는 우리 사회를 지배하는 핵심 기조다. 문재인 정부의 그린뉴딜의 핵심은 도시.공간.생활 인프라 녹색 전환, 저탄소.분산형 에너지 확산, 녹색산업 혁신 생태계 구축이 핵심이지만 공항은 계속 건설될 것이고, 도로도 계속 확장될 것이다. 화력 발전도 지속될 것이며, 새로운 건설 사업은 멈추지 않을 것이다. 그뿐이 아니다. 지구의 온도를 낮추는 국제적 약속과 책임을 위해 온실가스 감축이라는 시급한 과제가 지금 우리의 목표여야 한다. 그린뉴딜에는 넷제로라든가 1.5도를 낮춘다는 계획은 찾아보기 힘들다. 기존 2030년 온실가스 감축 목표, 재생에너지 3020 계획을 실행에 옮기는 차원에 머물러 있다. 정책 목표나 정책 이행 과제의 적절성이라는 측면에서도 그린뉴딜은 훌륭하다 평가하기 힘들다. 디지털뉴딜이나 휴먼뉴딜과의 관계도 마찬가지다. 서로 어떤 시너지를 낼 수 있는 것인가. 어떤 관계 속에서 한국판 뉴딜이라는 이름으로 묶인 것인가.

그렇다면 이 한국판 뉴딜은 지금의 경제위기를 돌파할 수 있는가. 불평등을 해소할 수 있는가. 가난은 나라님도 구제 못 한다는 시절이 아니다. 숱한 국가들이 사회 안전망을 통해 빈곤층을 보호하고, 그들을 사회에서 도태되지 않도록 노력해왔다. 한국을 비롯한 많은 국가들의 고민도 경제위기와 불평등이다. 이러한 불평등은 크게 자산 불평등과 소득 불평등으로 나누어 생각할 수 있다. 자산 불평등은 이른바 '수저' 논란이다. 많은 수치나 예를 들지 않아도 우리는 '부모 찬스'를 알고 있다. 수도권에 자가로 시작할 수 있는 2~30대 청년이 얼마나 될까. 점점 더 심각해져가는 자산 불평등과 부의 대물림에 대해 피케티는 〈21세기 자본〉에서 과감한 세제 개편을 통해 이 문제를 해결하지 않으면 안 된다고 주장한 바 있다. 많은 국가들이 이 문제 앞에서 세금을 중심으로 하는 고민을 지속하고 있다.

소득 불평등을 보자. 최저 임금을 받지 못하는 노동자들은 336만 명, 2018년 기준 한국의 상대적 빈곤율은 16.7%이다. 66세 이상의 노년층 빈곤율은 43.4%로 증가한다. 이는 노동의 문제이기도 하다. 임금의 격차는 노동시장의 변화와 무관하지 않다. 과거의 대공장 제조업을 기반으로 하는 평생 고용이나 완전 고용은 이제 과거의 단어가 되었다. 새로운 노동이 등장했다. 지금 우리가 고민해야 하는 일자리 대책은 세 가지로 요약할 수 있다. 플랫폼 단기 노동의 등장과 이들에 대한 권리 보장, 새로운 일자리 창출, 그리고 사라지는 일자리에 대한 대책이다. 특히 마지막 사라지는 일자리에 대한 고민은 '그린뉴딜'과 밀접하다. 최근 직거래 장터에 승무원 입사 입문서가 올라왔다는 내용이 언론 보도를 통해 알려졌다. 향후 3년간 항공사 신규 채용이 없다는 소식에 승무원의 꿈을 포기한 누군가가 이를 판다는 내용이었다. 항공 산업뿐인가. 화석 연료를 기반으로 해왔던 모든 산업에 대한 대책과 일자리가 그린뉴딜의 주요 노동 정책이 되어야 한다. 정말 녹색사회를 위한 전환이 그린뉴딜이어야 한다면 말이다. 녹색산업이라는 새로운 일자리에 대한 장밋빛 전망만 가득 차 있어서는 안 된다. 지금 지역의 석탄발전소 노동자, 조선소 노동자, 중화학 공업에 대한 일자리 대책을 말해야 하고, 지역의 경제를 말해야 한다. 수소 자동차로 형성되는 일자리뿐만 아니라 내연기관의 퇴출로 사라지는 일자리를 말해야 한다는 것이다.

이는 '안전'의 문제이기도 하다. 누가 더 위험에 취약한가. 불평등은 안전 불평등이기도 하다. 극단적 기후 앞에 자신을 보호할 수 있는 주거를 갖지 못한 사람들, 혹은 그러한 날씨에도 노동을 해야 하는 사람들에 대해 말해야 한다. 비만 오면 잠기는 동네는 더 늘어날 것이고, 농민들의 피해는 더 심해질 것이다. 이를 '보험'이라는 상품으로만 해결할 수 있는가. 저금리 대출 정책으로만 대응할 것인가. 지금 그린뉴딜의 핵심 상품이 '그린 펀드'인 것은 과연 적절한가. 지금 우리가 처한 위기는 새로운 투자처를 제시하는 것만으로 해결할 수 있는 것인가. 정책학을 처음 제창한 라스웰(Lasswell)은 그의 논문 「정책 지향성(The Policy Orientation」(1951)"에서 정책학의 궁극적인 목적은 인간의 존엄성을 실현하는 것이라 주장한 바 있다. 그리고 말했다. "한 국가의 선택이 그 국가를 위해선 최선이라 할지라도 인류의 삶 자체를 위협한다면 바람직한 일일까. 정책 결정이 인간을 위한 결정이 될 순 없을까.(Lasswell, 1951)"

선라이즈 무브먼트

미국 캘리포니아는 매년 '유례없는' 대규모 산불 기록을 갱신 중이다. 2018년 산불이 발생한 11월 미 하원의장인 낸시 펠로시(Nancy Pelosi)의 사무실을 젊은 시민운동가들이 점거했다. 기후위기와 대책을 요구하는 청년 단체 '선라이즈 무브먼트(Sunrise Movement)'와 '정의와 민주주의(Justice Democrats)' 소속 활동가들이었다. 그들의 요구는 '그린뉴딜'이라는 단어로 모아졌다. 2018년 당시에는 큰 관심을 모으지 못했지만 2019년 2월 민주당 하원의원 알렉산드리아 오카시오 코르테즈(Alexandria Ocasio Cortez)와 민주당 상원의원 에드워드 마키(Edward Markey)는 그린뉴딜을 실행하기 위한 연방 정부의 의무'를 정하는 결의안을 하원에 제출했다. 하원의원 64명과 상원의원 9명이 이 결의안에 서명했다. 이 과정은 시민들의 기후변화와 관련된 관심이 증가한 것도 한몫했다. 2019년 1월 미국 중서부와 북부에 한파가 있었고, 미시간 호수의 얼음 안개가 관측되었다. NASA는 이를 북극의 제트기류가 남하한 것이 원인이라 발표했다.

이후 선라이즈 무브먼트는 2020년 9월 그린뉴딜을 위한 지지 후보 명단을 발표하면서 새로운 주목을 받았다. 이들이 지지를 발표한 정치인들은 모두 월스트리트 점령 운동, 버니 샌더스 선거 운동, 경찰에 의한 흑인 사망 사건(Black Lives Matters) 등의 미국 사회의 굵직한 갈등 속에서 출현한 이들과 지지 세력이다. 월스트리트가 움직이는 워싱턴과 과거와 같은 미국식 자본주의에 대한 회의, 경제위기와 청년 세대의 불안 등이 중첩되어 있다. 이들이 말하는 '그린뉴딜'은 부분적인 환경/에너지 정책이라고 보기엔 매우 거대한 내용이 포괄되어 있다. 오바마 케어를 비롯한 의료보험 강화, 주거 문제, 학자금 문제, 임금과 노동권, 인종 갈등, 기후위기와 산업 등의 전 사회적 의제가 서로 얽혀 있다. 사회의 다양한 층위의 정의를 말하는 이들은 기후위기와 경제위기 앞에서 사회시스템의 재구성을 말하고 있다. 유럽의 청소년을 중심으로 하는 멸종저항 운동과 달리 미국의 선라이즈 무브먼트는 정치 행동조직으로 출발했다 2018년 중간선거에 민주당 후보들 중에 화석 연료 기업의 후원 정치인을 반대했고, 재생에너지 지지 후보 캠페인에 동참했다. 이들의 지지를 받은 후보 중 20명이 당선되었는데, 이들 중에는 미국의 주목받는 신인 정치인 알렉산드리아 오카시오 코르테즈(Alexandria Ocasio Cortez) 민주당 하원의원도 있다.

이후 이들은 다양한 녹색 전환 프로그램들을 주장하면서 미 하원의 대변인 낸시 펠로시(Nancy Pelosi) 등 정치인들에게 압박을 가했다. 민주당의 왼쪽 그룹에 영향력을 증대시키는 과정에서 왼쪽과 조우한 선라이즈 무브먼트는 조직 규모도 성장했고, 주장하는 의제도 넓어졌다. 2019년 미국 민주당 경선 과정에서 대부분의 대권 후보들이 이들을 만났다. 버니 샌더스(Bernie Sanders)는 물론, 조 바이든(Joe Biden), 피트 부티에지지(Pete Buttigieg), 엘리자베스 워런(Elizabeth Warren) 등이 대표적이다. 유력 정치인들은 왜 이들을 적극적으로 만났을까, 첫째, 이들은 조직력이 있었다. 선라이즈 무브먼트의 회원들은 자신들이 지지하는 후보의 당선을 위해 지역구로 달려가 집집마다 유권자들을 만나고, 전화를 돌리고, 거리 유세에 함께하면서 선거 운동을 도왔다. 후원금도 적극적으로 모집했고, SNS를 통한 젊은 감각의 캠페인도 함께했다. 후보들에게는 새로운 젊은 정치 조직의 지지라는 상징적 의미 외에 실질적 도움도 받게 되는 것이다. 다음으로는 미국 사회의 청년들이 갖고 있는 불안과 고통에 대해 국가와 정치인의 적극적인 대안을 말하는 집단이라는 점이다. 기후위기는 북극곰의 문제이기도 하지만, 청년들의 삶 전체를 관통하는 핵심 과제라는 것. 미국 사회의 다양한 갈등과 모순을 '당사자'의 언어로 말한다는 것이다. 우리가 분리수거를 열심히 하는 것, 에코백을 들고 다니는 것을 넘어 현재까지 미국을 중심으로 하는 세계가 지속해온 자본주의와 성장의 이데올로기가 지구와 청년의 삶을 위협하고 있다고 말하고 있는 집단이기 때문이다.

이들은 민주당 의원이라고 무턱대고 지지하지 않는다. 오바마 정부의 셰일가스 기업 지지를 비판하고, 월 스트리트와 석유/석탄 자본의 정치 자금 앞에 나약해진 민주당 주류를 비판해왔다. 이들은 민주당 대선 캠페인에서 버니 샌더스를 지지했지만 조 바이든으로 결정되었다. 실패하고 낙담할 수 있지만 이들은 이제까지 해왔던 대로 열심히 자신들의 목소리를 낼 것이다. 이들이 지지하고 당선에 기여한 젊은 정치인들의 활약도 지속될 것이다. 미국 민주당의 '그린뉴딜'은 새로운 청년 운동의 의제를 정당이 수용할 수밖에 없는 과정을 통해 만들어지고 대선의 핵심 의제가 되었다. 기후변화는 사기라고 주장하고, 러스트 벨트(rust belt)를 중심으로 하는 백인 유권자의 말초를 자극하는 차별의 언어의 끝단에서 급진적이지만 매력적이고, 결코 피해갈 수 없는 의제를 말하고 있다. 뿐만 아니라 정치인들을 행동에 나서게 하고, 다른 진보적 의제와 뗄 수 없는 관계임을 설명하고, 그들의 말을 바꾸기 위한 모든 노력을 다하고 있는 것이다. 루즈벨트의 뉴딜이 노동자의 단결권과 교섭권을 보장하는 새로운 계급과의 동맹이었고, 국가의 역할에 대한 재규정이었듯, 미국 민주당의 그린뉴딜은 불안의 시대를 살아가는 청년과 진보적 시민들의 동맹이며, 기후위기 앞에 국가의 역할과 자본의 역할을 재설정하자는 목소리이다.

루즈벨트의 뉴딜은 대량 생산과 대량 소비를 기반으로 하는 자본주의의 폭발적 성장만큼 짙었던 그늘, 노동자 계급의 증가와 계급 간 갈등과 공황과 실업과 빈곤이라는 자본주의의 문제들을 해결하고자 했던 정치사회적 전환이었다. 시장에는 어떤 정부의 개입도 존재해서는 안 된다는 자유주의자 경제학자들의 목소리를 거부하고, '잊혀진 자'들에게 단결할 수 있는 권리를 부여했다. 미국의 노동자들은 정치동맹('Deal')의 핵심 동력이 되었다. 국가가 사회안전망을 마련해야 한다는 연방사회보장법(1935년), 단결권과 교섭권을 보장한 노사관계법(1935년), 최저 임금을 도입한 공정노동기준법(1938년)이 법의 영역으로 포함되었다. 이 모든 과정이 뉴욕의 혁신주의 정치인들과 루즈벨트라는 정치인의 힘만으로 가능했을까. 프랜시스 E. 타운센드와 오백만 회원이 함께했던 노령연금 운동, 전미 산업노조연합의 공정임금 요구 운동을 비롯한 노동 운동의 힘이 이를 가능하게 한 원동력이었다. 일례로 타운센드는 노령연금 운동을 위해 1933년에 본격적으로 지역 단위에 3천개 이상의 조직을 만들었고, 팸플릿을 만들고, 배지를 만들어 판매했으며, 청원을 위해 2천만 명의 서명을 받았다.

루즈벨트의 말로 돌아가보자. "지금처럼 불행한 시기에는 잊혀져 있으나 조직화되지 못한, 하지만 나라 경제의 가장 기초가 되는 경제 주체들에 대한 대책 마련이 시급하다. 경제 피라미드 구조에서 밑바닥에 위치한 잊혀진 사람(the forgotten man)에 대한 신뢰를 다시 한 번 보여야 할 때다.(프랭클린 D. 루즈벨트 뉴욕주지사, 1932년 4월)"

미국과 유럽을 비롯한 많은 국가들이 기후변화와 불평등 앞에 새로운 대응 전략을 내놓고 있다. '그린 딜' 혹은 '그린뉴딜'이라는 이름을 달고. 이 계획들은 그 자체로 모두 훌륭하다. 이들 역시 한국의 고민과 다르지 않다. 뿐만 아니라 이들 역시 이러한 계획을 추진하고 실현해야 한다는 과제가 남아있다. 미국 민주당의 그린뉴딜은 트럼프라는 거대한 산을 넘어야 하고, 월 스트리트와 화석 연료 자본을 넘어야 하며, 어마어마한 정치 자금을 대는 오랜 산업과 결별할 수 있어야 한다. 유럽 역시 포퓰리즘과 극우 정당의 부상, 이민자 갈등과 청년 실업, 유럽 통합 이후의 국가별 갈등이라는 산을 넘어야 한다. 따라서 정책은 그 자체로의 완성도를 넘어 정치적 과제가 남아 있는 것이다. 우리는 새로운 사회 협약이라는 걸맞은 정책의 완성과 그의 실현이라는 정치적 과제를 동시에 안고 있다. 애석하게도 시간이 많지 않다.

환경영향평가의 문제점
—'대장들녘 개발' 문제를 중심으로[15]

최진우

에코 액티비스트 리서처, 환경생태 연구활동가

수도권 그린벨트에 3기 신도시 개발 추진

정부는 남양주시 왕숙, 하남시 교산동, 인천시 계양구 신도시 계획에 이어 지난 5월 7일에는 경기 고양시 창릉동과 부천시 대장동에 '3기 신도시'를 건설하여 2026년까지 수도권에 30만 가구를 공급하겠다고 발표했다. 정부의 3기 신도시 계획 부지는 서울 경계선 2㎞ 이내로 연접한 지역으로, 개발 면적은 3,274만㎡, 인근 과천 대규모 부지를 합하면 총 면적 3,429만㎡로 여의도(290만㎡)의 11.8배나 된다. 더욱이 부천 대장은 99.9%, 안산 신길은 100%. 장상은 97%, 고양 창릉은 97.7%가 그린벨트로 절대 개발이 불가한 환경성평가 1, 2등급 지역도 다수 포함하고 있다. 국토부는 3기 신도시를 발표하면서 "서울 중심에서 30분 거리"라는 구호를 내세우고 있다. '3기 신도시 개발'의 목표가

15 2019년 12월 19일 부천대장 공공주택지구 전략환경영향평가서(초안) 주민공청회 토론문을 재정리한 원고이다.

3기 신도시 대상 지역인 경기도민의 삶은 뒷전이고, "서울 집값을 잡기" 위해 경기도민을 희생양으로 삼겠다는 것이다.

그린벨트는 시민들의 삶의 질(Quality of Life)을 지키는 도시 환경의 파수꾼이자 도시 관리의 핵심으로, 개발 제한 구역 제도는 도시 확산과 자연녹지, 농촌 지역 보호를 목적으로 선진국에서도 주요하게 시행되는 정책이다. 국내의 개발 제한 구역은 1971년 도시계획법에 따라 '도시의 무질서한 확산을 방지하고, 도시 주변의 자연환경을 보전하여 도시민의 건전한 생활환경을 확보하기 위하여 또는 안보상 도시 개발을 제한할 필요가 있으면 도시계획 결정으로 지정하는 도시 주변의 토지'의 목적으로 지정되었다. 개발 제한 구역은 현행의 여타 행위 규제 제도보다 강력한 토지 이용 규제 수단으로서 도시 외곽 자연 지역을 개발 확산으로부터 보호하는 데 일조하였다. 그러나 오랜 시간 동안 지역 개발의 정체로 낙후되고 지저분한 이미지를 갖고 있으며 지역 주민의 재산권 행사와 갈등을 겪고 있어 개발의 유보지라는 인식이 팽배해졌다. 개발 제한 구역 제도는 1999년에 이르러 대폭 축소 조정되면서 그린벨트의 토지 이용에 대한 논란이 본격화되었고, 개발 제한 구역의 규제 완화 조치와 주택 공급 정책 등의 지속적인 개발 압력에 놓여 있다. 개발 제한 구역을 해제하고 시행되는 도시 개발 사업은 대부분 경작지를 중심으로 추진되고 있다.

3기 신도시 개발로 위기에 처한 부천 대장들녘!

대장들녘은 김포공항 남서쪽에 형성된 넓은 평야로 지리적으로 서울시, 인천시와 접하고 한강 하구와 연결된 굴포천과 인접한 지역이다. 이곳은 과거

행정구역의 변경에 따라 부평평야, 김포평야, 부천평야로 지명되었는데, 부천시 중동(1994년)·상동(2002년) 신도시 개발 이후 부천의 마지막 남은 들판을 보전해야 한다는 공감대가 형성되어 최근에는 대장동 마을 이름에 유래하여 '대장들녘'으로 알려졌다. 대장들녘의 규모는 부천시 행정구역 내 약 120만 평이고, 굴포천 동쪽의 서울시 강서구 오곡동 논습지를 합치면 240만 평에 달하는 넓은 논습지이다. 이곳은 동부간선수로, 굴포천, 베르네천, 여월천이 흐르고 있어 다양한 생물종들이 서식하며, 차고 신선한 공기가 생성되고 연결되는 바람길이며, 수도권 서부 지역의 핵심적인 그린벨트로 도심지의 완충 역할을 하는 중요한 곳이다.

2015년 5월경, 부천상공회의소 중심으로 추진위가 구성되어 약 70만 평 규모의 '대장동 산업단지' 건설을 발표, 2016년 10월 12일에는 부천시가 나서서 대장들녘 보전 용지 약 70만 평을 시가화 용지로 전환하고, 급기야 2017년 12월 11일에는 '대장동 친환경산업단지 기본 구상 및 타당성 검토 용역'을 발표하면서 개발 계획을 본격화하고 나섰다. 이에 2017년 1월부터 부천시의 산업단지 개발로부터 부천의 마지막 남은 논습지인 대장들녘을 지키기 위해 '대장들녘 친구들'을 구성하여 생태 조사 및 탐사 프로그램을 진행하였다. 2018년 1월, 대규모 개발 사업이 동시다발적으로 진행 중인 부천시에서 대장동 개발이 시민들에게 미치는 영향이 크기 때문에, 부천의 시민 사회에서는 이에 대응하여 「대장들녘 지키기 시민행동」을 결성하여 활동 중에, 2019년 5월, 국토부가 3기 신도시로 부천 대장동을 발표, 국토부를 상대로 대응 활동을 벌이고 있다. 2020년 5월 전략환경영향평가가 완료되고 공공주택지구가 지정·고시되었다. 대장들녘 120만평 논습지 중 104만평이 개발로 사라질 위기에 처해 있다.

그간 지역의 활동가와 연구자들이 밝혀온 자료를 토대로 대장 신도시 개발로 발생되는 환경적 문제점 및 삶의 질에 미치는 영향을 정리하였다. 대장들녘 논습지가 가지는 생물 다양성 가치, 도시 미기후 조절 가치, 지역 향토문화 계승 가치, 미래 세대 농업 체험.환경 교육 가치의 중요성을 주장하고 있다.

환경영향평가법 제2조에 따르면 "전략환경영향평가"란 환경에 영향을 미치는 상위 계획을 수립할 때에 환경 보전 계획과의 부합 여부 확인 및 대안의 설정.분석 등을 통하여 환경적 측면에서 해당 계획의 적정성 및 입지의 타당성 등을 검토하여 국토의 지속가능한 발전을 도모하는 것을 말한다. 대장들녘 개발로 야기되는 환경영향과 문제점에 대해 제대로 검토되지 않고 부실하게 작성되는 전략환경영향평가의 문제점을 제시하고자 한다.

<대장들녘 개발로 인해 발생되는 문제점 및 영향>

가치	문제점
생태적 가치	- 재두루미, 큰기러기의 월동지 훼손, 한강 하구 생태계에도 영향 - 맹꽁이, 금개구리 등 멸종위기 야생동물 서식지 훼손 - 제비, 물총새, 개개비 번식 환경 악화로 도래 개체수 급감
도시 미기후 조절 가치	- 미세먼지, 폭염 및 열섬 현상 가속화되어 도심까지 악영향 - 인근 시민의 주거 환경과 건강에 막대한 악영향 - 에너지량 증가와 더불어 사회적 비용 및 도시 관리 비용 증가
지역 향토문화 계승 가치	- 부천에 마지막으로 남은 자연 마을의 살아 있는 향토문화유산 훼손 (100년 근대 농업유산, 360년 전통마을) - 생태적으로 지속가능한 도시농촌마을로 발전할 수 있는 기회 상실
미래 세대 농업 체험 환경 교육 가치	- 생태감수성을 높이고 도시농업의 중요성을 배울 수 있는 살아 있는 농업 체험, 환경 교육 터전 상실 - 지역 친환경 쌀 생산지로서의 자긍심과 정체성 소멸

논습지의 환경적.공익적 가치

전략환경영향평가(초안) 보고서(이하 평가서)에는 행정 계획의 수립(Action) 및 미수립(No Action)에 따른 대안별 환경적인 비교.분석을 하였다. 개발 기본계획 수립(Action)으로 생태계 훼손 가능성, 지형의 훼손에 미치는 영향, 쾌적한 생활환경의 유지에 미치는 영향, 자연 경관에 미치는 영향 등이 예상되나 저감 대책 수립을 통해 환경영향을 최소화하고 환경 기준의 유지 및 달성 가능할 것으로 예상하였다. 이에 반해 개발 기본계획을 수립하지 않게 되면(No Action), 현 상태를 유지하게 되어 생태계 훼손 가능성, 지형의 훼손에 미치는 영향, 쾌적한 생활환경의 유지에 미치는 영향, 자연 경관에 미치는 영향 측면에서 긍정적 영향은 없다고 하였다.

그러나 이는 논습지의 다원적 기능, 환경적.경제적 가치를 고려하지 않은 결과이다. 국립농업과학원(2008)에 따르면 논은 식량 생산 기능뿐만 아니라 홍수 조절, 지하수 함양, 대기 정화, 여름철 기후 순화, 수질 정화, 토양 유실 저감과 사회문화적 기능을 포함하고 있다고 하였다. 경상남도 창원에서 개최된 제10차 람사르총회(2008)에서 「습지로서의 논의 생물 다양성 강화」 결의문에 따르면 논은 지하수 재충전, 기후 순화, 홍수 및 침식 조절, 산사태 방지, 동식물성 식량 자원 및 약용 작물 제공, 생물 다양성 보전 등의 기능을 담고 있다.

지금까지 '대장들녘 지키기 시민행동'은 도시 논습지 자원의 가치를 평가하고, 개발 사업으로 훼손되는 자연환경의 손실 비용을 분석하고, 개발의 영향으로 증가되는 도심의 대기오염·폭염을 억제하는 데 소요되는 외부 비용을 산정하여 개발 사업의 실제적인 비용·편익의 타당성을 검토하라고 요구하였다. 그러나, 평가서는 현재 논습지의 환경적·공익적 기능과 가치를 무시하고, 개발계획 시행으로 효율적인 토지 이용과 양질의 주택을 안정적으로 공급하기 위한 기반을 마련할 수 있는 개발 기본계획 수립(Action)을 대안으로 선정하였다. 이는 환경적 측면에서 계획의 적정성과 입지의 타당성을 검토하는 전략환경영향평가 제도의 취지에 어긋나는 매우 불공정하고 불합리한 경우이다.

도심과 시민 건강에 미치는 대기질 영향

부천은 정부 통계상 불투수율 전국 꼴찌, 자연 녹지율 전국 꼴찌, 미세먼지 농도 전국 최고 수준으로 환경적으로 매우 열악한 도시이다. 더군다나 분지형 도시로 대기가 순환되지 못하고 정체되어 인근 서울, 인천보다 미세먼지 농도가 높다. 그나마 한강 및 굴포천과 연계된 대장들녘이 부천의 바람길로서 차고 신선한 공기를 도심에 공급하는 자연 인프라의 역할을 하고 있다.

전략환경영향평가 대상 지역, 대안, 평가 항목 및 범위·방법을 심의하는 환경영향평가협의회(2019년 7월 18일 개최) 심의 내용에서도 이와 같은 우려 사항을 확인할 수 있다. 대기 오염 물질 및 악취 영향을 면밀히 조사·분석하고 건강 영향평가를 실시하여 입지로서의 적정성 여부를 평가해야 한다고 제기되었고, 부천 및 인근 도시 전체로 평가 범위를 확대하여 국지적 미기상 바람 유동, 도심 열섬 변화 예측 모델링, 미세먼지 농도 변화를 분석해야 한다는 심의 의견이 있었다.

그러나, 평가서에서는 대기질 평가 범위를 관례에 따라 계획 지구 경계로부터 500m 이내만 설정하였고, 대상지 내부 및 인접 지역의 대기 오염 물질 증가에 따른 저감 방안으로 미세먼지 저감 방안 수립, 녹지 공간 확보 및 수목 식재 등의 선언적인 방향만 제시하고 있다. 계획의 입지 타당성을 검토하기 위해서는 개발 사업으로 인해 악영향이 우려되는 미세먼지, 폭염 등 대기질 평가를 대상지 내부 및 인접 지역뿐만 아니라 부천시 전체 도심과 시민 건강에 미치는 영향까지 반드시 검토되어야 한다.

재두루미, 큰기러기 등 멸종위기 야생조류 서식 현황

환경영향평가협의회 심의 내용을 보면 법정 보호종 조류(재두루미, 큰기러기)의 이동 경로, 취·서식지 등에 대한 추가 현황 조사를 실시하고, 입지 특성 및 사업 시행에 따른 생태적 영향과 주택의 수요·공급 등의 연계성을 종합적으로 고려하여 주거 단지의 입지 적정성을 면밀히 검토·제시하도록 되어 있다. 그러나, 현지 조사는 5월~8월 2차례만 진행되었고, 겨울철새 현황은 20개의 문헌 조사만 제시되어 있다. 더군다나 문헌 조사 결과에서는 겨울철새 종류와 출현 위치만 파악되었고 겨울철새 보호종의 개체수, 이동 경로, 취·서식지 현황에 대한 분석은 누락되어 있었다.

2015년 김포공항 대중골프장 및 주민체육시설 조성사업 환경영향평가서에 수록된 '김포공항습지 시민조사단'의 결과를 살펴보면, 대장들녘에서 먹이활동을 하는 재두루미(천연기념물 203호, 멸종위기동물 Ⅱ급)가 하루에 발견되는 최대 개체수로 2012년 70마리, 2013년 32마리, 2014년 27마리, 2015년 39마리이었다. 최근 한강 하구에 위치한 김포, 파주의 도시 개발 확대로 농경지가 감소하고 민통선 일대 인삼 재배 및 비닐하우스 증가로 재두루미의 먹이활동이 교란되어 상당수의 재두루미가 대장들녘을 찾아오는 것이다. 2017~2019년 김포공항 대중골프장 및 주민체육시설 조성사업 사후 환경영향평가서에 따르면 겨울철 논 성토 작업으로 인해 재두루미 개체수가 3~5마리로 급감한 것으로 파악되었다. 작년 겨울에는 논 성토 작업이 줄어들자 재두루미의 개체수가 14마리까지 다시 증가하였고, 올해 겨울에는 재두루미 4가족 16마리의 월동이 확인되었다. 대장들녘은 한강 하구에 도래하는 재두루미의 중요한 먹이 터로서 중요한 가치가 있으므로 지속적인 보전이 필요하다.

멸종위기야생생물 Ⅱ급인 큰기러기는 대장들녘 겨울철 논을 잠자리와 먹이 터로 이용하고 있다. '시민조사단'의 2008년 첫 조사에서 250마리 관찰되었던 것이 2016년 겨울 조사에서 하루에 4,328마리나 관찰되었다. 저녁부터 대장들녘을 잠자리로 이용하고 아침에 먹이활동을 하다가 낮에 한강 하구로 이동하는 모습이 관찰되고 있다. 김포공항 대중골프장 및 주민체육시설 조성사업 사후 환경영향평가서에도 하루에 대장들녘을 찾아온 큰기러기가 2017년 2,525개체, 2018년 3,528개체로 기록되었다. 전략환경영향평가(초안) 보고서에 인용된 한강 하류 큰기러기 출현 개체수(국립생태원 철새지리정보)에 따르면, 2014년부터 지난겨울까지 월별(10월~2월) 최대 개체수의 평균이 5,322~9,341개체이었다. 이 결과는 한강 하류 및 하구 권역 농지의 개발과 형질 변경으로 큰기러기의 많은 무리가 대장들녘을 지속적으로 찾아오고 있으므로 대장들녘을 각별하게 보전해야 한다는 근거를 역설해주고 있다.

평가서상 겨울철새 서식지 훼손 저감 방안으로 김포공항 주변 및 김포시

후평리 지역에 섭식 및 휴식이 가능하도록 서식지를 대체하겠다고 하였다. 그러나 최근 대장들녘에 재두루미, 큰기러기 등 겨울철새 월동 개체수가 증가한 이유는 한강 하류 김포 지역의 개발 사업(김포 신도시 등)으로 인해 먹이 터 및 휴식 장소로 이용되어온 농경지가 훼손·교란되었기 때문이다. 앞뒤가 바뀐 대책이다. 한강 하류 및 하구 권역 겨울철새들의 먹이 터로서 대장들녘의 가치를 제대로 평가하고 합당한 대책을 강구하는 것이 우선이다. 법정 보호종 조류(재두루미, 큰기러기)의 이동 경로, 취·서식지 현황을 고려할 때, 대장들녘은 신도시 개발 입지로서 타당하지 않다.

평가서에는 현지 조사에서 발견된 조류 보호종 중에서 새호리기, 황조롱이가 행동반경이 넓고 이동성이 크고 넓은 활동 범위를 갖는 맹금류의 특성상 공사로 인한 영향이 크지 않다고 예상하였다. 그러나 김포공항 대중골프장 사후 환경영향평가 모니터링에 따르면 새호리기, 황조롱이의 번식 둥지가 대장들녘 농경지 및 마을 전봇대에서 발견되었다. 즉 대장들녘에서 번식 둥지가 발견되었고, 주변 지역의 개발 사업(계양 신도시, 김포공항대중골프장) 등으로 인해 주변 지역까지 서식지 환경이 심각하게 훼손될 우려가 있는데, 공사로 인한 영향이 크지 않다고 평가하는 것은 매우 어처구니없는 비전문가적인 의견이다.

금개구리, 맹꽁이 등 멸종위기 양서류 서식 현황

평가서 현지 조사에서 멸종위기 양서류인 수원청개구리, 맹꽁이, 금개구리가 발견되었다. 그러나 분포 지점 도면을 살펴보면 금개구리 4개소, 맹꽁이 3

개소, 수원청개구리 1개소만 확인이 되었을 뿐 서식지의 규모와 개체군의 크기에 대한 파악이 이루어지지 않았다. 금개구리의 경우에는 계획 지구 내 전반적으로 서식한다고 기술만 되어있을 뿐이다.

대장들녘은 멸종위기에 처한 금개구리가 폭넓게 분포하고, 장마철 맹꽁이 울음소리가 가득한 도시에서 희귀한 생명의 논습지이다. 지역 주민에 의하면 옛날부터 논에 참개구리보다 등에 2개의 금줄이 선명한 금개구리가 많았으며, 여름철 마을에 맹꽁이 울음소리가 너무 소란스러워 맹꽁이 마을로 불리었다고 한다. '시민조사단'은 2018년 6월 금개구리 탐사 결과 100여 마리를 여러 곳에서 관찰하였고, 2019년 7월에는 맹꽁이 수백 마리가 산란하는 곳을 10여 군데 확인하였다.

그러나 평가서에서는 금개구리, 맹꽁이 서식지의 규모와 개체군 크기를 조사·분석하여 본 대상지에 대한 멸종위기 양서류의 중요한 서식지로서의 가치를 제대로 평가하지 않고 있다. 서식지 훼손이 우려되니 토지 이용구상(안)을 감안하여 개발 압력에서 자유로운 곳을 선정하여 서식지 조성 등 최적의 보호 대책을 수립하겠다고 하였다. 그러나, 우선적으로 멸종위기 양서류가 대장들녘에 '얼마나?' '어디에서?' '어떻게?' 서식하고 있는지에 대한 물음에 답할 수 있어야 한다. 전략환경영향평가는 환경적 측면에서 개발 사업의 입지적 타당성을 검토하는 제도이다. 대장들녘 전체 부지가 금개구리, 맹꽁이 등 멸종위기 양서류의 중요한 서식지이므로 사업자는 서식지 정밀 조사를 통해 개발 사업의 입지적 타당성을 제대로 규명해야 할 것이다.

논(벼)에 의한 온실가스 흡수

(전략)환경영향평가에서는 계획 시행 전·후 온실가스 배출량 및 흡수량 등을 산정하고 다양한 저감 방안을 마련해야 한다. 그러나 보고서에서는 현재의 논과 밭이 농업으로 인해 온실가스가 배출된다고만 기술되어 있고, 작물에 의한 이산화탄소 흡수량 현황을 포함하지 않고 있다. 국립농업과학원(2008년)에 따르면 논의 연간 이산화탄소 흡수량은 1ha당 21.9톤, 연간 산소 배출량은 15.9톤이다. 이 기준을 대장들녘 320ha 논에 적용하면 연간 이산화탄소 흡수량은 7,008톤, 연간 산소 배출량은 5,088톤이 된다.

평가서에는 향후 개발 계획에 따른 온실가스 배출량을 정량적으로 산정하여 재생에너지 사용, 공원 녹지 내 식재 계획 수립 등의 저감 방안을 마련하겠다고 하였다. 그러나 환경적 측면에서 개발 사업의 입지적 타당성을 제대로 검토하기 위해서는 개발 전 녹지(논, 밭)의 온실가스 흡수량과 개발로 인한 온실가스 흡수원 손실이 반드시 고려되어야 한다.

문제투성이 전략환경영향평가 협의

전략환경영향평가는 환경적 측면에서 개발 사업의 계획의 적정성과 입지적 타당성을 검토하는 제도이다. 그러나 본 평가서에는 대장들녘 논습지의 환경적·공익적 기능 및 가치, 자연환경 손실에 따른 외부 비용이 반영되지 않았고, 특히 개발 사업으로 우려되는 미세먼지, 폭염 등 대기질 및 시민 건강 영향이 부천시 도심까지 검토되지 않았다. 또한, 법정 보호종(재두루미, 큰기러기, 금개구리, 맹꽁이 등)의 서식 현황이 제대로 조사·분석되지 않았다. 부실하게 작성된 본 전략환경영향평가서로 환경적 측면에서 개발 사업의 입지적 타당성을 갖추었다고 주장할 수 없으며, 사업 추진의 타당성을 가질 수도 없다. 환경부는 본 전략환경영향평가서를 반려해야 했고, 국토부는 대장 신도시 사업 추진 타당성을 재검토해야 했다. 그러나 전략환경영향평가서 본안은 단 한 번의 보완 없이 2020년 5월에 조건부동의로 협의가 끝났다.

환경부 조건부 동의 협의 내용에 따르면, 자연환경에 미치는 영향을 최소화하고 생태 연결성이 확보될 수 있도록 충분한 규모의 공원 녹지 조성, 통경축·바람길 확보 등 생태 친화적 토지 이용 계획 수립이 주요 내용이다. 대장 들녘(논습지) 개발로 도시 전체에 미치는 환경 재앙과 시민 건강 피해 우려에 대해서는 전혀 아랑곳하지 않고, 개발 부지 내의 환경 개선에 함몰되어 있다. 멸종위기 야생조류 서식처 훼손 쟁점은 오히려 항공기-조류 충돌의 문제로 받아들여 충돌 위험성을 예측·평가하고 한강 하구 일원에 대체 서식 부지를 마련하라고 한다. 유일하게 받아들인 문제는 법정 보호종 양서류이다. 금개구리, 맹꽁이 등 종별 서식 환경 특성과 활동 범위를 고려하여 전문가를 통한 정밀 조사를 실시하고 그 결과에 따라 구체적인 보전 방안(원형 보전, 대체 서식지 및 공원 조성, 토지 이용 계획 조정)을 마련하라고 하였다.

현행 환경영향평가 제도에서 개발로부터 논습지를 지키기 위해서는 금개구리와 맹꽁이가 유일한 희망인가? 이들도 대체 서식지 마련으로 끝나지 않아야 할 텐데.

2.

2부 특집

4대강의 댐과 보, 어떻게 처리할 것인가

4대강, 맑은 물 얻고 홍수 막으려면 댐 허물고 재자연화해야

기후위기 시대의 댐 관리정책의 전환

흰목물떼새가 사는 법—내성천과 낙동강 자연성 회복 소고

4대강 사업 전후, 금강의 기막힌 차이—수문 개방 후 금강 변화 보여주는 20장의 사진

우리 강 남한강을 살리는 길, '보' 해체가 우선입니다

4대강, 맑은 물 얻고 홍수 막으려면 댐 허물고 재자연화해야

김정욱

서울대학교 환경대학원 명예교수

올해 물난리가 크게 났다. 지천이 넘치고 산사태가 나고 저수지가 터진 것은 예년에 계속 보아오던 것이고 또 예상했던 것인데, 댐 때문에 큰 물난리가 난 것이 올해가 예년과 다른 특징이다. 섬진강댐, 동복댐(섬진강 지류 동복천), 용담댐(금강 상류), 합천댐(낙동강 지류 황강)에서 예고도 제대로 못한 채 급히 대량 방류하여 그 하류들이 다 물에 잠겼다. 그리고 영산강 본류에서는 승촌댐, 죽산댐의 수위가 올라 범람했고, 낙동강 본류에서도 합천댐(보)의 수위가 오르는 바람에 '슈퍼제방'이라던 둑이 터져 범람했다. 그 밖에도 4대강 사업으로 만든 댐들 때문에 다들 물이 막혀 제대로 흐르지를 못하고 수위가 올라 아슬아슬한 상황들을 겪었다.

4대강 댐들을 비롯하여 대형 댐들을 만들 때 곧장 내세우는 이유가 홍수와 가뭄을 막는다는 것이었다. 그러나 실제로 두 가지를 동시에 하는 것은 불가능하다. 가뭄을 막으려면 댐을 채워놓아야 하고 홍수를 막으려면 댐을 비워놓아야 하는데 둘 중에 하나만 할 수 있을 뿐이지 둘을 동시에 할 수는 없다. 댐에 모아둔 물은 팔면 돈이 되기 때문에 언제 올지 또는 안 올지도 모르는 홍수를 대비해서 댐을 비워두려고 하지 않는다. 그래서 댐은 항상 넉넉히 채워놓았다가 큰비가 와서 위급할 때 큰물을 내려보낸다. 그래서 작은 가뭄과 작은 홍수는 잘 막아주지만 큰비 올 때 큰 재난의 원인이 된다.

특히 4대강 사업으로 만든 16개의 댐은 가뭄에 쓸 용도로 만들어진 댐이 전혀 아니다. 그동안 우리 국민들이 하도 세뇌가 되어서 이 물을 가뭄에 쓰고 있는 것으로 알고 있는 사람들이 많은데, 이 물은 가뭄 해결에 쓰인 적이 없고 그렇게 쓰려고 만든 것도 아니다. 여기에 모아둔 물을 쓰려고 한다면 소양댐이나 대청댐같이 수위가 내려갈 수 있도록 가동해야 한다. 그러나 4대강의 댐들은 항상 물이 일정한 수위에 찰랑찰랑 차도록 유지한다. 그래서 배가 다니기 용이하게 해두었다. 즉, 4대강에서 수위가 항상 일정하게 유지되는 이유는 그 상류에 있는 댐, 즉 소양댐, 대청댐 등에서 그만큼 물을 흘려보내기 때문이다. 즉, 4대강에서 쓰는 물이라는 것은 4대강에 모아둔 물이 아니라 그 이전부터 있던 상류 댐에서 흘려보내는 물을 쓰는 것이다. 나는 이 말을 하고 다니느라고 입이 아플 지경이다. 이 말이 이해가 되지 않는 사람은 자신의 지능이 그래도 대한민국의 대통령은 할 수 있는 수준이라고 자위해도 된다. 우리나라는 기후변화와 더불어 홍수가 앞으로 훨씬 더 세어질 것으로 예상되기 때문에 4대강의 댐들은 영주댐과 더불어 허물어야 한다.

정부는 4대강에 만든 구조물을 '보'라고 부르지만 나는 계속 '댐'이라고 부른다. 이명박 정부 시절에 '한반도 대운하'를 반대하기 위하여 "강에다 줄줄이 댐을 세워 물을 흐르지 못하게 하면 고인 물은 썩는다"고 말했다가 그 대단한 방송윤리위원회로부터 방송 불가 판정을 받은 적이 있다. 그 이유는 두 가지였는데 '보'를 '댐'으로 불렀다는 것과 '고인 물이 썩는다'는 말이 틀렸다는 것이다. 국제대형댐위원회는 높이가 5미터 이상 되는 댐 중에 저류량이 3백만 톤 이상이면 대형 댐이라고 정의한다. 낙동강의 함안댐은 높이 13.2미터에 저류량이 1억2,700만 톤에 이른다. 대형 댐이 되고도 남는다. 그러나 이명박 정부가 이를 굳이 '보'라고 우긴 이유는 보와 댐의 설계기준이 다르기 때문이다. 보는 적당히 아무 데나 세워도 되지만, 댐이라는 이름이 붙으면 '댐 설계기준'에 따라서, (1) 물을 안전하게 담아둘 수 있는지 여부를 판단하기 위하여 저수지역의 지표지질 조사를 해야 하고, 또 (2) 댐 구조물이 들어설 자리에 댐을 안전하게 앉힐 수 있는 암반이 있는지 정밀 지반 조사를 해야 한다. 물론 4대강에 들어선 댐들은 '한반도 대운하'의 수위 6미터를 맞추기 위해서 댐 위치를 잡았을 뿐이고 이 기준은 따르지 않았다. 지금껏 댐의 물이 새고 세굴이 일어나고 댐 구조물의 보강 공사가 계속 이어지는 원인도 바로 여기에 있다.

4대강의 16개 댐과 영주댐을 허물어야 하는 이유로 두 가지를 들겠는데, 하나는 이 댐들이 국민의 생명을 위협하는 독극물을 만들기 때문이고 다른 하나는 위에 말한 대로 홍수의 위험을 키우기 때문이다.

지금 4대강에서 창궐하고 있는 녹조는 남조류가 주종으로서 마이크로시스틴을 비롯한 맹독을 분비한다. 이런 물을 마시고 가축과 물새들이 떼죽음을 당했다는 기록이 많이 있고 중국과 브라질에서는 사람도 사망한 것으로 알려져 있다. 아프리카 야생동물의 서식지로 유명하여 유네스코의 자연유산으로 등재된 보츠와나의 오카방고에서 올해 350마리의 코끼리가 떼죽음을 당하는 참사가 벌어졌는데, 이도 녹조가 낀 물을 마시고 마이크로시스틴에 중독되었던 것으로 밝혀졌다. 마이크로시스틴은 간세포를 파괴하고 신경독성을 유발하는데 미량을 장기적으로 복용하면 암과 같은 만성 피해를 일으킬 수 있다고 알려져 있다. 세계보건기구(WHO)는 생체실험 결과를 토대로 음용수의 마이크로시스틴 기준을 1 ppb(0.001 ppm) 이하로 정하였다. 이는 맹독으로 인하여 오래전에 사용이 금지된 DDT와 같은 기준이다. 물고기들은 이의 1/10 수준에서도 피해를 입는다고 알려져 있다. 이 마이크로시스틴은 물고기와 농작물에도 축적되기 때문에 이런 물은 상수원수뿐만 아니라 어떤 용도로 써서도 안 된다. 음용수 기준 수백 배의 DDT 농약을 4대강에 확 뿌려놓았다면 이것이 나라를 전복시키려는 테러에 준해서 다루어야 마땅하지 않겠는가? 나는 오카방고에 가보지는 못했지만, 단언하건대 코끼리를 떼죽음으로 몬 거기 물보다는 우리나라 4대강의 녹조가 훨씬 더 심할 것이라고 본다. 오카방고에는 인간의 활동이 거의 없는 곳이다. 금강에서 지난해에 세종댐과 공주댐의 수문을 개방했을 때 남조류 세포가 하나도 검출되지 않았다는 사실을 보면 이의 해결책은 수문만 열면 된다는 것을 너무나 명확하게 알려주고 있다.

미국 오하이오주의 인구 50만의 톨레도 시는 5대호 중의 하나인 이리(Erie)호에서 취수를 하는데 최근에 취수원 인근에 남조류 녹조가 발생하자 즉각 시민들에게 수돗물을 마시지 말고 목욕과 양치질도 자제하라고 경고하고 음식점들의 영업을 정지시키고 생수병을 공급했다. 그런데 이리호의 녹조는 우리 4대강의 녹조에 비하면 아무것도 아니다. 우리나라에서는 이리호만큼 깨끗한 호수를 찾아보기 힘들다.

우리나라의 강들은 모래 강이어서 이 모래가 수질을 정화하는 데 큰 역할을 한다. 유럽은 석회암과 편암이 많아 풍화된 점토는 가벼워 잘 떠내려가기 때문에 강바닥에 쌓인 모래가 많지 않다. 그래서 강들이 깊고 좁다. 그러나 우리나라는 화강암이 많은데, 큰 일교차로 인하여 풍화되어 모래가 많이 나와서 강바닥에 쌓이기 때문에 강들은 얕고 넓다. 잘게 쪼개진 모래와 또 모래 사이에 낀 점토는 대개 음전하를 띠는데 전기적인 인력으로 콜로이드 상의 유기오염 물질이나 광물질들을 흡착하고 또 모래 사이의 틈으로 오염 물질들을 걸러준다. 그리고 모래 바닥은 수많은 생물들이 사는 서식처가 되어 이들 생물들이 여기에 걸러진 오염 물질들을 소화해내기 때문에 물을 깨끗하게 한다. 그래서 모래가 많은 강물은 아주 깨끗하다. 그래서 유럽에서는 물이 석회가 많고 그렇게 깨끗하지 못하여 그대로 마시기가 어려운데, 우리는 수질이 좋아서 그냥 마셔왔었다.

그리고 강바닥에 깔린 이 모래는 그 자체가 훌륭한 댐이다. 모래 바닥의 절반은 물이다. 그리고 그 댐에 저장된 물은 깨끗하다. 낙동강의 지류인 모래 강 내성천에서는 가뭄을 몰랐는데 아무리 강에 흐르는 물이 없어도 모래만 파면 1급수 물이 그득했기 때문이다. 이런 훌륭한 천연 댐을 두고서 더러운 댐들을 만든 것은 참으로 어리석은 짓이다.

내성천은 깨끗한 모래 강에서만 살 수 있는 흰수마자와 먹황새와 같은 희귀 생물들의 서식처였고 고운 모래와 깨끗한 물로 인하여 아이들의 훌륭한 물놀이 터였다. 그러나 영주댐이 건설되자 물은 급속히 나빠져서 녹조가 번성했다가 녹조가 죽으면 시커멓게 썩어 냄새가 나는 등외 급수의 물로 전락하고 말았다. 예전에 하던 대로 이제 여기서 물놀이하는 아이들은 마치 농약을 몸에 바르기라도 한 듯이 피부에 알레르기가 생겨 발갛게 두드러기가 나고 가려워한다. 영주댐의 녹조 때문이다.

강물이 호수에 흘러들면 그 즉시 오염이 확 올라간다. 환경부의 물환경정보시스템의 자료를 보면, 소양강에서 BOD가 0.9ppm이던 것이 소양댐에 들어서면 1.3ppm으로, 남한강에서도 충주댐 직전에 BOD 0.9ppm이던 것이 충주댐에 들어서면 1.3ppm으로 올라간다. 팔당댐에서도 북한강의 1.1ppm이던 수질이 팔당댐에 들어서면 1.5ppm으로, 남한강의 1.6ppm이 2.0ppm으로 급상승한다. 이는 호수 자체에서 오염이 생산되고 있다는 사실을 알려주고 있고 그 오염의 원인이 바로 호수의 바닥에 가라앉은 퇴적물이다. 강은 큰비가 오면 바닥에 가라앉았던 오염을 씻어가서 강이 재생이 되고 깨끗해진다. 그러나 댐은 큰비가 올 때마다 쓰레기와 온갖 오염이 모여들어 축적된다. 그래서 우리나라가 낙동강 페놀 오염 사고 이후 지난 30년간 맑은 물 대책에 30조 원 이상을 썼고 또 4대강 사업에서 더 깨끗하게 하겠다고 22조 원을 쏟아부었는데. 강들은 많이 깨끗해졌지만 호수들은 모조리 수질이 계속 악화되고 있는 중이다.

지금 경상도에서는 깨끗한 다른 상수원수를 찾겠다고 야단법석인데 그럴 필요가 전혀 없다. 낙동강의 수문을 열기만 하면 된다. 4대강 사업을 할 때 4조원을 들여 하수처리장을 지어 BOD를 95% 줄이고 총인을 90% 줄였다고 하였다. 물을 흐르게만 하면 이로 인한 수질 개선 효과는 반드시 나타나게 되어 있다. 댐에서는 큰비 올 때 땅바닥을 씻어 내리는 오염이 댐에 쌓여 수질을 결정하기 때문에 하수 처리의 효과가 별로 없지만, 흐르는 강에서는 비가 안 오는 평상시의 오염은 하수관을 통해 들어가는 오염이 다이기 때문에 하수처리를 잘하면 그 효과는 반드시 나타나게 되어 있다. 금호강, 안양천, 중랑천들이 예전에 거의 하수도로 전락하여 지독한 냄새가 나서 근처에 가지도 못하던 강들이 하수처리장들을 짓고 난 뒤에 지금은 그전에 비하면 얼마나 깨끗해졌는지 모른다. 낙동강도 흐르게만 하면 4조 원의 효과는 나타난다. 내성천도 영주댐만 허물면 예전 모습이 그대로 돌아온다.

1급수 내성천, 공사 전 ©박용훈

공사 후 영주댐의 녹조 ©황선종

영주댐 공사 후 내성천으로 흘러 들어가는 시커먼 물 ©황선종

댐은 단단한 암반 위에 짓지 않으면 안 된다. 댐에 저장한 물이 워낙 무겁기 때문에 지반이 가라앉을 수 있고, 또 압력이 세기 때문에 댐의 옆구리가 터질 수가 있고, 또 물이 지반을 뚫고 샐 수도 있다. 물이 새면 세굴이 진척되어 댐이 붕괴될 수 있다. 또 홍수 시에는 방류수의 물줄기가 워낙 세기 때문에 하천 바닥이 침식되어 댐 구조물의 안전에 위협이 된다. 그래서 세계 각국의 댐들이 다 단단한 암반 위에 또 절벽 같은 암벽에 걸쳐서 지어져 있다. 우리나라에서 그동안 잘 지은 댐들을 보더라도 다들 단단한 암반에 걸쳐 있고 또 방류 지점의 하천 바닥도 단단한 암반이다.

미국의 Teton댐, 일본의 후쿠시마댐, 인도의 델리댐, 중국의 샤오랑디(小浪底)댐 등 수많은 댐들이 옆구리가 터져 무너져서 하류에 큰 피해들을 입혔는데 이는 단단하지 않은 암벽에 댐을 걸쳤기 때문이다. 우리나라의 연천댐도 단단하지 않은 지반에다 건설하는 바람에 1996년과 1999년 두 차례에 걸쳐서 옆구리가 터져 무너져서 큰 피해를 입혔다.

대형 댐은 작은 홍수나 작은 가뭄을 막는 데에는 참 유용하나, 예상치 못한 홍수로 붕괴되었을 때는 오히려 대형 재난을 불러올 수 있다. 이탈리아에서는 1963년에 Vajont댐이 무너지면서 2,000여 명이 죽었고, 인도에서는 1979년에 Morbi댐이 무너지면서 2만여 명이 목숨을 잃었고, 1975년에는 중국의 양자강 유역에서 반차오(板橋)댐이 무너지면서 23만 명이 죽는 사상 최악의 참사가 벌어졌다. 세계 최대 저류량을 자랑하는 이집트의 아스완댐은 이집트의 아킬레스건이다. 이스라엘은 이집트와 6일 전쟁을 할 당시 아스완댐을 폭파하겠다는 경고를 했고 이로써 전쟁은 끝났다. 그래서 1980년대 이후로는 물을 잘 다스리는 나라들은 더 이상 대형 댐을 짓지 않는다.

우리나라는 대형 댐의 수가 세계 제7위이고 밀도로 따지면 단연 세계 1위이다. 댐을 건설하기에 적합한 지역은 이미 댐이 다 들어섰고 이제 더 이상 댐 짓기에 적합한 곳을 찾기가 어렵다. 4대강에 지은 댐의 대부분은 모래 위에 세워져 있다. 댐의 물이 새고, 댐 하류의 모래가 세굴되고 끊임없이 콘크리트를 쏟아부으면서 보강 공사를 하는 이유가 여기에 있다. 그러나 앞의 예에서 보였듯이 이 댐들을 흙더미에 걸어놓았기 때문에 연천댐처럼 옆구리가 터져 무너질 가능성이 크다. 그러면 큰 홍수 피해를 입을 수가 있다.

홍수를 막기 위하여 홍수 피해 지역의 상류에다 댐을 지어 홍수를 막는 것은 흔히 하는 방법이지만 4대강 사업에서처럼 홍수 지역의 하류에다 댐을 만들어 수위를 오히려 올려놓고 홍수를 막는다는 것은 동서고금에 없던 일이다. 낙동강에는 13개의 댐이 줄줄이 들어섰는데 홍수가 날 때는 각각의 댐이 자기 맘대로 수문을 열고 물을 빼면 되는 것이 아니다. 한 댐이 갑자기 큰물을 빼서 바로 아래의 댐이 넘쳐 무너지면 그 아래의 모든 댐들이 줄줄이 무너질 수 있다. 때문에 모든 댐을 연계하여 운영하여야 한다. 10개가 넘는 댐을 연계하여 운영할 수 있는 방법이 마련되어 있지도 않고 그렇게 해본 경험도 아직 없다. 그리고 수문 하나의 무게가 구미댐의 경우 670톤에 이른다. 이런 수문을 열고 닫는 것이 쉽지도 않아서 벌써 작동이 안 된 사례가 여러 번 보도되었었다. 즉, 수문 관리 실패나 실수로 오히려 이전보다 더 큰 홍수를 불러올 가능성이 커진 것이다. 비록 수문을 잘 열었다 할지라도 구조물 자체가 물의 흐름을 방해하기 때문에 큰비가 오면 수위가 오를 수밖에 없어서 이는 홍수의 위험을 키운다.

최근에는 기후변화의 영향으로 기록적인 폭우가 계속 내리고 있다. 하루에 100mm 정도의 비가 오면 백 년에 한 번 오는 홍수라고 하는데, 이런 비는 국지적으로는 요즘 자주 내린다. 포항에서는 하루에 550mm, 연천에서는 하루에 650mm(이 비로 연천댐이 터졌다), 강릉에는 850mm가 왔다. 일본에는 훨씬 더 큰 비가 내렸는데, 하루가 아니라 한 시간에 100mm 이상 200mm까지 규슈의 나가사키와 후쿠오카 지역에 내렸는데, 그때에는 도로가 그대로 강으로 변했다고 한다. 중국에서는 하루에 1,050mm의 비가 와서 반차오댐을 비롯하여 62개의 댐이 다 터지는 참사를 가져오기도 했다. 올해 우리나라는 54일이라는 역대 최장 기간의 장마를 겪었고 이 기간 중부 지방의 강수량은 851.7mm로 역대 최고의 강수량을 기록하면서 큰 홍수 피해가 났다. 중국과 일본의 예를 보면 앞으로 우리나라에도 훨씬 더 큰 비가 올 것으로 보이며 이에 대비해야 한다. 최근의 이런 비는 댐으로 가둘 수 있는 홍수가 아니다. 4대강 사업으로 절대로 홍수 위험이 줄지 않았다. 오히려 대규모 홍수 재난의 위험을 가져오게 만들었다. 4대강의 댐을 터라. 그것이 홍수를 막고 물을 깨끗하게 하는 확실한 방법이다. 우리나라가 1970년대 이후로 댐을 많아 건설했지만 오히려 홍수 피해는 수백 배 이상 크게 늘었다. 댐이 능사가 아니다.

홍수 피해를 줄이기 위해서는 다른 접근 방법으로 나가야 한다. 4대강에서처럼 강의 하류에다가 댐을 짓는 것이 아니라, 강 상류의 소유역 단위로 보살펴야 한다. 산림을 잘 관리하여 녹색 댐을 만들고, 저수지(보)를 정비하여 퇴적물이 쌓여 기능을 못하는 일이 없도록 하고, 또 구조물이 약하여 터지는 일도 없도록 유지관리를 하고, 또 산사태가 일어나지 않도록 예방을 해야 한다. 그리고 빗물을 마을마다 잘 저장하여 하류로 한꺼번에 큰물을 내려보내지 않도록 해야 한다. 그러면 이 물은 가물 때에 유용하게 쓸 수 있다.

지금 우리나라의 시골 마을의 산지에 골프장들이 1,000개 가까이 들어섰는데, 골프장들은 가물 때 물을 쓰고 홍수 때에는 물을 확 내려보내어 가뭄과 홍수를 조장한다. 18홀 골프장 하나가 가물 때 쓰는 물이 5천 명분, 제주도에서는 만 명분의 물을 쓴다. 가뭄에 이웃의 논바닥이 쩍쩍 갈라져도 골프장은 물이 없어서 문을 닫는 법이 없다. 이럴 때는 골프장의 문을 닫게 하고 이 물을 농지로 보내줘야 제대로 된 정책이라고 할 수 있다. 앞으로 1,000개 가까운 골프장을 더 지을 계획이라고 하는데, 이런 골프장을 둔 나라는 가뭄을 불평할 자격이 없다. 앞으로 더 짓지 않도록 해야 한다. 그리고 기존의 골프장들도 홍수와 가뭄 방지 대책에 협력하도록 대책을 세워야 한다.

도시 지역의 강들은 거의 다 흐름이 끊어져 있다. 예를 들면 북악산과 인왕산에서 내려오는 물은 청계천으로 흘러야 하는데 물길이 다 끊어져 이 물은 하수도로 직행하고 청계천에는 상수원수를 끌어와 흘린다. 그래서 청계천이 넘치지 않았는데도 광화문 광장이 물에 잠기는 일이 벌어진다. 대도시의 거의 모든 강들이 다 그렇게 되어 있다. 물길을 제대로 연결해야 한다. 그리고 도시의 땅바닥이 아스팔트와 콘크리트로 덮여 비가 땅으로 스며들지를 못하여 하수도가 넘치고 강이 넘쳐 홍수가 난다. 독일은 자기 땅에 떨어진 빗물이 자기 땅 밖으로 나가면 빗물세를 내야 한다. 그리고 위험한 댐들은 철거를 해야 한다. 강 상류의 소유역의 홍수도 관리를 못하면서 강의 하류에다 댐을 지어 홍수를 관리한다는 것은 웃기는 짓이다.

기후변화와 더불어 앞으로는 모든 대책을 다 강구하더라도 감당할 수 없는 홍수도 올 것으로 예상된다. 이를 위해서는 일부 사람이 거주하지 않는 지역을 홍수 범람 구역으로 지정하여 관리할 필요도 있다. 물론 피해가 크지 않을 토지 이용이 계획되어야 하고 또 적절한 피해 보상 대책이 마련되어야 할 것이다.

강은 하늘이 인간과 또 모든 생물들에게 생명을 주기 위하여 내린 은혜인데 4대강 사업으로 이 강이 오히려 생명을 위협하기에 이르렀다. 하루속히 자연의 순리를 따르는 생명의 강으로 거듭나기를 손꼽아 기다린다.

기후위기 시대의 댐 관리정책의 전환

최동진

국토환경연구원 소장

댐은 성장과 발전의 상징이었다. 홍수를 막아주고, 용수를 공급해주는 댐이 없었다면 도시화도 산업화도 어려웠을 것이다. 그런데 2020년 대한민국에서 댐은 오히려 수해 피해를 유발한 주범으로 비난받고 있다. 범정부 차원에서 댐 관리를 위한 조사위원회가 구성되어 댐의 관리 운영의 문제로 인한 수해 피해를 조사하고 있다.

홍수 피해를 조사하는데 왜 댐이 문제가 되고 있을까? 올 여름의 수해는 우리의 댐 정책을 새롭게 돌아보는 계기가 되고 있다. 이번 수해의 원인을 두고 다양한 진단과 평가가 제시되고 있다.

이번 집중 호우로 인한 피해 중 특징적인 것 중의 하나가 댐의 직하류와 본류와 지천의 합류부 피해가 많았다는 것이다. 이를 두고 댐과 보의 관리 부실 문제, 댐 정책의 문제, 지류지천에 대한 투자 부족의 문제 등 여러 가지 진단이

나오고 있다. 수해에 대해서 어떤 진단을 내리는가에 따라서 대책도 달라진다. 이번 수해로 피해를 본 지자체와 주민들은 댐의 관리 운영에 관한 문제를 집중적으로 제기하고 있다.

갈수록 심각한 상황으로 치닫고 있는 기후위기의 영향으로 한반도는 올해와 같은 돌발적인 집중 호우를 더욱 자주 겪게 될 것이다. 올해와 같은 수해 피해가 반복되지 않게 하려면, 이번 집중 호우가 아주 예외적인 상황이라거나 이번 피해의 원인이 관리 운영의 문제라는 식으로 평가하고 끝내서는 곤란하다. 기후위기에 대한 기존의 치수 대책에 대한 근본적인 검토가 필요하다. 기후위기 시대의 치수 정책에 관하여 댐 정책을 중심으로 살펴보고자 한다.

치수 대책과 댐 관리의 주요 쟁점

① 용수 공급 우선의 관리 운영과 홍수 대응 능력 감소

댐 하류의 수해 지역 주민들이 댐 정책에 대한 문제로 제기하는 첫 번째는 댐을 홍수 관리보다는 용수 공급에 우선순위를 두고 운영하면서 홍수 대응 능력이 떨어졌다는 것이다. 특히 홍수 조절과 용수 공급, 수력발전을 동시에 해야 하는 다목적 댐의 경우 댐의 어떤 기능에 우선순위를 두는가에 따라 다른 기능들이 영향을 받는다. 예를 들어, 용담댐의 사례를 통해서 좀 더 구체적으로 살펴보자. 용담댐은 댐이 들어설 때부터 물 배분의 문제로 전북과 충남·대전이 갈등을 겪어왔다. 용담댐의 경우 역시, 이번 집중 호우를 충분히 감당할 만큼 댐의 홍수 조절 용량을 확보하지 못하고 있었다는 것이 중요한 문제로 제기되고 있다. 이는 댐의 저수 용량을 할당하는 문제이며 댐 사용권이나 수리권과 관련이 있다. 즉, 홍수에 대비해서 댐의 저류 공간을 확보해두고 있어야 하는데, 댐의 용수 공급 때문에 충분히 홍수 조절을 위한 저류 공간을 확보하지 못했다는 것이다.

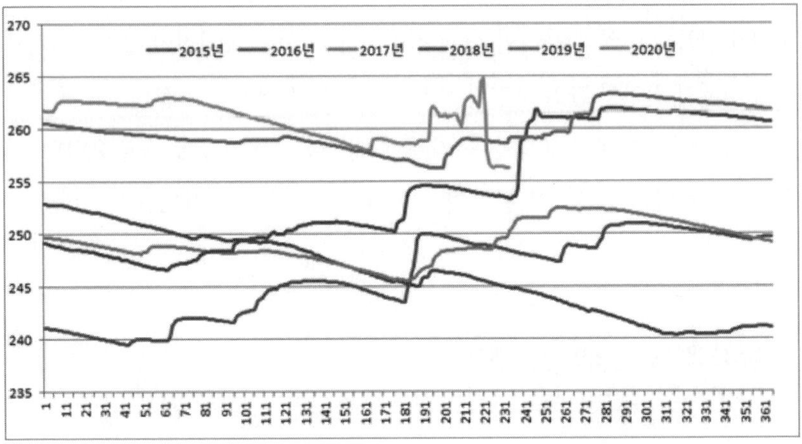

그림 1 최근 5년 동안의 용담댐의 일 저수위(최근 3년 동안 홍수기 저수위를 높게 유지)

용담댐의 경우 댐의 유입 홍수량이 설계 유입 홍수량을 초과하여 유입된 것이 문제였다. 사후적으로 보자면 용담댐의 경우는 지금보다 홍수 조절 용량을 늘리고, 댐의 용수 공급 능력을 줄여야 피해를 줄일 수 있는 조건이었다. 이것이 바로 주민들이 홍수 조절보다는 용수 공급 사업에 우선순위를 두어서 문제가 생겼다는 주장과 맥을 같이하는 부분이다. 이러한 문제를 현장의 댐 관리자에게만 책임을 돌릴 수는 없으며, 댐 정책의 기조와 연계시켜 보아야 한다.

구분	첨두 홍수량(m^3/초)	홍수 유입 총량(백만m^3)	비고
설계 유입 홍수량	5,500	328.8	200년
금회 유입 홍수량	4,395	355.8	
설계 대비	80%	108%	
홍수 유입 빈도	100년 빈도 이하	200년 빈도 초과	

표 1 용담댐의 설계 유입 홍수량과 2020년 장마 시의 유입 홍수량

대부분의 다른 댐들도 마찬가지였지만, 용담댐의 경우를 최근 몇 년 동안 강우량의 감소로 2015년부터 댐의 저수위가 여름철에조차 255미터 이하로 유지되면서 용수 공급에 어려움을 겪자 2017년부터는 적극적으로 용수 공급을 원활하게 할 수 있는 수위를 유지하려고 노력했던 것으로 보인다.

댐 관리자의 입장에서 보면 과거에는 1년 단위로 물 수급을 고려하면서 댐을 운영하였는데, 이제는 수년 동안 가뭄이 지속될 수도 있다는 가정 속에서 댐을 운영해야 하는 상황이다. 최근 몇 년 동안은 100년 만의 한반도 대가뭄이 시작되었고, 2025년에 정점에 달한다는 주장도 자주 등장하였다. 댐의 물 배분을 두고 건설 이전부터 지자체 간에 오랫동안 갈등을 겪어온 용담댐의 경우 그동안 일차적인 관심사는 홍수 조절 용량의 확보보다는 용수 배분이었다. 댐 관리의 우선순위에서 홍수 조절보다는 용수 공급을 우선에 두고 운영을 했다는 주민들의 주장이 틀렸다고 할 수 없는 상황이라고 할 수 있다.

수위	높이(m)	저수 용량	용량(백만 m^3)
정상 표고	268.5	총 저수 용량	815.0
계획 홍수위	265.5	홍수 조절 용량	137.0
상시 만수위	263.5	상시 만수위 용량	742.5
홍수기 제한 수위	261.5	유효 저수 용량	672.5
사수위	228.5	사수 용량	70.0
저수위	228.5	저수위 용량	69.0
용수 공급 가능 수위	226.5	용수 공급 계획량	650.4

표 2 용담댐의 재원

다목적 댐은 운용이 잘 될 경우에는 여러 가지 목적을 동시에 달성할 수 있는 장점이 있지만, 거꾸로 서로 상충하는 목적이 갈등을 빚을 때는 큰 문제를 야기할 수도 있다. 기후변화의 영향으로 댐과 제방 등의 하천 시설물의 설계 홍수량을 훨씬 넘는 비상 상황이 빈번해질 가능성이 커지고 있는 상황에서는 시설의 운영을 잘하는 것만으로는 문제를 해결할 수 없다. 시설물로 방어나 통제를 하는 방식으로 접근했던 치수 정책의 근본적인 전환이 필요하다.

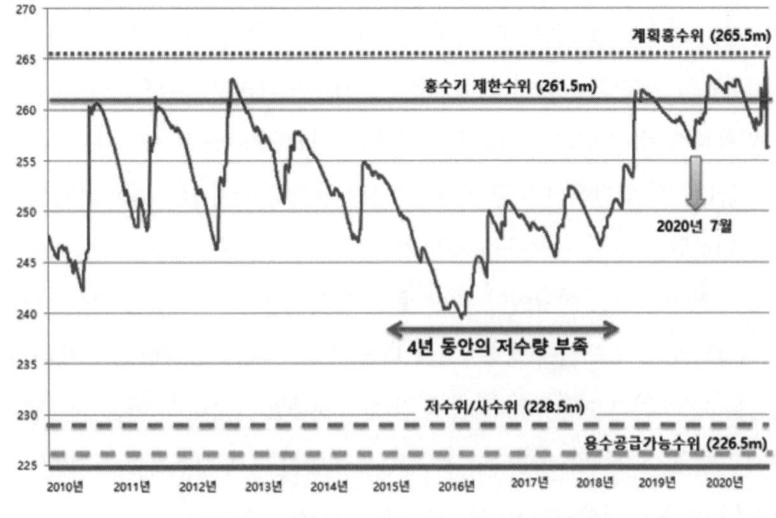

그림 2 최근 10년 동안의 용담댐의 저수위의 변화(2010년 1월 1일~2020년 8월 21일

그렇다면 2019년과 2018년 홍수기 이전에 대부분의 댐들이 수위를 낮추지 않고, 운영했던 이유는 무엇일까? 첫 번째는 최근 6년 동안 강수량이 크게 줄어서 물 공급에 대한 위기의식이 높아진 것이 한 원인이라고 할 수 있고, 또 다른 하나는 역설적으로 치수능력증대 사업 때문이라고 할 수 있다.

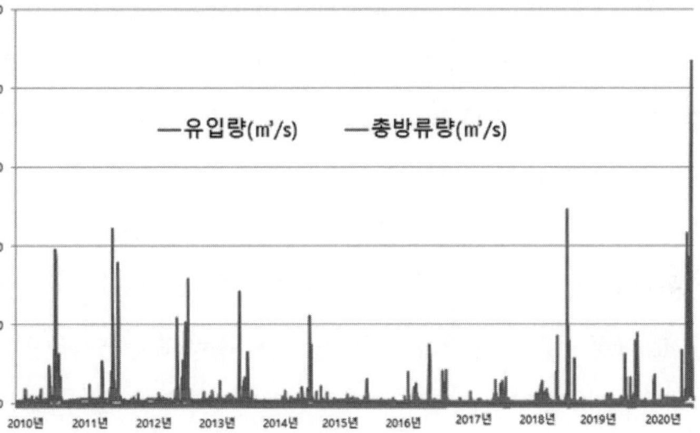

그림 3. 최근 10년 동안의 용담댐의 유입량과 방류량 추이(2010년 1월 1일~2020년 8월 21일)

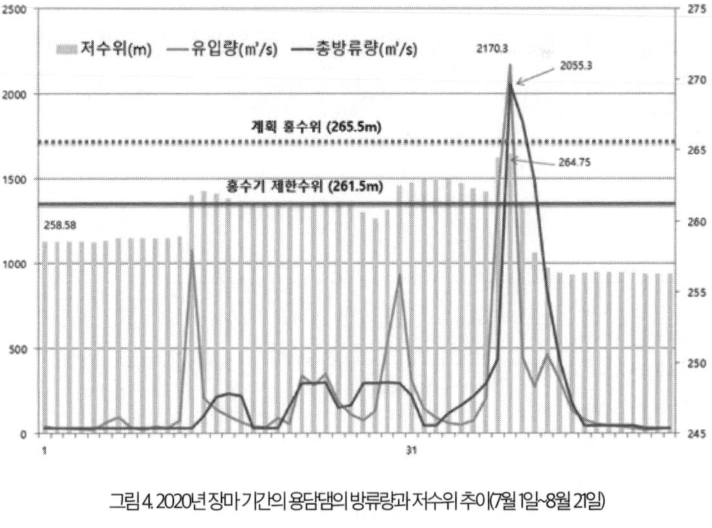

그림 4. 2020년 장마 기간의 용담댐의 방류량과 저수위 추이(7월 1일~8월 21일)

② 치수능력증대 사업과 댐 하류 홍수 취약성 증가

기후변화에 대응하기 위해서 그동안 정부에서 가장 역점을 두고 추진한 치수 사업이 이른바 '치수능력증대 사업'이다. 사업의 명칭으로만 보면 홍수에 대비하기 위한 종합적인 정책으로 보이지만, 이 사업은 댐의 안전성 강화에 중점을 둔 사업이었다. 정부에서는 2002년 루사와 2003년의 매미와 같은 초대형 태풍을 겪으면서 전국의 주요 댐들에 대한 대대적인 리모델링 사업을 추진하였다. 이 사업은 댐을 설계할 때 기준으로 삼았던 강수량과 설계 유입량보다 훨씬 많은 양의 물이 댐에 유입될 때 댐의 안전이 문제가 될 수 있으므로 이를 보완하는데 초점을 맞추고 있다(감사원, '03.4). 비상 여수로 신설 및 기존 여수로 확장 등을 통해 극한 홍수 발생 시 홍수량 배제 능력을 증대하여 기존 댐의 안전성을 확보하는 것이 주요한 목적이라고 할 수 있다. 2004년 기존 댐 수문학적 안정성 검토 결과를 토대로 소양강댐 등 24개 댐에 대한 치수 사업을 지금까지 추진하고 있다.

안정성 검토 결과	완료(19)	추진 중(3)	미착수(2)
댐체 월류 (14개)	광동, 영천, 수어, 연초, 소양강, 대암, 임하, 대청, 안동, 섬진강, 운문, 평화	충주, 남강	-
댐 여유고 부족 (10개)	달방, 구천, 합천, 보령, 밀양, 부안, 주암	안계	선암, 사연

표 3. 치수능력증대 사업 추진 현황('19년 9월 말 기준, 환경부)

치수능력증대 사업에 대해 일부 연구자들은 "댐이 붕괴되면 상상을 초월하는 재난이 발생하므로 댐을 증고하거나 여수로를 확장/신설하는 방안이 추진되고 있지만, 이러한 방안을 선정할 때 월류 가능성에 매몰된 나머지 하류 홍수 피해를 간과하는 경향이 있다"고 평가하고 있다.(김병일 등, 2014)

보조여수로 유입부

보조여수로 유출부

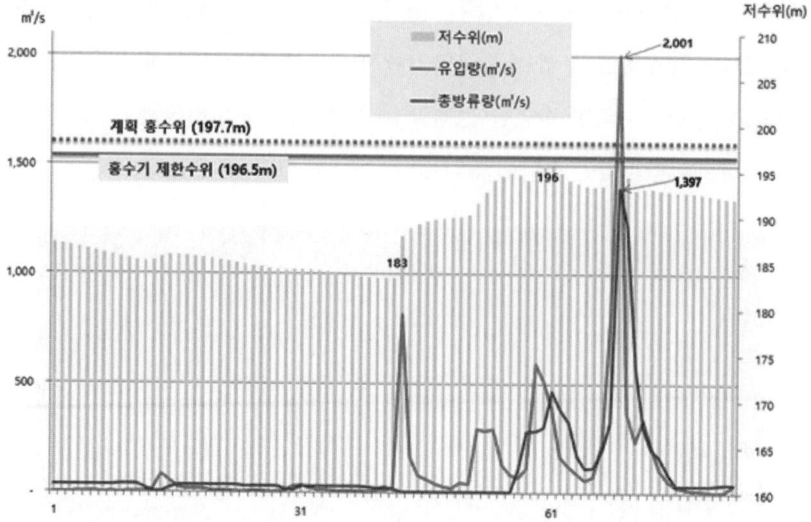

그림 5. 2020년 장마 기간의 섬진강댐의 방류량과 저수위 추이(6월 1일~8월 22일

2020년 장마 기간의 수해는 댐 하류 지역이 많았는데, 치수능력증대 사업에서는 댐 하류 지역의 홍수 위험에 대해서는 충분히 고려하지 못했다. 이 때문에 주민들은 치수능력증대 사업이 오히려 하류 하천의 홍수 위험을 높였다고 비판하고 있다. 실제로 섬진강댐의 경우를 보면 홍수 조절 기능과 용수 공급 기능 등을 확충하기 위해 지난 2008년 6월 재개발 사업에 착수, 7년여 만인 지난 2015년 11월 보조 여수로 등을 준공하였다. 사업의 결과에 대한 설명에서 보조 여수로 준공으로 댐 상하류 지역은 홍수를 비롯한 대형 재난으로부터 보다 안전해졌으며, 연간 6,500만m^3의 추가 용수를 확보했다고 하고 있다. 또, 소수력 발전을 통해 연간 7,450MWh의 에너지를 생산하고, 댐 하류 지역으로 흘려져 하천 생태 복원과 수질 향상에 기여한 후, 다시 취수되어 생공용수로 공급, 부족한 용수 수요에 대처한다고 하고 있다.

그런데 하류 지역 주민들의 입장에서 보면, 댐의 방류 능력이 커져서 집중 호우가 내릴 경우 댐의 관리를 어떻게 하는가에 따라 댐 재개발 이전보다 훨씬 홍수 위험이 커질 수도 있다. 실제 감사원의 지적 등에서 섬진강댐이 상시만수위선보다 5m를 낮게 운영해옴에 따라 그동안 엄청난 수자원을 낭비했으며, 섬진강댐의 수위를 5m 높여 정상 운영할 경우 추가 담수량이 1억4,400만 톤이 늘어나며 이를 원수대금으로 환산하면 43억 원에 달한다고 하였고 이것이 치수증력증대 사업을 포함한 섬진강댐 재개발의 추진 이유가 되었다. 즉, 댐 수위를 정상 수위인 196.5m까지 운영하여 용수 공급 능력을 확보하자는 것이었다. 이는 치수능력증대 사업이 댐 하류 유역의 홍수 피해를 저감하기보다는 댐의 용수 공급 능력을 키우기 위한 사업이었다는 주민들의 비판하는 부분과 일맥상통한다. 댐의 홍수기 제한 수위를 낮추고, 용수 공급에 대한 다른 대안을 찾는 접근보다는 용수 공급 능력을 확대하면서 댐을 보강하는 방법으로 치수능력 사업을 추진한 것이다.

기후위기 시대의 치수 대책의 방향

기후위기는 치수 정책의 근본적인 전환을 요구하고 있다. 우리나라가 기후변화에 대비한 수자원 정책을 추진해오지 않은 것은 아니다. 수십 년 전부터 기후변화에 대한 대응을 위해서 연구개발과 정책에 많은 예산을 투입해왔다. 하천 시설물들의 설계 빈도를 꾸준히 높여왔고, 치수능력증대 사업과 같은 치수 사업에 집중적인 투자를 해왔다. 대도시를 지나는 본류 하천을 200년에 한 번 내리는 큰비에도 견딜 수 있게 하고, 대부분의 댐과 저수지는 높이를 높이고 시설을 보강했다.

이번 여름의 54일간의 장마도 기후변화가 원인이라고 보아야 한다는 얘기를 많이 한다. 기후위기에 대한 행동을 하는 시민 사회에서는 "이 비는 장마가 아니라 기후위기입니다"라는 해시태그 캠페인을 벌이기도 했다. 유례가 없는 기상 현상들은 기후변화와 관련이 있음은 분명하다.

2020년의 장마의 원인이 기후위기라는 시민 단체의 캠페인

그런데 다른 한편으로 큰비가 올 때마다 이를 기후변화 탓으로 돌리는 것은 문제라는 주장도 있다. 사실 이번 수해의 경우도 지역과 시기는 다르지만 과거에 겪었던 정도의 수해의 범위에 들어 있다고 볼 수 있다. 불규칙하긴 하지만 오래전부터 우리는 몇 년에 한 번 꼴로 집중 호우로 인한 큰 수해를 겪고, 또 간헐적인 가뭄에 시달려왔다. 그때마다 재해 복구뿐만 아니라 수해 예방을 위한 치수 사업을 위한 투자를 확대해왔다. 다목적 댐을 건설하고, 하천 제방을 꾸준히 정비해온 덕분에 그래도 일정한 패턴의 수해에는 잘 방어해왔다.

국립기상과학원이 1912년부터 2017년까지 100년 동안의 강수량 변화를 분석하여, 지난 106년 동안 우리나라 연 강수량은 16.3㎜/10년으로 증가하였다고 하였다. 특히 여름철 강수량이 크게 증가했다고 한다. 이는 기후변화로 앞으로 우리나라의 강수량이 증가할 것이라는 시나리오와 일치한다. 그런데 최근 10년 평균의 경우는 최근 30년보다 −60㎜ 감소하였다고 하였다. 즉 장기간의 변화 추세는 증가하지만 단기간을 보면 증가하기도 하고 감소하기도 한다는 것을 의미한다. 즉, 한 해에 비가 많이 왔다는 하나의 사실만으로 기후변화 때문이라고 하기는 곤란하다.

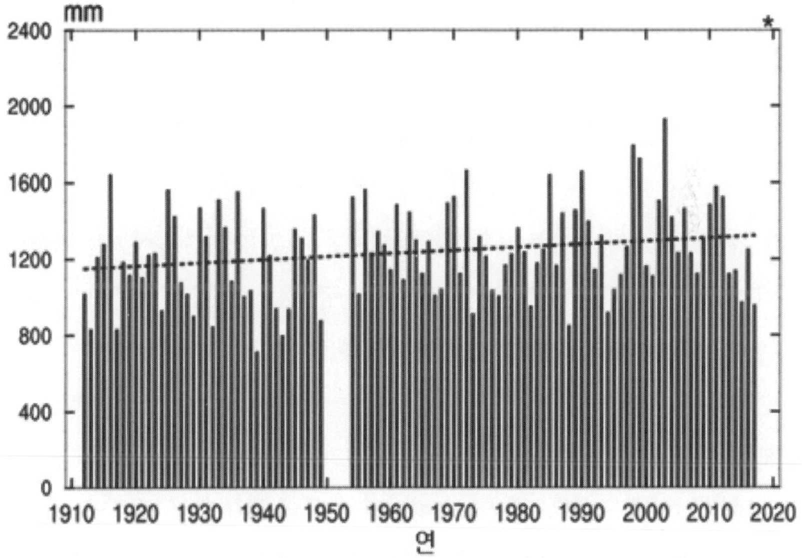

그림 6. 한반도 100년 동안의 연강수량 변화 추이
출처 : 국립기상과학원, 2018, 한반도 100년의 기후변화

기후위기와 관련된 치수 대책의 문제는 댐과 제방 등의 인공 시설물로 감당하기 힘든 큰 집중 호우에 어떻게 대응해야 하는가이다. 올해만 놓고 보면 평가가 다를 수 있겠지만 사실 우리나라는 물 분야에서 본격적으로 기후위기라고 실감할 만한 큰 수해를 겪고 있다고 보기는 힘들다. 올해의 중국과 일본의 사례가 아니더라도 최근 세계의 많은 나라들에서는 도시 전체가 물에 잠

기거나 하천 제방이나 댐이 무의미할 정도로 큰비로 인한 대규모 참사를 겪은 경우가 점점 늘어나고 있다. 그동안 우리나라는 상대적으로 태풍이 비껴가거나 돌발성 집중 호우도 지역적으로 한정되어 내렸었다. 그렇지만 앞으로는 감당하기 힘든 물 재해가 더 자주, 더 큰 규모로 발생할 가능성이 크다. 기후위기에 대한 대응은 이런 경우에 대비한 적응 대책을 말한다. 예방하거나 방어할 수 없는 수해에 대한 대책이 바로 적응 대책과 회복력을 기르는 대책이다.(WMO, APFM, 2009)

① 유역 대책으로 댐과 하천의 부담 경감

기후위기로 국지성 집중 호우가 빈발해지고, 강우 강도도 높아지는 경향이 있다. 거기에다 더 큰 문제는 불확실성과 불규칙성이 높아서 예측하고 예방하기 어렵다는 것이다. 결국 적응력과 회복력을 높이는 수밖에 없다.

댐 관리에서 집중 호우에 대한 적응력을 높이는 것은 홍수 조절 용량을 늘리고, 방류량 조절 능력을 높이는 것이다. 그러기 위해서는 댐의 여유 용량을 확보하는 것이 중요하다. 한탄강과 평화의 댐 등의 홍수 조절 댐이 담수를 하지 않는 이유는 담수를 하게 되면 그만큼 홍수를 조절할 수 있는 여력이 줄어들기 때문이다. 다목적 댐의 경우 홍수 조절 용량을 늘리려면 이수 용량을 줄여야 한다. 이수 용량은 농업용수와 생활용수, 공업용수, 발전용수, 하천유지용수 등으로 배분되어 있으며, 생활용수와 공업용수의 경우 댐 사용권이 설정되어 있다. 그리고 댐의 관리는 댐 사용권을 침해하지 않도록 하여야 한다(댐 건설법 제16조). 댐 사용권을 물권으로 보기 때문에 댐 사용권을 조정하려면 댐 사용권자에게 적절한 보상을 하여야 할 것이지만, 현실적으로는 용수 수요를 줄여야 한다. 즉, 적극적으로 수요 관리를 하여 물 수요를 절감하든지, 다른 대체 수원을 확보해야 댐 사용권의 조정이 가능할 것이다. 즉, 댐의 홍수 조절 용량을 확보하기 위해서는 댐 사용권이나 수리권을 조정해야 하고, 이는 수요를 절감하거나 물을 재이용하거나 지역 내의 소규모 분산 수원을 찾아야 한다. 하천과 댐의 홍수 부담을 줄이기 위해서는 이수 용량을 줄여야 하고, 유역 전체에서 홍수량을 분담하기 위한 다양한 대책이 필요하다.

② 주민과 참여하는 위험 거버넌스

기후위기에 대한 물 관리 대책을 적응 대책이라고 한다. 적응 대책은 피해를 막을 수 없기 때문에 피해를 최소화하고, 빠르게 회복하기 위한 대책이다. 따라서 피해 당사자인 주민들이 참여하고 주도해야 하는 대책이다.

댐 관리자의 입장에서의 홍수 대책은 댐의 월류와 댐의 안전이 일차적인 관심사이지만, 댐 하류 주민들의 입장에서는 댐의 방류량이 큰 관심사이다. 최근 치수능력증대 사업으로 댐의 방류 능력이 커지면서 댐의 방류가 하류 하천의 홍수에 미치는 영향이 더욱 커졌다. 따라서 하천 시설의 관리자와 주민들과의 소통이 더욱 중요해졌다. 이번 수해에서 지자체와 주민들은 이런 소통의 문제를 핵심적으로 제기했다. 댐 관리자가 충분한 협의나 소통이 없이 일방적으로 방류를 했다는 것이다. 농번기와 홍수기 등의 물 관리에서 중요한 시기 이전에 주민들과 충분히 협의하고 소통하여 댐의 방류를 포함한 운영 계획을 같이 수립하고 공유하는 것이 중요하다.

일반적으로 구조적 대책은 중앙 정부와 지자체가 주도적인 역할을 하지만, 비구조적인 대책은 주민들의 참여가 없이는 실효성을 얻기가 곤란하다. 비구조적인 홍수 관리는 시설의 설치가 아니라 운영관리체제를 개선하고, 홍수터를 관리하고, 홍수보험제도를 도입하는 것 등을 포함한다. 홍수 위험이 높은 지역의 토지 이용을 조정하려면 주민들의 참여와 동의 없이는 곤란하다. 이러한 비구조적 대책이 제대로 추진되려면 유역 주민과의 협의와 소통이 원활해야 한다. 이를 가능하게 하는 것이 유역 거버넌스이다.

구조적 대책	비구조적 대책
홍수 조절 댐의 건설 방수로 건설 하천 정비 및 개수(제방 정비) 배수시스템 정비 우수 유출 저감 시설 천변 저류지 설치 하수도 정비	홍수보험 홍수위험지도의 작성과 공개 홍수터 관리 저수지 최적 운영, 홍수 조절 용량 증대 홍수 위험 소통 및 예경보시스템 유역 관리(산림 보전 등) 적응형 도시 홍수 대책(택지 이전 등)

표 4. 구조적 홍수 대책과 비구조적 홍수 대책

물관리기본법에 의해서 물관리위원회라는 새로운 물관리 거버넌스체계가 출범했지만, 홍수 관리를 위한 통합적인 거버넌스가 정착하기까지는 아직 갈 길이 멀다. 국가 및 유역 물관리위원회가 거버넌스에 기반한 새로운 통합 홍수 관리의 패러다임을 열어가야 할 것이다.

참고 문헌

1. 국립기상과학원, 2018, 한반도 100년의 기후변화
2. 이상돈, 2011, 우리나라 하천법에서의 하천 유지유량과 환경개선용수, 법학논문집 제35집 제2호
3. 김병일, 김사철, 김두연, 2014, 댐 홍수 조절기능의 회복탄력성 산정, Journal of the Korean Society of Civil Engineers, Vol.34 No.6 December 2014
4. 국가수자원관리정보시스템(http://wamis.go.kr/)
5. 감사원, 2003, 『자연재해 대비실태』감사결과, 감사원 보도 자료 2003년 4월
6. 환경부 보도 자료, 2014. 4.2
7. 환경부, 2020, 우리 강 자연성 회복 구상
8. Sandra Postel, 2003, Rivers for life
9. WMO, APFM, 2009, Integrated Flood Management Concept Paper

흰목물떼새가 사는 법
— 내성천과 낙동강 자연성 회복 소고

박용훈

하천 사진 기록가

1. 꼬마물떼새는 수만리 바다를 오가고, 사람들은 집요하게 물떼새의 서식처를 훼손하고

메추리와 붕, 그리고 꼬마물떼새

“북명에 고기 있어 그 이름을 곤이라 하니, 곤의 크기 그 몇 천리임을 알지 못하겠더라. (변)화하여 새 되면 그 이름을 붕이라 하니 붕의 등이 몇 천리임을 알지 못하겠더라. 노하여 날면 그 날개가 하늘에 드리운 구름 같으니, 이 새 바다가 움직인 즉 장차 남명으로 옮겨가잔 것이더라. 남명이란 천지다.”

함석헌 선생님이 『씨알의 옛글풀이』(한길사)에서 전국시대에 살았던 장자의 사상을 소개하면서 「소요유(逍遙遊)」의 첫 글을 번역한 내용이다. 이 글은 계속 이렇게 이어진다. "'제해(齊諧)'란 것은 괴상한 것을 기록한 책이라. 해(諧)의 말한 것이 이렇다. 붕이 남명으로 옮겨가려 할 때 물을 때리기 2천 리를 하고 회리바람에 날개 쳐 오르기 9만 리를 한 다음 가기를 여섯 달 하여서 쉬더라."

「소요유」는 뒤에 또 이렇게 이어진다. "척안(메추리)이 웃으며 말하기를 저가 또 어디를 가자는 거냐. 내 솟구쳐 올라가도 두어 길에 지나지 못하고 내려오는 것이요, 쑥대 사이에 호르락거리는 이것이 낢의(날아가는) 끝인데, 그런데 저가 또 어디를 가는 거냐 했다." 소요유와 관련하여 함석헌 선생님은 "장자는 당시 부국강병의 포악한 지배주의 때문에 희생되는 인생을 건지기 위해 말한 것이었다"고 배경을 설명하였다.

'붕'이라는 새는 상상의 새이지만 물을 때리기를 2천 리를 한다는 따위가 허황된 이야기는 아니다. 몇 해 전에 만난 외국 NGO의 한 조류 전문가에게 내성천에서 포란하는 꼬마물떼새 영상을 보여주었더니 호주 지역까지 이동하는 경이로운 새라고 말해주었다. 꼬마물떼새는 어른 손바닥보다 더 작다. 이 작은 새가 새끼를 키우기 위해 태평양을 건너 수천 킬로미터를 오가는 것을 장자는 알고 있었을까? 마지막 남은 한 뼘의 꼬마물떼새 둥지 터마저 사람의 땅으로 만들려 하고, 빼앗은 땅은 어떻게 해서라도 돌려주려 하지 않으려하고, 해마다 녹조가 식수원을 오염시키지 않을까 전전긍긍하면서도 가둔 물을 흐르게 하지 않으려하고, 심지어 강의 자연성을 회복하겠다고 선언해놓고도 돌아서서는 강을 훼손하는 참으로 고약한 시대를 보았다면 무어라 말했을까?

작은 물새들의 처지, 우리 시대 약자들의 처지

뱃속에 아이가 생기면 태교를 한다. 좋은 음악을 들려주고, 아름다운 그림을 감상하고, 말을 가려서 하고, 마음을 차분히 하며 생각을 바르게 하려 한다. 모래톱에서 번식하는 작은 물새들도 알을 품으면서 알들에게 어미의 소리를 계속 들려준다. 새와 사람의 태교가 어떤 차이가 있든 생명의 신비로움은 그 무게가 다르지 않아 보인다.

2017년 봄, 내성천에서 흰목물떼새의 서식 현황을 조사하는 생태지평 시민생태조사단 모니터링을 하다가 중류의 외진 모래톱 한 곳에서 태어난 지 얼마 되지 않은 꼬마물떼새 새끼 4마리를 발견했다. 한눈에 다 들어오는 좁은 공간에서 몇 뼘씩 떨어져 모래톱에 바짝 엎드린 자세로 눈 하나 꿈쩍하지 않

내성천 꼬마물떼새 유조(2017년 5월, 시민생태조사단)

았다. 카메라로 기록한 후 멀찍이 떨어져서 쌍안경으로 지켜보았다. 한 마리가 저만치 떨어져 있던 어미를 향해 종종걸음을 하더니 한 곳에서 멈춰 선다. 그렇게 한 마리씩 차례대로 모두 자리를 옮겼다. 봄부터 여름까지 모래밭의 적막 속에는 새끼를 지키면서 키우기 위한 물떼새들의 팽팽한 긴장이 배어 있다. 하루에도 여러 번 생사의 갈림길이 그곳에 있다.

2019년 봄, 내성천 중류의 또 다른 외진 곳에 흰목물떼새가 둥지를 틀었다. 내성천에서 오랜 기간 영상 작업을 해온 한 생태 다큐 팀이 둥지와 거리를 둔 곳에 위장막을 치고 이 한 쌍의 포란 기간 일부와 부화 과정을 지켜봤다. 흰목물떼새는 약 28일간 알을 품는데, 때가 지나도 새끼들이 나오지 않았다. 예정일을 잘못 잡은 모양이었다. 며칠이 더 지나 첫째가 알을 깨고 나왔다. 세 번째 녀석까지 잘 나왔는데 아무리 기다려도 막내가 나오지 않는다. 애를 먹이던 막내가 새벽녘에 드디어 부리 끝의 하얀 난치로 껍질을 깨고 나왔다.

새끼들이 모두 깨어났다는 소식을 전해 듣고는 아침에 현장에 도착했다. 네 마리가 엄마 품에 안겨 있을 전형적인 그림을 상상했는데, 그렇지 않았다. 솜털이 다 마르고 쌩쌩해진 세 형제를 애비가 거느리는 모습이 먼저 쌍안경 안으로 들어왔다, 잠시 후 그들과 떨어진 곳에 있는 어미를 다시 확인하면서 뭉클했다. 품을 파고드는 새끼를 보듬은 채 어미는 사방을 경계했다. 난산 끝에 늦게 태어나 몸을 잘 가누지도 못하는 새끼를 어미는 우리가 쉽게 생각하는 냉정한 자연의 법칙처럼 버리지 않았고, 그렇다고 다른 새끼들과 함께 두지도 않았다. 4대강 사업 이후 자연성 회복을 위한 과정에서 결단을 내리지 못한 채 꼼짝을 못하는 현 정부보다 이 작은 새 한 쌍이 훨씬 단호하면서도 지혜로웠다.

2017년 봄에 꼬마물떼새 유조를 확인한 모래톱에는 2019년 여름 달뿌리풀이 넓게 군락을 이룬 채 자리를 차지했다. 2019년에 흰목물떼새가 난산을 한 둥지 주변 모래톱으로는 2020년에 풀이 많이 들어왔다. 천적을 먼저 보기 위한 시야가 확보되지 않는 곳에서 포란을 시도하면 둥지뿐만 아니라 어미도 위태로워질 수 있다. 그렇다고 그 자리를 버리자니 갈 곳 또한 마땅치 않다.

4대강 사업과 영주댐 건설로 이들이 살 만한 곳은 이미 크게 줄었고, 지칠 줄 모르는 각종 하천 정비 사업은 지천에 남은 서식처마저 위협한다. 둥지를 틀 만한 모래톱을 둘러싼 경쟁은 치열할 수밖에 없어서 내성천에서는 제방 가장자리 쇄석 위에다가 흰목물떼새가 알을 낳은 것이 확인되기도 했다. 이런 작은 물새들의 처지는 최소한의 사회적인 안전망이 제대로 구축되지 않은 여러 현장에서 상해와 죽음의 위협 속에 일해야 하는 작업 환경에 노출된 우리 시대 사회적 약자들의 처지와 그리 다르지 않아 보인다.

텅 비어 있음의 섭리—강에서

예수님의 산상수훈은 이렇게 시작된다. "마음이 가난한 자는 복이 있나니" 마음이 가난하다는 것은 무엇을 말하는 것일까? 평생 농민과 농촌을 위해 사셨던 쌍천 이영춘 박사님이 생전에 산상수훈을 한문으로 옮겨 쓴 서예에는 가난하다는 자리에 빌 허를 놓았다. '心虛爲福' 텅 비어 있어서 복된 자리이고, 충만한 자리다. 어떤 말로 표현하든 "말씀"을 온전히 다 담기는 불가능할 것이다.

숙련된 어떤 전문가라면 작업 도구들은 선반 등에 정리해서 필요할 때 찾기 좋도록 해놓고, 일하는 작업 테이블 위는 깨끗하게 비워둘 것이다. 그래서 비워둔다는 것은 어떤 여건을 조성하거나 어떤 것을 이룰, 어떤 것을 받아들일 준비가 되어 있다는 의미로 읽힐 수 있겠다.

한편 불교에서 말하는 '무상無常'의 뜻을 보니 "항상 함이 없다. 끊임없이 변화해서 사라진다" 이런 풀이가 되어 있다. 고개를 들어 하늘을 보면 누가 무엇을 하는 것도 아닌데, 텅 빈 하늘에 조화가 무궁하다. 늘 비어 있어서 아름답다. 강에서는 어떨까? 20011년 봄의 내성천을 찾아가보자.

내성천 중류 또는 하류 어느 곳이어도 좋다. 또는 댐 공사를 시작한 상류여도 상관없다. 한쪽으로는 하얀 백사장이 넓게 펼쳐 있고, 내리쬐는 햇빛에 맑게 빛나며 흐르는 강 안쪽으로도 군데군데 작은 모래톱이 머리를 물 위로 내밀고 있다. 수리부엉이는 강을 내려다보는 산 중턱 바위 그늘에서 졸고 있고, 이따금 황조롱이 한 마리가 정지 비행을 하다가 몸을 내리꽂거나 하늘에 예리한 선을 그으며 산 너머로 날아간다.

내성천 중류 모래톱(2014년 5월)

흐르는 강물 위로 작고 예쁜 새 한 쌍이 멋진 곡예비행을 한다. 할미새다. 이런 비행은 모래톱 터줏대감의 모습은 아니다. 갑자기 텅 비어 있는 넓은 모래톱 위로 높고 맑은 물새 소리와 함께 선회 비행을 하는 새들이 눈에 들어온다. 꼬마물떼새 또는 흰목물떼새다. 번식을 위한 준비 기간이다. 커다란 모래톱을 차지하기 위한 보이지 않는 경쟁이 치열하다.

어느 순간부터 물떼새들의 노랫소리가 들리지 않는다. 모래톱에는 텅 빈 고요가 이어진다. 그 모래톱과 내가 하나가 되면 어디선가 모래톱과 하나가 된 작은 새를 보게 된다. 한눈에 다 들어오는 모래밭에서 당당하게 알을 품는다.

텅 빈 모래밭에는 영겁의 세월 지구를 지탱해온 섭리가 배어 있다. 크고 강하다고 모래밭을 지배할 수 없다. 수달도, 황조롱이도 수리부엉이도 잠깐 들렀다가 떠나야 한다. 작은 물새들만 이곳에 터를 잡고 당당하게 알을 품는다. 하얀 모래밭은 작고 연약한 물새들의 피난처이며 성소다.

텅 빈 모래밭에 작은 거미들이 가만히 있다가 종종걸음을 한다. 메뚜기가 슬금슬금 날고 참뜰길앞잡이가 낮게 직선으로 난다. 명주잠자리 애벌레가 모래에 만든 기하학적인 구조물은 흡사 아름다운 우주의 블랙홀 같다. 있는 줄 없는 줄 모르는 물떼새 새끼들은 곤충을 잡아먹다가도 태아 때부터 익힌 어미 소리를 따라 엎드린다. 고라니가 지나가며 파놓은 작은 구덩이, 어미가 만들어놓은 위장 둥지 등 숨을 곳은 천지다. 그냥 제자리에서 꼼짝하지 않기만 해도 된다. 무궁무진한 형상의 모래밭 자체가 그들의 피난처다.

하얀 모래만 보이는 그곳에 생명들이 웅크리고 있다. 모래는 강에 의지해서 사는 약한 종들의 삶터이자 피난처다. 사는 동안 그들이 강의 주인이다.

모래톱의 원래 주인은 물론 강이다. 강은 모래톱을 늘 깨끗하게 비워두고 기다린다. 물떼새들이 이른 봄부터 강이 준비해둔 모래톱을 살펴본 후 적당한 자리를 정하면 그때부터 알을 낳고 품어 부화하기까지 온 힘을 다한다. 해가 너무 강하면 서서 그늘을 만들어주고, 날이 너무 더우면 강물을 가슴에 묻혀 알을 적셔준다. 비가 오면 꼼짝하지 않은 채 비를 다 맞으면서 알의 체온을 유지한다.

내성천 모래톱의 흰목물떼새 유조(2015년 6월)

천적이 나타나 어미가 잠시 자리를 비우면 햇볕을 받은 모래가 대신 알을 품어준다. 태아를 감싸 보호하며 성장을 돕는 양막을 '모래집'으로 부른 시작이다. 알이 깨어나서 걷고 뛰고 자란다. 생로병사는 어디에나 있는 법. 살아남은 것들이 묵묵히 대를 이어간다. 물떼새들에게 자리를 제공한 대가로 강은 하늘 높이 울리는 맑은 물새 소리를 즐기고, 예쁜 알과 새끼들의 성장을 대견스럽게 바라보면서 생명이 넘치는 아름다움을 보상받는다.

강 가장자리에서는 뱁새라고 부르는 붉은머리오목눈이가 앙증맞은 눈으로 덤불에서 폴싹대고 그 옆에서 왕버드나무가 시원한 그늘을 만들어준다. 가끔 씨앗을 모래톱 물가로 날려 보내 싹을 틔워보기도 하지만 강은 물새들의 삶터에 이들이 자리 잡는 것을 용납하지 않는다. 장마에 불어난 강물이 자기 영역에 들어온 것들을 청소해내는데, 버티고 싶어도 성난 강물이 뿌리를 내린 모래까지 쓸고 가버리니 어쩔 도리가 없다. 강은 홍수를 이용해 모래를 적재적소에 옮겨놓은 후 생명력이 넘치면서도 텅 빈 상태로 다시 돌아가고, 이듬해 꼬마물떼새와 흰목물떼새들은 늘 그래온 것처럼 알을 품는다. 강이 곧 생명이다.

순간서식처—무상(無常)하여 강에 사는 약자들의 피난처가 되는 자리

"그래서 내성천은 수천만 년 동안에 여기 생겼다가 저기 생겼다가, 저기 생겼다가 여기 생겼다가 하는데 이런 장소를 뭐라고 얘기하냐면 순간서식처라 합니다. 순간서식처를 학술적으로, 'ephemeral habitat'라는 용어가 있습니다. 그 순간서식처의 의미가 뭐냐 하면 물의 disturbance, 물의 파괴 작용에 의해서 주기적, 비주기적으로 서식처가 불안정한 상태로 변하는 것, 동적으로 변해가는 서식처, 그게 순간서식처인데 그런 순간서식처에 다년생 식물이 살겠습니까? 생명 환이 짧은 1년생이 살겠습니까? 1년생이죠. 그래서 1, 2년생 식물이 들어가는데 거기에 다년생인 달뿌리풀이 들어오면 이미 끝나간다는 이야기입니다. 변화가 급진적으로 된다는 의미입니다."

"이 위성 서식처(satellite habitat)가 매우 중요한데, 위성 서식처를 중간에 징검다리 해주는 서식처가 있어요. 그 서식처들이 대부분 순간서식처입니다. 생겼다가 없어졌다가, 그걸 이용해서 가는 겁니다. 이게 피난처가 된다는 거예요. 가다가 위험에 처하면 어디에서 피신을 좀 해야 될 것 아닙니까? 피하려면 어딘가 가봐야 될 것 아닙니까? 그곳을 순간서식처라 하는데, 있다가 없어지는 서식처가 생기는 거죠." (사람들이 자는 곳과 일하는 곳이 대부분 같지 않듯이 야생동물들도 그러하다. 생존을 위해 필요한 공간이 다 서식처에 해당하는데, 이렇게 기능적으로 구분되는 각각의 서식처를 위성 서식처라고 한다. 참여한 김윤전 님이 현장 강의 내용을 정리했다.)

생태지평 시민생태조사단 김종원 교수 현장 강의(2020년 6월, 시민생태조사단)

생태지평에서 2016년도부터 내성천 흰목물떼새의 서식 현황을 모니터링하기 위해 꾸린 시민생태조사단이 2020년도 생태 조사를 하면서 관련 분야의 전문가를 현장으로 모셔서 강의를 듣는 시간을 마련했고, 그 첫 강사로 『한국식물생태보감』 저자이며 식생학과 생태학에 권위 있는 김종원 교수를 모셨다. 접하기 어려운 귀한 강의였다. 해질 무렵에야 강의가 끝났는데, 참가자들은 하나같이 약한 야생동물에게 퇴로를 확보해주는 순간서식처를 가장 인상적인 내용으로 손꼽았다. 우리 강의 특징을 그대로 응축한 한마디이다.

건강하게 흐르는 강에 존재하는 '순간서식처'는 그곳에 있되 늘 변화하는 까닭에 힘이 센 누군가가 움켜쥐는 독점적 전유물의 형태가 되지 않는 그 무엇이다. 하천이 늘 흐르고 움직이며 변동하는 상황에 적응하고 또 이를 이용하면서 살아온 강의 약자들에게는 이런 공간이 삶의 통로이면서 유사시 안전판 또는 퇴로가 되지만 강자들에게는 그래서 그 변화가 오히려 불편한 어떤 차별적인 공간이다.

다년생 식물이 아닌 1, 2년생 식물이 들어와 산다는 '순간서식처'는 강이 만들어낸, 강에서 다양한 생명이 공존하기 위한 필수 조건이다. 다년생인 달뿌리풀이나 왕버드나무 등은 순간서식처로 들어와 오래 머물면 안 되고 강과 육상의 경계에서 살아야 한다. 이들이 자유롭게 이동하는 모래톱을 장악하는 순간 강에서 공존은 깨지고, 강에 의지해서 사는 작은 물새 등이 밀려나며, 그 영향은 결국 사람들에게까지 미쳐서 더 이상 강에 들어가서 물장구를 치거나 모래톱을 걷거나 앉아서 쉬며 즐길 수 없다.

순간서식처를 우리 사회에 비유하여 재구성해본다면, 여러 삶의 현장에서 일하는 사람들에게 그 사회의 사회적 안전망에 의해 유무형으로 제공된 어떤 안전시스템이 늘 안전한 환경에서 일하면서 살아갈 수 있도록 해주는 사회적 장치라고 할 수 있다.

통로와 퇴로 또는 피난처를 제공하는 순간서식처는 물 위로 드러난 모래톱

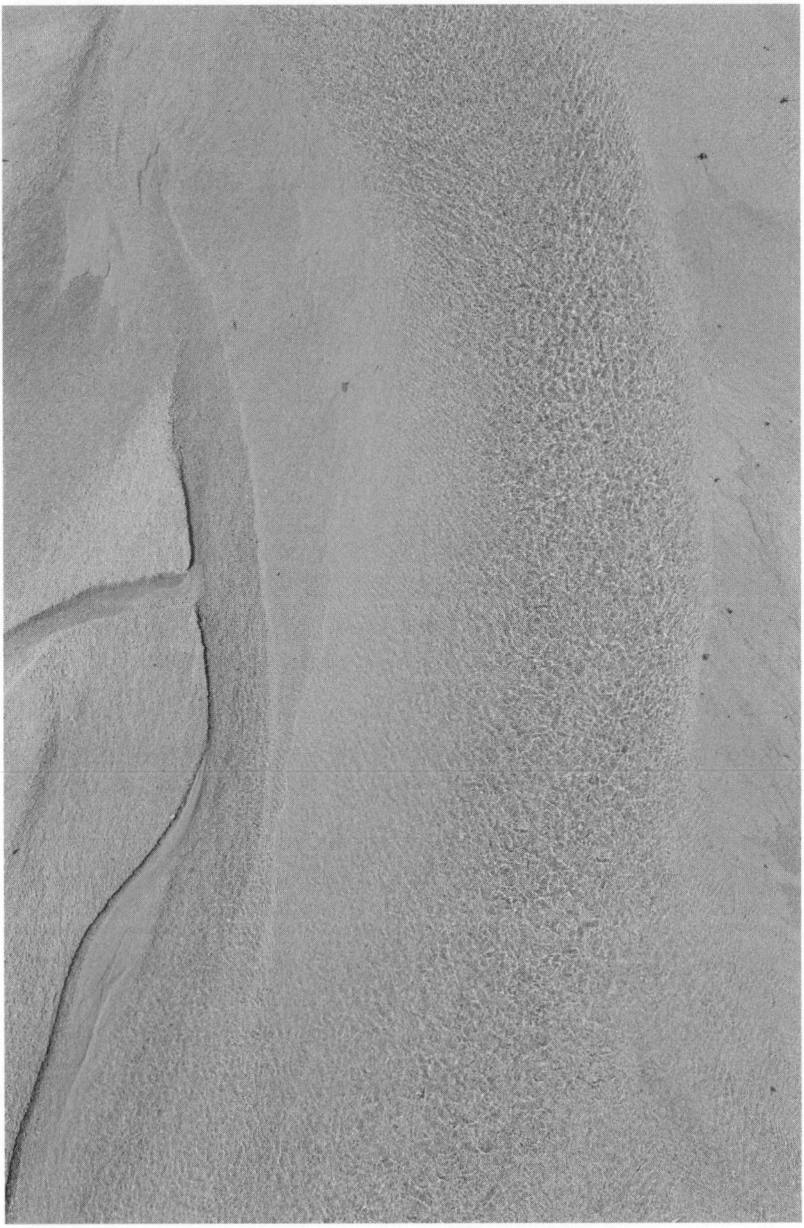

흰수마자가 살기에 적합한 내성천의 고운 모래와 맑은 물(2012년 10월)

뿐 아니라 물이 흐르는 강바닥에도 있는데, 김종원 교수는 강에서 약자에 속하는 대표적인 종으로 다른 큰 물고기들이 활동하는 낮에는 모래 속에 숨어 있고 위기가 닥쳤을 때도 모래 속으로 숨는 흰수마자를 꼽았다. 흐르는 강물 따라 늘 움직이며 새로워지는 내성천의 고운 모래가 흰수마자의 서식처이면서 피난처인 것이다.

늘 같은 모래로 보이지만 강이 본연의 에너지를 잃지 않고 흐른다면 있던 모래는 어느 틈에 내려가고 새 모래가 들어와 형상을 지우고 다시 만들고는 또 사라진다. 강은 본디 무형이고 무상의 강이다. 내성천이 막힘없이 흐르는 한 생태적 조건이 까다롭다고 알려진 흰수마자의 서식처는 늘 새롭게 만들어진다.

이날 현장 강의가 이어진 대부분의 모래톱에서 달뿌리풀이 크게 자리를 차지한 것을 볼 수 있었는데, 김 교수님은 달뿌리풀이 모래톱을 잠식하는 현상을 강이 동맥경화에 걸린 것으로 비유했다. 혈관에 플라그가 낀 것과 마찬가지로 보는 것이다. 왕버드나무 군락 또한 여기저기에서 자리를 잡은 채 넓혀가는 것이 목격됐다. 이는 내성천에서 순간서식처가 사라지고 있다는 것을, 즉 내성천의 모래에 의지하여 살아온 고유종들이 밀려나는 것을 뜻한다.

강의 공간이 '육역화'하는 것은 강 에너지가 주로 댐 등에 기인하는 인위적인 교란에 의해 크게 줄어 강안으로 들어온 육상 식물을 제때 밀어내지 못하기 때문이다. 댐으로 인해 모래가 내려오는 양이 줄어들고, 자유롭게 거침없는 모래의 이동 또한 위축된다. 순간서식처는 사라지고, 내성천의 모래에 의지하여 살아온 여러 종들이 밀려난다.

명승 제19호인 내성천 선몽대 일원 일대의 모래톱이 습지로 변하는 모습(2020년 10월, 시민생태조사단)

댐에 의해 육역화가 일어나는 강에서는 강바닥에 또 다른 심각한 변화가 생긴다. 떠내려간 만큼의 모래가 상류로부터 내려오지 않는다. 고운 모래가 먼저 떠내려가고 남게 된 굵은 모래의 비중이 점점 높아진다. 이런 현상은 홍수기를 거치며 확연히 나타나는데, 주로 강물이 흐르는 하도를 중심으로 경계의 모래톱까지 또는 보다 넓은 범위에서 굵은 모래와 자갈이 광범위하게 드러난다. 고운 모래에서 살아가는 내성천의 흰수마자에게는 그 생존을 위협하는 심각한 변화일 수밖에 없다. 54일간의 긴 장마 후 이런 현상이 뚜렷이 나타났다.

긴 장마 후 모래가 사라지고 자갈이 드러난 상태에서 정화 능력이 떨어진 모습까지 보이는 내성천 중류 일대
(2020년 10월, 시민생태조사단)

2. 댐을 짓고, 흰수마자 치어를 계속 댐 하류에 방류하고

54일간의 장마가 보여준 내성천과 금강의 극명한 차이

금강에서는 모래톱이 살아나고, 내성천에서는 모래톱이 자갈밭으로 변했다.

2020년 여름, 54일간의 긴 장마가 지난 후 보를 개방했던 금강은 강에 모래톱이 크게 형성되고 흰수마자가 곳곳에서 나타났지만, 영주댐을 굳게 닫은 내성천에서는 강 곳곳에 자갈이 크게 드러나는 등 강이 더욱 황폐해졌다. 우리가 알던 회룡포가 이번 홍수가 지난 직후 사라졌다. 반면 댐 상류 20여km 지점에는 고운 모래가 펼쳐졌다.

장마 54일이 만든 금강과 내성천의 차이, 영주댐 상류와 하류의 차이는 매우 중요한 것이어서 결론적으로 말하면 내성천과 영주댐이 서로 공존할 수 없는 관계임을 확연히 드러냈다. 댐이 내성천에 끼치는 영향력이 매우 큰 것이다. 공교롭게도 환경부가 댐이 내성천에 끼치는 영향과 관련하여 시험 담수를 시행하면서 크게 2가지 용역을 25억 원을 들여 진행 중이었는데, 이번 홍수기에는 댐에서 모래가 하류로 이동하는 배사문을 완전히 닫아놓은 상태여서 굳이 돈을 들이는 이런 용역이 아니더라도 댐이 끼치는 영향을 극명하게 나타낸 것이다. 이보다 더 정밀한 모니터링이 있을 수 없을 만큼 완벽한 테스트였다. 동시에 환경부가 영주댐을 시험 담수하면서 진행하는 유사 이동과 생태계 복원관련 조사용역이 도대체 왜 필요한지 다시 한 번 묻게 만든다.

금강에서 발견된 흰수마자가 내성천에서는 확인되지 않았다.

2020년 국감 마지막 날, 환경노동위원회 강은미(정의당) 의원은 올해 내성천에서 흰수마자가 한 마리도 발견되지 않았다는 보도 자료를 배포했다. 영주댐 협의체가 영주댐 시험 담수를 마치고 방류하기로 정한 날인 10월 15일까지의 사후환경영향조사 자료를 수공에 요구하여 제출받았는데, 댐 하류 내성천 9곳과 낙동강 1곳 등 총 10곳을 3차례 6일간 조사한 결과 자연산이든 인공증식 흰수마자든, 성체든 치어든 한 마리도 나오지 않았다. 충격적인 결과였지만 예견된 결과이기도 했다.

아직 강에 모래가 고운 곳이 남아 있긴 하지만, 혹시 극히 일부 개체가 생존해 있을 수는 있겠지만, 보다 주목해야 할 것은 강바닥이 자갈밭으로 변한 곳이 너무 많이 늘었다는 점이다. 단 1년여의 시험 담수와 그 기간 중의 홍수기를 거친 결과였다. 장마가 끝나고 10월에 생태지평 시민생태조사단이 찾은 회룡포는 불과 몇 달 만에 크게 변했다. 우리나라 110곳 명승 중 백미였던 회룡포야 중장비를 동원해서 돌을 골라내어 당장의 황량함을 감춘다 해도 내성천에 회룡포만 있는 것이 아니다. 앞으로 댐을 정식 가동하려는 순간부터 한국의 대표적인 모래 강인 내성천은 되돌릴 수 없는 지경이 될 것이다.

홍수 후 지갈밭으로 변한 내성천 회룡포(2020년 8월, 시민생태조사단)

홍수 후 모래톱이 복원된 영주댐 상류 석포교 일대(2020년 8월, 시민생태조사단)

영주댐 건설 그리고 흰수마자 수난사

영주댐 사업 전 흰수마자의 집단 서식처였던 내성천.

낙동강수계관리위원회와 국립환경과학원 낙동강물환경연구소가 4대강 사업 전인 2007년 2월에 발표한 「낙동강 수계의 어류생태 및 수질평가에 관한 연구」는 "지점 1, 2인 내성천 상.하류 지점에서는 아우점종이 흰수마자(G. nakdongensis)로 환경부에서 멸종위기 I 급종으로 지정하여 관리 중인 종으로 서식처가 낙동강으로 제한되어 있는데 본 조사의 결과에 의하면 내성천 지역에 집단 서식처가 있는 것을 밝혀냈다"고 분석한 바 있다.

내성천 흰수마자(2014년 10월)

아우점종이란 우점종 다음으로 개체수가 많이 확인된 종이라는 뜻이다. 흰수마자가 내성천에서 아우점하여 집단 서식처가 확인될 정도면 얼마나 많은 흰수마자가 내성천에 있었다는 것인지 짐작할 수 있다. 환경부는 영주댐 건설 환경영향평가 과정에서부터 이런 흰수마자 문제를 도외시하였고, 현 정부에 들어서서는 이미 심각해진 흰수마자 문제를 외면한 채 장관 지시로 시험 담수를 강행하였다. '유럽연합 물관리 기본지침(EU Water Framework Directive, WFD)'을 제정한 EU나 '깨끗한 물법(Clean Water Act)'을 제정한 미국이라면 한 국가의 대표적인 강의 모습을 간직한 곳을 훼손하는 영주댐 건설은 상상하기 어렵다.

4년간 과도한 골재 채취가 내성천 수생태계에 끼친 악영향.

한국수자원공사는 2009년 12월에 영주댐을 착공하고, 이후 매년 사후환경영향조사를 통해 댐 수몰 예정지 몇 곳에서 어류를 조사하였다. 그 결과 2013년에는 다묵장어가 확인되지 않았고, 2014년에는 조사한 7개 지점 중 골재 채취를 하지 않은 댐 상시 만수위인 석포교 일대를 제외하면 6개 지점 모두에서 흰수마자가 발견되지 않았다. (2014년 5월에 실시한 2차 조사에서 ST6 지점인 석포교 일대에서만 흰수마자 5개체가 확인되었다.)

한편 영주댐 수몰지 내에 있는 흰수마자 개체를 댐 하류로 이주시키기 위한 포획 조사가 2014년 6월부터 약 1년간 진행되었지만 댐 상류에서 한 개체도 확인되지 않았다.

사후환경영향조사는 댐 상류의 골재 채취가 흰수마자의 서식 환경에 큰 영향을 준 것으로 추정하면서도, 댐 상류의 흰수마자들이 산란을 위해 연차적으로 내성천 하류 인접 본류 지역으로 자연적으로 이동하였을 것으로 추정하면서 골재 채취 등으로 인한 폐사 가능성을 분석하지 않았다.

20대 국회 이상돈 의원이 낸 정책 보고서 「내성천 생물 다양성 보전」(2019. 12)은 이와 관련하여 골재 채취를 주목하면서 "2010년부터 2013년까지 4년간 채취한 모래의 양은 총 289만6천m^3로, 이는 착공 직전 4년간의 채취량 26만6천m^3의 11배에 달하는 양"이라는 점과, "2012년 한 해에만 댐 상류에서 내려오는 연간 유사 추정량의 약 8년 치에 해당하는 165만m^3를 채취했다"는 점, 그리고 "그중 117만m^3을 평은면에서 파냈는데, 이후 2013년부터는 평은면 소재지의 모든 조사 지점에서 흰수마자가 확인되지 않았다"고 지적했다.

이 정책 보고서는 "수공도 골재 채취가 모래하상에 서식하는 흰수마자의 서식 환경에 큰 영향을 준 것으로 추정하였다. 그럼에도 불구하고 수공은 흰수마자의 폐사 가능성에 대해서는 일체 언급하지 않은 채, 산란을 위해 내성천 하류 인접 본류 지역으로 자연적으로 이동하여 더 이상 서식 개체는 없을 것으로 보았으니 참으로 어처구니없는 일이다"고 지적했다. 4년에 걸친 큰 골재 채취로 인해 폐사 가능성이 있음에도 전혀 다루지 않았다는 것이다.

흰수마자 서식처인 내성천 영주댐 수몰 예정지(2010년 9월)

흰수마자 서식처가 골재 채취로 크게 훼손된 모습. 이곳에 서식하던 흰수마자의 이동이 얼마나 가능했을지 의문이다(2013년 4월)

흰수마자가 폐사가 아닌 산란 회유를 위해 내려갔다고 주장하려면 다묵장어에 대해서도 왜 같은 시기에 확인되지 않았는지 타당한 학술적 근거가 있어야 한다. 한국수자원공사와 대구지방환경청이 19대 국회 환노위 심상정 의원의 2015년 국감 지적에 따라 제출한 「내성천 하상입도 조사계획(안)」에서 "흰수마자의 생태 습성 등은 현재 10% 정도 밝혀진 상태로, 산란 습성 및 모래 입도 등의 정확한 서식지 환경은 향후 추가적인 연구가 필요함"이라고 했으면서도 댐 상류에서 발견되지 않은 것과 관련하여 흰수마자의 서식처를 4년간 과도한 골재 채취로 극도로 훼손한 정황을 반영하지 않은 학술적 근거를 제시해야 한다. 영주댐 환경영향평가에서 "유영력이 떨어지는 멸종위기종 I급인 흰수마자의 경우 어도 이용 가능성이 희박할 것으로 추정된다"고 분석한 흰수마자가 골재 채취로 흙탕물이 된 댐 상류 내성천에서 당시 만든 농업용 철재 보를 넘고 최대 20km 가까운 거리를 이동하여 댐 여수로 등을 통해 모두 무사히 빠져나갔다고 결론 낼 수 있는 학술적 근거 또한 제시해야 한다. 만약 영주댐 공사 중 법정 보호종인 흰수마자가 집단 폐사한 정황이 있다면 그 책임이 누구에게 있는지도 따져보아야 한다.

한편 흰수마자가 내성천에서 급감한 주요 원인과 관련한 영주댐 사후환경영향조사의 산란 회유 분석에 대해 강은미 의원은 2020년도 국감 기간 중 보도 자료를 통해 다음과 같이 지적하였다.

「한편 2019년도 영주댐 사후환경영향조사는 "산란회유로 개방" 문제와 관련하여 "내성천 흰수마자는 낙동강 본류로 이동하여 산란하고, 발생한 치어와 산란을 마친 성어는 다시 내성천으로 올라와 서식하는 것으로 추정된다"면서 "2014년부터 2019년까지 당년생 치어가 출현한 것은 대홍수가 발생하여 낙동강 본류 합수부에 모래가 퇴적되면서 산란 회유로가 일시적으로 개방되었던 2016년뿐이다"고 분석한 바 있다. 이 산란 회유로 개방 문제는 문경시 영순면 일대에 있는 취수용 달지 하상유지 시설을 부산지방국토청이 2015년에 보강 공사함으로 인해 흰수마자의 이동에 심각한 장애가 있음을 지적한 것인데, 부산국토청은 2018년 12월에 흰수마자 보호 대책으로 해당 지역에 생태수로 조성 공사를 시행하였으며, 올해에는 2016년을 능가하는 대홍수가 발생하였지만, 내성천 10개 지점을 3차례에 걸쳐 6일간 조사한 결과 흰수마자는 자연산이든 인공증식 방류 개체든, 성체와 치어를 막론하고 전혀 확인되지 않았다. 산란 회유로 문제는 비교적 쉽게 개선될 수 있지만, 영주댐 하류 내성천의 흰수마자 서식처 회복은 영주댐 처리 문제를 검토하지 않는 한 해결될 수 없을 것이라는 점에서 매우 심각한 사안이다.」

수공이 내성천에서 흰수마자가 나오지 않는 문제를 산란 회유로를 차단하는 보에 돌리면서 정작 가장 중요한 문제인 댐으로 인한 문제는 살펴보려 하지 않는다는 지적이다. 이번 1년이 넘는 시험 담수로 인해 흰수마자와 영주댐의 공존은 불가능하다는 것이 충분히 드러났다.

치어 방류는 계속되어야 한다. 살아남을 가능성?—將功成萬骨枯!

한국수자원공사는 올해 5월 29일, 내성천 흰수마자 치어 방류 사업과 관련하여 5,000마리의 치어를 내성천 하류 낙동강에 방류했다. 2014년 10월 15일, 내성천 중류 미호교 일대에서 예천의 한 초등학교 어린이들과 함께 치어 2,000마리를 처음 방류한 이후 4번째 방류였다. 수공이 당초 이 사업을 시작할 때 받은 전문가 자문은 내성천에서 친어를 확보하도록 했는데, 이와 관련하여 환경부는 "지역 유전자 보존"이라고 답변했다고 20대 국회 이상돈 의원 정책 보고서 「내성천 생물 다양성 보전」(2019. 12.)은 밝히고 있다.

1, 2차 방류는 내성천에서 친어(어미)를 잡았지만 3차와 4차는 낙동강의 다른 지천인 남강에서 잡았다. 4차 때는 내성천에 방류하지 않고 인근 낙동강에 방류했다. 강은미 의원의 보도 자료를 보면 이 4차 방류 관련 입도조사를 정작 서식처인 내성천에서는 하지 않았다. 내성천 흰수마자가 아닌 남강의 흰수마자 치어를 내성천이 아닌 낙동강에 방류한 것이다. 그런데 올해 5월 말 방류 이후 9월과 10월 조사 결과 내성천과 낙동강의 모든 조사 지점에서 치어가 전혀 나오지 않았다. 물론 1~3차에 방류한 1만 마리의 치어도 확인되지 않았다.

결국 내성천에서 흰수마자가 한 마리도 보이지 않게 되었고 국정 감사에서 이 문제가 지적되었으며, 중앙일보가 〈1조1,030억 들여 초래한 '환경재앙'〉이라는 소제목을 달아서 영주댐 문제를 크게 비판하기에 이르렀다. 4대강 사업으로 낙동강에서는 완전히 사라진 것으로 언론이 여러 차례 다루었던 흰수마자가 그 고향과도 같은 내성천에서조차 완전히 사라졌다는 내용은 그만큼 충격적인 사건이었다.

내성천에서 흰수마자 치어를 처음 방류한 후 세운 입간판(2014년 10월)

치어를 방류했지만 이후 모니터링에서 확인되지 않는 문제점은 2015년 국감에서 심상정의원이 처음 제기했다. 이후로도 2016년과 2020년에 치어 방류는 반복되었고, 역시 확인되지 않았다. 왜 이런 치어 방류가 반복되는 것일까? 그 해답은 위의 중앙일보 언론 보도에서 짐작할 수 있다. "1조1,030억 들여 초래한 '환경재앙'" 같은 신랄한 비판은 영주댐에 큰 부담으로 작용한다.

대구지방환경청의 용역으로 수행한 「내성천 유역 자연 생태계 모니터링」의 연구수행 계획서는 "모래 입도의 변화는 내성천에 살고 있는 환경부 지정 멸종위기 야생생물 Ⅰ급 담수어류인 흰수마자에 영향을 주는데, 수자원공사가 영주댐을 건설하면서 흰수마자 보호를 위해 2014년 10월부터 인공증식 복원을 실시하여 2016년까지 3년간 1만 마리의 치어를 방류한 것은 댐으로 인한 흰수마자 서식 환경의 변화 문제를 역설적으로 드러내는 것으로 볼 수 있다"고 분석한 바 있다.

이런 고리들을 연결해보면 흰수마자 치어를 댐 하류에 반복해서 방류한 배경을 짐작할 수 있다. 댐 하류가 살 만하다면 애써 이런 일을 할 필요가 없다. 굳이 남강에서 태어나 잘 살 수 있는 흰수마자를 내성천이나 내성천 하류 낙동강에 방류할 이유도 없는 것이다. 앞서 『씨알의 옛글풀이』에 있는 장자의 「소요유」를 소개했는데, 다시 같은 책에 있는 「기해세」란 제목의 당시(唐詩)에 담긴 뜻을 보자.

물 나라 강산이 왼통 쌈판 됐구나.
씨알이 뭣으로 나무 베고 풀 베느냐.
그대게 이르노니 제후 된단 말 마라.
한 장수 공 이루려고 일만 뼈다귀 말랐단다(一將功成萬骨枯)

쓸모없는 댐 하나 지키겠다고, 우리나라에서 멸종위기 야생생물 Ⅰ급으로 지정하여 법으로 보호하는 흰수마자를 포획, 인공 산란시켜 매번 수천마리씩 방류하여 결과적으로 죽게 한 것인데, 이런 행위를 멸종위기 보전 대책이라고 말할 수 있는지, 그렇게라도 해서 단 한마리라도 내성천에 남겨야 하는 흰수마자라면 애초에 그런 강에 댐을 왜 세웠는지, 그 댐을 세우면서 어떻게 환경부가 사전 환경성 검토 때 환경성검토협의회 위원으로 참여하면서 흰수마자를 한 마디도 언급하지 않았는지 물어야 할 때다.

국립생태원의 이상한 내성천 보고서

흰수마자에 필요한 고운 모래가 급감했는데, 모래조립질 평균 입경이 달라지지 않았다는 분석을 내놓은 국립생태원.

내성천 흰수마자 문제는 올해 국감을 통해 드러난 결과로 인해 더 이상 어떤 조사가 필요하지 않을 정도로 이미 심각함을 드러냈지만, 환경부가 영주댐 문제 처리 여부를 검토할 때 유관 전문기관들의 의견을 참고하려 할 테니 이 기관들이 내성천에 대해 보여주는 조사 방법, 관점 등을 살펴볼 필요가 있다.

환경부와 국립생태원은 2018년 5월부터 2019년 4월까지 내성천에서 「생태·경관 우수지역 발굴조사」를 실시한 후 2019년 12월 26일 이와 관련한 기자회견을 하였다. JTBC 뉴스룸이 이와 관련하여 보도를 했는데 단도직입으로 흰수마자 문제부터 꺼냈다.

"세계에서 보기 드문 모래 하천, 멸종위기종의 마지막 피난처라고 불리는 곳이 있습니다. 생물 1,400여 종이 사는 내성천입니다. 그런데 여기에 살던 물고기 흰수마자가 거의 자취를 감췄습니다. 내성천에 이상이 생겼다는 걱정이 나옵니다."

이 발굴 조사를 수행한 국립생태원 보호 지역연구팀장이 흰수마자 문제에 대해 답변했다.

"영주댐 때문이라고 말을 하기는 힘들고요. 기본적인 모래 조립질의 평균 입경은 크게 달라진 게 없다는 판단을 하고 있고요."

실제로 국립생태원 조사 보고서는 맨 앞의 요약문에서 "내성천 일대 퇴적물의 입도는 평균 입경은 약 0.989mm로, 비교적 분급이 양호한 조립사로 구성되어 있었다"라고 분석했다. 그런데 이 요약문은 이 입경이 흰수마자와 어떤 관계에 있는지를 분석하지는 않았다. 그냥 내성천 모래의 평균 입경이 어떻다고 했을 뿐이다. 요약문의 이 분석은 흰수마자와 관련된 분석이 아닌 것이다. 게다가 평균 입경의 변화가 어떻다는 분석도 없다. 그럼 흰수마자와 관련된 모래 입도 조사는 어떻게 할까? 대구지방환경청과 한국수자원공사가 2016년 4월 1일부터 2017년 1월 15일까지 공동으로 조사 연구한 결과물인 「멸종위기 담수어류 보호 및 복원을 위한 내성천 생태건강성 조사 연구」(2017. 1) 보고서에 담긴 내용 중 흰수마자 관련 분석을 살펴보자.

"흰수마자는 고운 모래 입도 조성이 서식지 제한 요인으로 작용하기 때문에 1mm 미만과 2mm 미만 모래 입도 조성 변화를 비교하였다. …… 흰수마자의 거의 유일한 서식 제한 요인인 모래 입도 조성을 유지하기 위해서는 지속적이고 안정적으로 모래가 유입되어야 할 것이다."

실제 분석한 표를 살펴보면 흰수마자와 관련된 입도 조사는 1mm 미만, 1~2mm, 2mm 이상으로 구분하여 매년의 변화 추이를 보는 방식으로 구성했다. 단순한 전체 평균 입경이 아니라 입도 크기별로 모래 비중의 변화가 중요하기 때문이다.

앞서 국립생태원의 조사 보고서 요약문에서 다룬 분석은 흰수마자 서식지 제한 요인과 관련된 분석이 아니다. 관련된 분석은 이 보고서의 〈흰수마자 서식처 하상 구조 분석 및 상관관계 분석〉에서 다루고 있는데, 이에 의하면 국립생태원은 흰수마자의 거의 유일한 서식 제한 요인인 모래 입도와 관련된 조사를 수행하지 않았고, 한국수자원공사 등의 분석 자료를 참고하여 재분석했을 뿐이다. 그런데 국립생태원의 이 분석은 아주 단순한 추이만 나타냈을 뿐 실제 입도가 어떤 경향으로 변화했는지는 보여주지 않는다.

한 예로 고평교가 구간 내에 있는 5구간을 살펴보자. 보고서는 이 구간에 대해 "5구간에서는 1mm 이하 모래 입도 조성은 2017년도까지 증가 경향을 나타냈고, 2018년도에는 감소 경향을 나타냈으며"라고 분석하여 마치 2017년도가 모래 입경 변화의 분기점인 듯 표현하였다. 그러나 이런 분석은 정확하지도, 정직하지도 않다.

조사 지점	조사 연월	모래 입도 조성 비율(%)		
		1mm 미만	1~2mm	2mm 이상
고평교	2014. 09	90.8	8.2	1.0
	2016. 05	30.7	36.8	32.5
	2016. 08	20.7	42.0	37.2
	2016. 11	28.8	29.2	42.0
	2017. 04	30.2	37.6	32.2
	2017. 12	39.1	37.4	23.4
	2018. 06	34.3	43.8	21.9
	2018. 10	31.4	47.6	21.0
	2019. 05	26.3	44.0	29.7
	2019.10	37.6	34.7	27.7

표 1. 흰수마자 서식 현황 조사 관련 모래 입도 조사 현황 (한국수자원공사 국회 제출 자료 재구성)

대구지방환경청이 '한국수자원공사가 흰수마자 서식 현황 조사의 일환으로 실시한 내성천 모래 입도 조사 결과'를 받아서 20대 국회 환노위 소속 이상돈 의원에게 제출한 내용 중 고평교 분석을 보면 다음 표와 같이 2014년 9월에 1mm 미만 입도가 90.8%였다가 2016년도부터 급감한다. 가장 급감한 상태인 2016년 8월을 기준하면 국립생태원 분석대로 2017년까지 증가 경향을 나타내고, 2018년부터 다시 감소한다. 국립생태원은 가장 좋았던 시기를 기준하지 않고, 가장 나빴던 시기를 기준으로 분석한 것이다.

영주댐 시험 담수 기간 중 홍수기를 거친 고평교 일대 모래톱(2020년 10월, 시민생태조사단)

이번에는 미호교가 포함된 4구간을 분석한 내용을 살펴보자. 국립생태원은 "4구간에서는 1~2mm 이하 모래 입도 조성은 2016년도부터 감소하다가 2018년도에 약간 증가하는 경향을 나타내고 있고"라고 분석했는데, 이를 21대 국회 환경노동위원회 강은미 정의당 의원이 국감 기간 중 발표한 보도 자료와 비교해보자.

보도 자료는 흰수마자 치어 방류 관련 입도 조사 자료 중 치어를 방류한 지점의 입도 변화를 표시했는데, 미호교는 한국수자원공사가 흰수마자 치어를 1차와 2차에 걸쳐 방류한 곳으로 치어가 살기에 가장 좋은 조건을 볼 수 있는 1mm 미만 입도가 2014년 9월에는 90% 대였으나 불과 2년만인 2016년 8월에 30% 대로 급감했다. 이것을 "1~2mm 이하 모래 입도 조성은 2016년도부터 감소하다가 2018년도에 약간 증가하는 경향을 나타내고 있고"라고 분석한 것은 정직하지 않다. 이 사안의 맨 앞으로 돌아가서 전문가로서 정부의 한 용역을 맡은 책임자인 국립생태원의 보호 지역연구팀장이 JTBC 인터뷰에서 흰수마자 문제에 대해 "기본적인 모래 조립질의 평균 입경은 크게 달라진 게 없다는 판단을 하고 있고요"라고 말한 까닭을 곰곰 생각해보게 된다. 이미 사후환경영향조사로 확인되었고 국회 환경노동위원회에도 제출된 자료인데 도대체 왜?

조사 지점	조사 연월	모래 입도 조성 비율(%)			비고
		1mm 미만	1~2mm	2mm 이상	비고
미호교 (1차, 2차 치어 방류)	2014. 09	93.7	6.1	0.1	
	2016. 08	35.9	40.0	24.1	
	2020. 04				조사 미실시

표 2 흰수마자 치어 방류 관련 모래 입도 조사 현황 [한국수자원공사 국회 제출 자료(21대 국회 강은미 의원 보도 자료) 재구성]

모래 강에서 습지를 강조한 국립생태원 내성천 「생태 . 경관 우수지역 발굴조사」 보고서.

중국집에서 생선 초밥을 주문하거나, 잔디가 깔린 축구 전용구장에 다이아

몬드를 그려 넣고 야구를 한다거나 하는 일 따위는 생기지 않는다. 이런 것들은 상식에 속한다.

「생태.경관 우수지역 발굴조사」는 '생태.경관 보전 지역' 지정과 관련된 조사이다. 우리나라에서 환경부와 지자체가 지정하는 보호 지역은 '국립공원'에 포함된 보호 지역을 제외하면 습지(환경부는 내륙 습지), 생태.경관 보전 지역, 특정 도서 이 세 가지를 대표적인 보호 지역 유형으로 말할 수 있다. '습지'와 '생태.경관 보전 지역'은 보호와 관련하여 그 갈래가 전혀 다르다.

내성천은 모래 강이다. 그냥 모래 강도 아니고 한국의 모래 강을 대표하는 강이다. 이런 내성천을 대표하는 깃대종을 말하라면 단연 고운 모래에서 사는 흰수마자를 꼽을 수 있다. 넓은 모래톱에 알을 낳아 품는 흰목물떼새와 강 바닥이 잘 보이고 수심이 얕은 강에서 물고기를 잡아먹고 강 옆의 높은 나무나 바위에서 휴식을 취하는 먹황새 등도 들 수 있다.

앞서 흰수마자 입도 조사 문제를 지적한 국립생태원의 내성천 「생태.경관 우수지역 발굴조사」는 보고서의 총괄 부분에서 내성천의 구간별 습지 현황을 나열하고 그 등급을 표시하였다. 그중 7구간(경진습지)은 "습지 I등급, 습지보전등급 1등급"으로 구분하였는데, 이 구간은 골재 채취와 댐 건설 등의 영향으로 모래 강이라는 내성천의 고유성을 가장 많이 잃은 채 내성천에서 육역화가 가장 많이 진행된 구간이다. 국립생태원이 보고서의 맨 앞에 배치한 총괄에 구간별 습지등급까지 표시한 것에 중점을 두고 이 보고서를 읽다보면 내성천을 보전해야 하는 이유가 대체 불가능한 한국의 대표적인 모래 강이기 때문이 아니라 습지를 다수 지녔기 때문에 보전해야 하는 것처럼 잘못 인식할 수 있다.

모래톱이 사라진 내성천 경진교 하류(2019년 7월, 시민생태조사단)

일반적으로 습지가 생물 다양성이 풍부하고 보전해야 할 곳으로 인식되지만 하천마다의 고유성을 보전하는 것이 훨씬 중요한 문제이다. 모래 강 고유의 생태계에서만 생존할 수 있는 특정 종이 사라지면(흰수마자를 대표적인 종으로 손꼽을 수 있다) 우리나라에서 뿐만 아니라 지구적인 차원에서 볼 때도 생물 다양성이 감소하기 때문이다. 한편 습지와 관련해서 언급한다면, 우리나라에서는 도처에 만연한 하천 개발로 인해 대부분의 하천이 역동성을 잃은 채 육역화하고, 습지가 발달하고 있다. 현재 내성천의 가장 큰 고민은 영주댐 건설 이후 모래 강인 내성천이 점차 습지로 변해간다는 것이다. 그런데 국립생태원이 환경부 용역으로 '생태.경관 보전 지역' 지정과 관련된 조사를 1년간 하고 나서 그 보고서 총괄 부분에 습지 현황을 이렇게 자세하게 분류한 것은 이해하기 어렵다.

국립생태원은 정부가 돈을 조달하는 정부 출연 기관으로 여러 국가 정책에 중요한 참고 자료로 활용되는 환경 조사를 수행한다. 그 대표적인 것으로 〈전국자연환경조사〉를 꼽을 수 있다. 국립생태원이 수행하는 조사 중 〈전국자연환경조사〉만큼 중요한 조사는 없다. 이는 정부가 매년 〈인구주택총조사〉를 수행하는 것과 비교할 수 있다. 국가 정책과 관련된 중요한 조사를 수행하는 국립생태원이 왜 내성천과 관련된 조사를 하면서 아마추어도 내놓지 않을, 오해받을 만한 결과물을 내놓았는지, 그 배경이 무엇인지 살펴볼 필요가 있다.

비단 국립생태원만의 문제는 아니다. 유독 내성천의 영주댐과 관련해서는 전문가든 또는 전문가 집단이든 솔직한 발언을 듣기가 쉽지 않다. 특히 어류와 관련해서 더욱 그렇다. 4대강 사업으로 같이 만든 보와 댐인데, 똑같은 콘크리트 구조물인데, 4대강의 보와 영주댐은 같지 않다. 어류 전문가 중 '영주댐을 설치한 내성천의 흰수마자 문제'를 지적한 것은 한겨레신문의 흰수마자 기획 기사에서 "아무리 많이 부화시켜서 내려보낸다 해도 살아갈 서식지가 없는 상황에서는 아무 의미가 없는 일"이라고 지적한 채병수 박사가 유일한 것으로 안다. 영주댐은 댐이 우리나라에서, 우리 사회에서 어떤 존재인지 묻게 만든다.

3. 영주댐을 살리면, 내성천은 죽는다—불가능한 공존

영주시가 결사반대했던 영주댐과 정상 가동하라는 영주댐의 차이

영주댐과 국내 유일한 모래 강 중 어느 것이 지역에 더 보탬이 될까?

영주댐이 세상에 알려진 것은 1999년 8월 기획예산처가 송리원댐 예비타당성조사 결과를 발표하면서이다. 이후 1년간 경북 북부 지역에서 거세게 반대한 후 2000년 8월에 기예처는 한국수자원공사가 요청한 영주댐 타당성 조사 용역비 27억 원을 전액 삭감하였다. 기예처가 발표한 직후인 1999년 9월초에 경북 북부 지역 한나라당 국회의원인 박시균(영주), 권오을(안동갑), 신영국(문경, 예천) 의원이 공동으로 송리원댐 건설 계획을 취소할 것을 요구하는 성명을 발표했다. (영주댐 문제에 대해서는 앞서 언급한 이상돈, 강은미, 심상정 의원 외에도 민주노동당 홍희덕 의원, 민주당 이미경 의원도 지적한 바 있다. 20여 년간의 경과를 보면 현재의 여야 모두 영주댐 건설 사업을 반대했음을 확인할 수 있다.)

영주시의회가 두 번에 걸쳐서 영주댐 건설 계획 백지화 촉구 결의안을 채택했고, 경북북부권행정협의회, 봉화군의회 등도 댐 사업을 백지화할 것을 촉구한 바 있다. 그러나 2009년 4대강 사업 마스터플랜에 포함된 영주다목적댐건설사업은 "낙동강 사업의 핵심 사업"으로 자리매김하여 그해 12월에 착공하였다.

영주시는 영주댐을 '명품 관광 댐'으로 만들기 위해 많은 돈을 들여왔다. 별다른 생계 수단이 없는 이주 단지 주민들 또한 관광으로 인한 수입을 기대하고 있는 것으로 보인다. 그러나 댐 밀도 세계 1위인 우리나라에는 낙동강 유역만 해도 대형 댐으로 안동댐, 임하댐, 부항댐, 군위댐, 보현산댐, 영천댐, 합천댐, 운문댐, 밀양댐, 합천댐, 남강댐 등이 있다.

이런 댐들이 관광을 통해 지역민들에게 얼마나 실질적인 도움이 되고 있는지는 찾아가보면 쉽게 알 일이지만 내성천이 지닌 생태계 서비스 기능 중 사람들에게 위로와 즐거움을 주는 것만큼 지역 주민들에게 소득을 줄 수는 없다. 아마도 한 주말에 위에서 언급한 모든 댐을 찾는 사람보다 내성천의 무섬마을을 찾는 사람이 훨씬 많을 것이다. 무섬마을에서 민박을 하는 한 사람은 지상파 방송에서 자연 다큐 프로그램으로 내성천을 다루면서 무섬마을 강변을 보여주는 영상이 나왔을 때 전화통에 불이 났다고 말한 적이 있다. 댐 상류에서 굽이굽이 강을 따라 걸을 수 있는 구간은 약 20km 정도인데, 이 공간이 지닌 잠재력은 무섬마을과 비교할 수 없다.

영주시와 경상북도는 댐 관광보다 영주댐 건설 전 본류 길이 110km 중 80km를 걸어서 즐길 수 있었던 내성천 자체가 무한한 생태관광 자원이라는 것을 인식하지 못하는 듯하다. 내성천 중류의 영주 무섬마을을 사람들이 지속적으로 찾는 것은 전통 마을 앞을 흐르는 맑은 강과 사람들이 즐길 수 있는 넓은 모래톱, 물속에서 안전하게 걸을 수 있는 얕은 모래 강과 그 강에 놓인 외나무다리 등이 방송 영상을 통해 널리 알려진 덕분이다.

만약 댐을 정상 가동하여 마을 앞 모래톱이 현재보다 더욱 거칠어지고 녹조로 오염된 댐에서 방류되는 탁수가 맑은 강물 대신 마을 앞을 흐른다면 관광 자원으로서 무섬마을의 가치는 크게 떨어질 수밖에 없다. 명품 관광 댐을 고집하다가 모래 강이 품고 있는 명품 마을마저 잃게 되지 않을까 걱정된다. 사람들이 자연 속에서 치유받기를 원하는 시대에 그 많은 댐 중의 하나인 영주댐이 주민에게 도움을 주는 관광 자원이 될지, 아이들을 데리고 가족이 마음껏 걸을 수 있는 유일한 모래 강이 관광 자원이 될 지는 굳이 계산해보지 않아도 알 수 있는 일이다.

뉴스타파는 2020년 11월 6일 「문재인 정부의 4대강—세계적 모래 강 내성천, 삶과 죽음의 기로에 서다」 영상 다큐를 방영했는데, 이를 요약 소개한 글에서 정란수 한양대 관광학부 겸임 교수가 "내성천은 우리나라에서 드물게 장거리 구간을 모래를 걸으며, 물을 밟으며 갈 수 있는 곳이다. 코로나 19시대 이후 자연을 사색하고 힐링하는 관광 트렌드에 맞는 매우 큰 관광적 가치가 있는 곳이다. 다른 데 없는 것을 관광 자원화해야 하는데 어디서나 다 하는 댐 관광 때문에 내성천의 생태를 희생시키는 것은 황금 알을 낳는 거위를 죽이는 행위"라고 비판한 내용을 소개했다.

2011년에 베네딕도 수도원의 한 수사님도 내성천을 3일간 살펴본 후 영주댐이 이 땅에 앞으로 태어날 여러 피카소를 없앨 것이라고 한탄하였다. 우리가 흔히 하천 생태계 서비스 기능이라고 말하지만 내성천이 지닌, 돈으로 환산할 수 없는 가치를 이 땅의 많은 사람들이 알고 있는데 지자체만 모르는 듯하다.

한편 2001년 8월, 영주시의회가 송리원댐(영주댐) 건설에 반대하며 발표한 「송리원댐 건설 계획 백지화 촉구 결의문」에는 "낙동강 수계 최대의 지류로서 가장 뛰어난 자생 능력과 생태계를 보유한 내성천의 황폐화로 낙동강 수질은 오히려 악화될 것이다" 등의 내용이 담겼는데, 이 지적대로 영주댐을 착공한 지 10년이 지난 시점에 내성천 곳곳이 황폐화되고 있으며, 영주댐 저수지가 매년 녹조를 생산하는 거대한 공장처럼 되면서 낙동강의 수질 오염 또한 가중되고 있다. 영주댐의 경제적 타당성 검토나 환경영향평가가 엉터리였음을 보여주는 것이다.

영주댐이 내세운 낙동강 하천환경개선 편익의 허구성—국가 재정 운용의 효율성을 제고하기 위해 설립된 기관의 영주댐 타당성 조사 보고서가 초래한 재정 낭비와 국가의 귀중한 자연

자산 훼손, 사회적 갈등

영주댐 건설의 주요 목적은 하천 유지용수 공급이다. 낙동강의 하천 환경을 개선한다는 것인데, 이는 내성천이 그동안 잘 해오던 생태계 서비스 기능이었다. 이 기능을 댐이 하겠다면서 내세운 하천 유지용수 공급 비중은 댐 편익의 91.76%에 달한다. 사실상 낙동강에 물을 흘려보내는 것이 거의 유일한 목적인 댐이다. (이런 목적은 영주댐의 물 이용과 관련한 이해 당사자가 사실상 없는 구조임을 의미한다.)

한편 영주댐이 경제적으로 타당성이 있는 지를 분석한 한국개발연구원(KDI) 공공투자관리센터의 「영주댐 타당성 재조사 보고서」에 대해 20대 국회 이상돈 의원의 정책 보고서 「내성천 생물 다양성 보전」은 그 허구성을 다음과 같이 지적한다.

「영주댐 사업의 경제성 분석은 B/C가 1.015에 불과하지만, 댐 건설에는 전혀 사용된 적이 없는 '대체 시설 비용법'을 사용하였다. 이 기법은 어떤 대체 시설을 설정하느냐에 따라 B/C 추정값이 큰 편차가 발생한다. 영주댐의 수질 개선 편익 산정은 이 기법을 사용하면서 "댐의 환경 개선용수 공급을 통한 수질 개선 효과를 산정한 후, 이에 상당하는 효과를 환경 기초 시설에 의해 구현하고, 사업비를 추정하여 대체 시설로 산정"하면서 "댐에 의한 하천 유량 증가 효과는 편익 산정에서 제외하고, 수질 개선에 초점을 맞추어 편익 산정"하는 방식을 취하였다. "시설별 수질 개선 효과 절차" 그림에서는 "환경 개선용수의 방류에 의한 수질 개선"에서 댐 방류의 BOD는 0mg/L로 설정하고, "환경 기초 시설의 오염물 제거에 의한 수질 개선"과 관련하여 500mg의 BOD가 수체로부터 제거되는 효과와 같은 것으로 설정하였다.

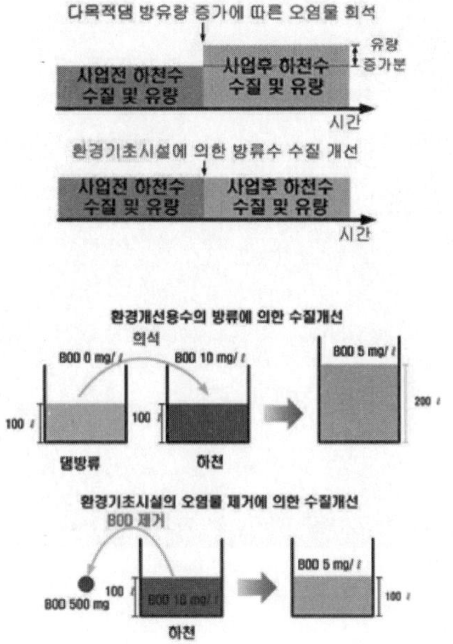

그림1, 2 영주댐 수질 개선 편익 산정 관련 수질 개선 효과 절차(자료: KDI 공공투자관리센터, 영주댐 타당성 재조사 보고서)

이와 관련하여 수질 개선 효과를 보여주는 환경 기초 시설로는 하수처리장과 하수관거를 대상으로 적용하여 하수처리장 시설 용량 등을 결정한 후 하수처리장과 하수관거 총 건설비, 유지관리비를 산정하는 방식으로 편익을 산정하였다. B/C분석을 하면서 댐과 내성천의 관계를 하수처리장과 그곳에 들어오는 하수의 관계로 설정하는 터무니없는 일을 벌인 것이다.

이러한 설정이 타당하기 위해서는 댐 방류수의 수질을 0mg/L로 설정한 것처럼 댐 방류수의 수질이 하천수 수질보다 월등하게 좋다는 전제가 성립되어야 한다. 댐 상류에서 유입된 오염 물질이 댐에서 침전 및 자정 작용에 의해 수체로부터 제거되어 방류되는 순간 하류의 수질을 개선시킬 수 있어야 한다는 것이다. 하지만 실제로는 영주댐 건설 이후에는 수질이 크게 악화되는 결과를 낳고 있다.

10월에도 짙은 녹조를 방류하는 영주댐(2019년 10월, 시민생태조사단)

이상돈 의원은 영주댐 수질 악화와 관련하여 지난해 10월 22일자로 다음과 같은 내용을 담은 보도 자료를 내면서 "낙동강에 맑은 물을 공급하겠다고 영주댐을 건설한 목적 자체가 완전히 허구임이 다시 한 번 명백해진 셈이다"라고 지적한 바 있다.

"이상돈 의원실이 국정 감사 기간 중 영주댐 시험 담수 현장을 점검한 결과, 두터운 녹조가 댐 상류 16km부터 내성천을 심각하게 오염시킨 것을 확인했다. 수자원공사가 제출한 자료에 의하면 이 녹조로 댐 하류 영주댐교에서의 유해 남조류 개체수는 지난 9월 30일에 146,710cells/mL까지 급증했다. 영주댐은 실로 거대한 녹조 제조공장이 되고 말았으니, 영주댐이 존재하는 한, 어떤 개선 대책도 녹조 문제를 해결할 수 없음이 확인된 셈이다. 강의 흐름을 막아 생긴 녹조 문제는 강을 원래대로 흐르게 하면 저절로 해결될 일임은 금강의 여러 보를 개방하면서 확인한 바 있으니, 자연의 섭리를 거스른 수자원 정책은 국가 재정만 낭비할 뿐이다."

뉴스타파는 앞서 언급한 「문재인 정부의 4대강—세계적 모래 강 내성천, 삶과 죽음의 기로에 서다」 영상 다큐를 방영하면서 요약 글에서 녹조 문제와 관련하여 환경 독성 전문가로 한국의 녹조에 대한 연구를 해온 박호동 일본 신슈대 교수가 "영주댐을 그대로 두면 낙동강에 녹조를 공급하는 공급원이 될 것" "오랫동안 연구해온 일본의 한 호수 녹조를 정화하는 데 40년이 걸렸고, 비용도 2천억 엔(한화 2조 원 가량)이 들었다"고 지적한 내용을 소개한 바 있다.

또한 이 영상 다큐에서 국립한경대 토목안전환경공학과 백경오 교수는 "내성천은 아주 뭐 깨끗하게 물을 어떻게 수질 관리를 해서 낙동강에 주입시켜 준다고 하더라도 겨우 20분의 1밖에 안 된다는 거죠. 그러니까 매우 미미한 수준이기 때문에 의미가 없는 거고, 더더욱 중요한 거는 낙동강 상류의 물은 본래부터 깨끗하고 그래서 낙동강 상류의 수질 개선이 아니고, 낙동강 중하류의 수질 개선이 영주댐 건설의 목적이에요. 그러니까 낙동강 중하류의 수질 개선은 더더욱 어폐가 있는 얘기가 되는 거죠"라고 지적했다.

영주댐 처리 문제를 우리 사회가 본격적으로 다룰 때 한국개발연구원(KDI) 공공투자관리센터가 낸 타당성 조사 보고서의 적절성 여부 등을 면밀히 조사할 필요가 있다. 또한 내성천이 지닌 다양한 하천 생태계 서비스 기능, 지역 전통문화의 해체와 복원, 대체 불가능한 우리나라 최고 하천 경관, 녹조 비용 등을 포함한 정밀한 타당성 분석 보고서가 새롭게 요구된다고 할 것이다.

댐을 막고 장마가 지나자 회룡포가 자갈밭으로 변했다—2010년 한겨레 보도 "'가을동화' 찍은 회룡포, 동화 같은 풍경 위태" 현실로.

21대 국회 환경노동위원회 첫 국감에서 강은미 의원은 "명승 회룡포 등 내성천 곳곳 자갈밭으로 변해"라는 소제목이 붙은 보도 자료를 내면서 영주댐 시험 담수 1년 만에 흰수마자가 사라지고 모래가 거칠어진 것에 대해 다음과 같이 지적했다.

"내성천의 모래 입도는 올해 여름 54일간의 장마를 거치면서 댐 상류와 하류 간에 극단적인 변화 양상을 보여주었다. 댐 상류 20km 지점의 석포교 일대는 홍수기를 거치며 모래톱이 넓어지고 비교적 고운 입도의 모래로 이루어진 반면 댐 하류 회룡포는 자갈을 크게 드러낼 정도로 고운 모래가 사라졌다. 홍수기에 모래의 이동을 막는 댐의 영향을 뚜렷하게 보여준 것이다."

실제로 2020년 10월, 회룡포는 우리가 알던 회룡포가 맞는지 눈을 의심하게 될 정도로 최악의 모습을 보여주었다. 배사문을 통해 모래를 전혀 내려 보내지 않은 영주댐 시험 담수 1년여 만에 벌어진 일이었다. 이런 변화에 대한 우려는 이미 영주댐 공사 초기부터 지적된 바 있다. 한겨레는 2010년 4월 12일자 보도에서 "'가을동화' 찍은 회룡포, 동화 같은 풍경 위태"라는 제목으로 하천 전문가들의 관련 주장을 다음과 같이 소개한 바 있다.

「박창근 관동대 교수(토목공학)는 "회룡포가 있는 내성천 상류에 영주댐이 건설되면 하류로의 모래 유출량이 크게 줄어들어 백사장이 사라지거나 훼손될 가능성이 크다"고 예상했다. 박 교수는 "2001년 부산지방국토관리청의 '내성천 하천정비 기본계획'을 보면 이미 골재 채취 등으로 인해 1984~2000년 최대 하상고 기준으로 0.13~1.91m나 강바닥이 내려간 것으로 나타났다"고 지적했다.」

「인제대 박재현 교수(토목공학)도 "안동댐과 임하댐의 경우로 미뤄볼 때 영주댐이 건설되면 하류 쪽 모래밭이 풀밭으로 변하는 육(지)화 현상이 나타나 회룡포와 내성천이 기존의 아름다운 모습을 잃게 될 수 있다"고 경고했다. 민주노동당 홍희덕 의원도 지난해 국정 감사에서 "영주댐 건설에 앞서 댐 하류의 국가적 명승지인 회룡포와 생태계의 영향을 충분히 분석해야 한다"고 주장했다.」

명승 제16호 내성천 회룡포(2011년 9월)

한편 앞서 소개한 정책 보고서 「내성천 생물 다양성 보전」은 이 문제와 관련하여 당초 영주댐 사업을 추진한 국토부 부산지방국토관리청이 2014년에 펴낸 「내성천 중류권역 하천기본계획」 중 「영주다목적댐 건설공사 실시설계」(2010)를 인용하여 영주댐으로 인한 유사량 변화를 다음과 같이 분석하였다.

시험 담수 1년 만에 크게 변한 회룡포(2020년 10월, 시민생태조사단)

「댐 건설로 인한 주요 지점 연 유사량 변화에 의하면, 댐 상류의 모래는 영주댐에서 98.71%가 포착되어 내성천 종점(낙동강 합수부)에서는 연 유사량이 27% 감소하며, 회룡포 일대는 약 33% 감소한다는 것이다. 이것만으로도 영주댐 환경영향평가서가 사실상 거짓으로 작성되었음을 보여주는 것이다. 특히 무섬마을은 이 분석에 의할 때 연 유사량이 55%나 감소하는데, 이런 영향은 영주댐 공사 초기부터 나타난 바 있다. …… 결과적으로 하상 변동 예측 모형에 따른 공학적 분석이나 지질층을 유역별로 대입한 개념도이든 관계없이 댐이 내성천에 끼치는 악영향을 피할 수 없는 것이다.」

이상돈 의원이 정책 보고서를 통해 댐이 내성천에 끼치는 악영향을 피할 수 없다고 지적한 것처럼, 그리고 강은미 의원이 보도 자료에서 영주댐의 상.하류 모래톱을 사진으로 제시하며 댐으로 인한 결과임을 지적한 것처럼, 영주댐으로 인한 내성천의 변화는 명확하며, 피할 수 없다.

내성천이라는 최고의 모래 강이 이 땅에 선물로 보내진 배경

강 어디든 한 폭의 산수를 연출하는 내성천(하류)(2011년 7월)

내성천이 우리나라의 대표적인 모래 강인 배경은 우선 내성천과 백두대간 사이에 넓게 자리 잡은 영주-봉화분지를 들 수 있다. 중생대 쥐라기에 내성천 유역에 관입된 화강암층이 오랜 세월을 거쳐 풍화하였고, 풍화토인 모래를 백두대간의 물줄기들이 내성천으로 보내면서 내성천이 모래의 바다가 된 것인데, 그 지질층의 가장 넓은 소유역은 영주댐 상류에 있다. 백두대간에서 발원한 내성천 본류와 봉화의 가계천, 영주의 낙화암천, 안동을 거치는 토일천 등이 영주댐 상류로 들어와 낙동강으로 내려간다. 댐 상류 유역의 유사 공급 영향력이 매우 큰 것이다.

'한국의 대표적인 산수'로 손꼽히는 배경은 백두대간에서 갈라져 나와 학가산을 만들고 회룡포 일대까지 뻗은 문수지맥 덕이다. 이 지맥은 내성천과 거리를 둔 채 내려가다가 영주댐 상류 평은면 일대에서 강에 바짝 붙은 이후 내성천과 함께 흐르는데, 이로 인해 산과 강과 모래톱이 어우러져 굽이마다 한 폭의 아름다운 풍경을 연출하면서 옛 그림이 아닌 현실에서 '산수'를 접할 수 있는 최고의 강을 만들어냈다. 지도를 보면 내성천의 허리를 끊어 댐을 세운 것을 볼 수 있는데, 물을 많이 담는 것만 생각했지 내성천이라는 한국의 대표적인 모래 강의 경관과 생태가 망가지는 것은 아예 생각하지 않은 것이다.

영주댐이 있는 한, 회룡포 등 내성천의 지형 변화를 개선할 방법은 없다.

환경노동위원회 강은미(정의당) 의원은 2020년 수공 국감과 관련된 보도자료에서 "댐 건설로 인한 모래 공급량 감소 및 하천 지형 변화 등의 부정적 영향을 파악하고 문제점 발생 시 적극적인 방안을 강구토록 계획할 것"이라는 영주댐 환경영향평가 내용을 인용해 회룡포 모래밭 훼손과 관련한 개선 방안을 묻자 수공은 "현재 개선 방안이 없다"고 답변했음을 전했다. 문화재청이 회룡포를 정비한 것은 이번이 처음이 아니다. 영주댐이 있는 한 이런 작업은 반복될 수밖에 없다. 회룡포를 포기하여 명승에서 해제하지 않는 한 그럴 것이다. 댐 아래에서 회룡포를 개선할 방안은 사실상 없다.

영주댐을 관리하는 한국수자원공사 사장이 국정 감사장에서 "방안을 강구토록 계획할 것"이라고 답변하지 않고 "현재 개선 방안이 없다"고 한 것은 매우 중요하며 결정적인 답변이다. 이를 계기로 문제를 근본적인 자리에서 살펴보아야 한다. 환경부와 문화재청은 수공 사장의 이 답변을 엄중하게 받아들여야 한다. 명승인 회룡포와 선몽대 일원뿐 아니라 국가민속문화재인 무섬마을까지 댐의 영향을 피할 수 없다.

4대강 조사.평가단과 영주댐 협의체

같은 4대강 사업인데 4대강 조사.평가단 목적에서 제외한 영주댐 문제

문재인 정부가 4대강 자연성 회복을 국정 과제에 포함하였고, 대통령 훈령 제393호(2018. 8. 17)로 「4대강 자연성 회복을 위한 조사.평가단의 구성 및 운영에 관한 규정」을 두었다. 규정 1, 2조는 다음과 같다.

「이 규정의 제1조(목적)는 "이 훈령은 한강, 낙동강, 금강 및 영산강의 수질 개선, 수생태계의 건강성 회복과 지속가능하고 안전한 물의 이용을 위하여 4대강 자연성 회복을 위한 조사.평가단을 설치하고, 그 구성 및 운영에 필요한 사항을 규정함을 목적으로 한다"로 되어 있으며, 제2조(설치 및 기능)는 ① 한강, 낙동강, 금강 및 영산강(이하 이 조에서 "4대강"이라 한다)의 다음 각 호의 보(이하 이 조에서 "보"라 한다) 개방에 따른 효과 영향에 대한 조사.평가와 보의 처리 계획 수립 및 추진을 효율적으로 수행하기 위하여 환경부 소속으로 4대강 자연성 회복을 위한 조사 평가단(이하 "조사 평가단"이라 한다)을 둔다.」

4대강 본류만 들어 있지 4대강 사업에 포함하여 건설한 영주댐 문제를 포함하지 않았다. 다만 2020년 6월 19일자로 규정 일부가 개정된 내용에 따르면 조사 평가단이 수행하는 업무에 당초 "그 밖에 보 개방 관련 조사.평가 및 보 처리 계획에 관하여 필요한 사항"에서 "그 밖에 4대강 자연성 회복 방안의 마련 및 추진에 관하여 필요한 사항"(제2조 ②의 6)으로 변경되었다.

낙동강의 주요 지천인 내성천에 건설한 영주댐은 당초 4대강 사업 중 낙동강 사업의 핵심 사업으로 포함하여 1조1천여 억 원이 들어갔다. 4대강 사업 중에서도 단일 사업으로는 규모가 가장 큰 사업이라고 할 수 있다. 게다가 낙동강의 자연성 회복을 염두에 둔다면 4대강 사업 준설로 텅 비어버린 낙동강에 모래를 공급해야 하는데, 영주댐이 공급할 모래를 차단한다는 점에서도 당연히 조사·평가단에 포함되었어야 했고, 환경단체들도 이를 주장한 것으로 알려졌지만 제외되었다. 조사·평가단을 구성하면서 영주댐을 제외한 이유에 대한 설명은 없었다. 강 자연성 회복과 관련된 문재인 정부의 철학을 피부로 느낄 수 없다.

초대 장관은 전량 방류하고, 후임 장관은 댐 안전성 평가한다며 닫아걸고

영주댐은 2016년 7월부터 시험 담수를 시작하였다. 이때는 박근혜 정부 때이다. 문재인 정부로 바뀐 후 초대 장관이었던 김은경 전 장관이 재직 중이던 2018년 3월에 영주댐은 전량 방류되었는데, 후임인 조명래 장관이 2019년 9월에 다시 시험 담수를 지시하여 댐에 물을 채웠다.

그러나 9월 시험 담수 이전인 지난해 7월에 종교환경회의 소속 5개 종교단체와 환경운동연합 등 6개 환경단체 및 대한하천학회 그리고 이상돈 의원이 국회 정론관에서 공동 기자회견을 열어 "내성천과 낙동강을 살리기 위해 영주댐 해체 로드맵을 마련하라"는 보도 자료를 배포한 바 있다. 이 보도 자료는 시험 담수와 관련하여 다음과 같은 내용을 담고 있다.

"영주댐 처리에 관한 정부의 확고한 의지 없이 영주댐 시험 담수는 즉각 중단되어야 한다. …… 영주댐과 관련된 최근의 시험 담수 논란은 영주댐을 어떻게 처리해야 할지 결정해야 할 시기에 정부가 여전히 본질적인 문제에 접근하지 못한 채 허둥대고 있음을 단적으로 보여준다. …… 김은경 전 환경부 장관 때 댐 하류 낙동강 수질을 오히려 악화시킨다는 이유로 댐 시험 담수를 중단시킨 바 있다. 그런데 지금 와서 영주댐 처리에 관한 확고한 청사진도 없이 수자원공사가 느닷없이 담수와 댐 가동을 거론하는 것은 매우 부적절한 일이다. …… 댐 공사 이후 강이 급격히 훼손되었기에, 지금은 멸종위기 생물을 되살리는 등 내성천 생태계 회복에 집중하는 것이 환경부 본연의 역할이라고 할 것이다. 특히 흰수마자 등 야생생물 서식 환경에 대해 환경부의 전수 조사가 시급하다. 이러한 정밀 조사야말로 환경부와 수공이 내성천과 영주댐에 관하여 우선 취해야 할 대책이라 할 것이다. 하천 생태계의 건강성을 책임지고 있는 환경부는 강의 자연성 회복이 그 무엇보다 중요함을 재확인하고, 내성천과 낙동강의 생태 보전을 위해 모든 노력을 집중해야 할 것이다."

환경부는 제 사회단체의 댐 담수와 관련한 우려와 반대에도 불구하고 시험 담수를 강행하면서 "하자보수 기간 만료 전 시험 담수를 통해 댐 안전성 평가 시행" 및 "내성천 생태·환경 종합 진단을 통해 영주댐 처리 방안 마련을 위한 정보 확보"를 주요 내용으로 하는 보도 자료를 발표했고 이후 국회에 「영주댐 처리 방안 마련을 위한 모니터링 계획」을 제출한 바 있다. 이 계획은 댐 안전성 검증을 포함하고 있으며, 〈영주댐 시험 담수 계획〉은 2020년 6월에 발전설비 정격 수위인 EL. 154.7m에 도달하여 부하 시험 후 점차 방류하여 9월초 시험 담수 이전 상태로 회복하도록 하고 있다. 즉 국회에 제출한 모니터링 계획에는 부하 시험 후에는 바로 방류하도록 되어 있고, 방류 중 다른 모니터링을 하는 계획은 포함되어 있지 않다.

환경부는 이 모니터링 계획과 크게 다르게 2020년 11월 중순이 되어서야 방류를 개시했는데, 이 방류 일정에 대해서 TBC(대구방송)는 "농업용수 공급 가능 수위 149m, 저수율 34%를 유지할 계획"이라고 보도했다. 언론 보도대로라면 당초 국회에 제출한 완전 방류가 아닌 것인데, 환경부는 이 보도에 대한 해명 보도 등을 하지 않았다.

농업용수 사용 시비와 관련하여 뉴스타파는 위의 요약 글에서 "농업용수 때문에 댐이 있어야 한다면 우리나라에 있는 모든 논에다 물을 대기 위해서는 다 댐이 필요하다라는 논리가 된다. 댐 없이도 그냥 하천에 물만 흘러가면 거기다 양수 시설만 하게 되면 농업용수 양수하는 데는 아무 문제가 없다"고 한 백경오 국립한경대 교수의 발언을 소개한 바 있다.

한편 환경부는 이 방류 이전에 10월 15일 방류하기로 결정했지만, 지자체의 반대, 댐 바로 밑에서의 천막 농성 등이 있으면서 방류를 미뤄왔었다. 이 자리에 경북도지사까지 나서서 영주댐 조기 정상화 의지를 밝혔다. 지역의 이런 영주댐과 관련된 기류는 지난해에 해당 지역에 일제히 붙은 현수막 등을 통해 이미 분명하게 확인할 수 있었던 내용이기 때문에 담수를 강행했을 때는 당초 계획한 대로의 전량 방류를 이행할 수 있는지 여부에 대해서도 충분한 검토가 있었어야 했다. 지역 주민 탓으로만 돌릴 수는 없는 정황인 것이다.

보다 근본적으로는 앞서 소개한 공동 기자회견 보도 자료 내용처럼 영주댐 처리에 관한 확고한 청사진을 도출한 이후 그에 따라 결정했어도 될 시험 담수를 환경부가 행정적 절차를 내세워 강행한 것에 대한 문제를 들 수 있다. 정부의 정책 의지가 분명하면 행정 절차는 그에 맞게 운용할 방안을 찾으면 되는 일이다.

이런 일련의 과정은 환경부가 환경부 본연의 영역인 내성천의 자연성 회복 문제를 제쳐둔 채 국토부에서 댐 업무가 이관된 후 영주댐 유지에 힘을 기울이는 것이 아닌가 하는 의구심을 낳게 한다. 현재 영주댐 처리 관련 사안은 국토부로부터 이관된 수자원정책국이 맡고 있다.

4대강 조사.평가단과 영주댐 협의체의 차이점

환경부는 영주댐 협의체를 구성하여 1차 회의를 2020년 1월에 개최하였는데, 영주댐 처리 방안 마련과 시험 담수 모니터링 전반에 대한 자문 및 정책 제언이 이 협의체의 역할이다. 댐 처리 방안을 마련하는 역할을 부여한 것은 4대강 조사·평가단 기획위원회가 보 처리 방안 등을 심의하는 것과 다르지 않다.

참고로 4대강 사업 총 사업비 중 보 사업비는 집행액 기준으로 1조4천억 원이 채 되지 않는다. 각각의 보를 기준하면 1천억 원이 안 되는 수준이다. 반면 영주댐 총 사업비는 이미 1조1천억 원 규모가 투입되었다. 같은 4대강 사업에 대해서 대통령 훈령으로 설치된 4대강 조사.평가단이 다루는 각각의 보에 들어간 국가 재정의 규모보다 영주댐 총사업비가 훨씬 큰 규모인데 이를 환경부가 임의 기구를 만들어서 다루는 것이 격에 맞는가의 문제가 우선 제기된다.

구성 면에서 볼 때 영주댐 협의체는 공동 대표와 간사를 맡고 있는 환경부를 포함하여 시민 사회와 전문가, 지역 대표로 구성되어 있는데, 이는 4대강 조사.평가단이 "분야별 대표성 및 전문성 등을 고려하여 전문.기획위원회를 구성"한 것과 다르다. 조사 평가단은 지역 주민과 관련하여 "단장이 요구할 경우 필요한 현지 조사 및 주민 등 조사.평가단 업무와 관련된 지역 이해관계자와의 협력체계 운영 등에 협조하여야 한다"라고 규정하여 지역 주민을 배제하지 않으면서도 보 처리와 관련된 결정을 전문가에게 맡기고 있다.

금강에서는 보 처리 문제와 관련하여 정치인들이 현장을 찾아 정치적인 발언을 하고, 지역에서 사실과 다른 가짜뉴스들이 등장하면서 사회적 갈등이 적지 않게 표출되고 보 처리 과정이 난항을 겪었다. 이를테면 공주보의 공도교까지 철거한다는 유언비어가 주민들을 자극하였고, 공주보 개방으로 농업용수가 부족하다는 공주시 우성면 일대는 사실 확인 결과 농업용수 부족이 없거나 백제보 상류 지역으로 공주보 영향이 아닌 지역 등이었던 것으로 확인됐다. 조사·평가단은 금강과 영산강의 보 처리 여부를 결정한 바 있는데, 만약 지역 주민들을 이해 당사자라면서 관련 위원회에 포함하였다면 보 처리를 결정하는 일은 매우 어려웠을 것으로 보인다. 본질적으로 4대강 보 문제든 영주댐 문제든 국가 전체에 영향을 주는 국토 이용과 관련된 사안이다.

무섬마을에 부착된 댐 담수 주장 현수막(2019년 7월)

환경부는 보 처리 과정에서 드러난 이런 문제점을 익히 알고 있음에도 불구하고(당초 기획위원회 등에 지역 주민을 포함하지 않은 배경이기도 할 것이다) 영주댐 협의체를 구성하면서 지역 주민들을 포함하였다. 이미 댐 지역에서는 2019년 시험 담수 개시 전에 담수를 하라는 많은 현수막이 붙어 있었다. 그중 무섬마을에 붙었던 현수막은 영주댐과 관련된 사안이 어떤 차원에서 다뤄지는지를 보여준다.

영주댐 하류 약 6km에 위치한 무섬마을은 영주댐 담수의 영향을 가장 많이 받는 곳이다. 부산지방국토청이 펴낸 「내성천 중류권역 하천기본계획」(2014)에 의하면 영주댐으로 인한 연 유사량 감소는 무려 55%에 달한다. 이런 영향은 영주댐 가물막이를 설치한 2011년부터 나타난 바 있다. 영주댐을 담수하고 유지하면 마을의 모래톱 훼손을 피하기 어렵다. 무섬마을의 핵심 관광 자원이 훼손되면 관광 수입도 영향 받을 수밖에 없다는 점에서 무섬마을은 댐과 관련된 실질적인 이해 당사자이지만 마을 보존회 명의로 영주댐을 담수하자는 현수막이 붙은 것이다. 이는 영주댐 문제가 이미 지역에서 정치적인 사안임을 의미한다고 볼 수 있다.

이런 가운데 환경부가 협의체를 구성하면서 지역 주민들을 포함한 것인데, 영주댐 협의체 운영 규정의 제1조(목적)는 "본 운영 규정은 내성천의 자연성 회복을 위해 구성된 영주댐 협의체 운영에 필요한 사항을 정함을 목적으로 한다"로 적시되어 있다. 국가 하천에 국가 명승이 있는 내성천의 자연성 회복을 내세우면서 이에 동의하지 않는 지자체의 지역 주민들을 협의체에 포함하면 협의체 내에서의 충돌과 갈등 표출은 처음부터 예고된 것이나 다름없다고 볼 것이다. (물론 지역민이 모두 댐 유지를 찬성한다고 볼 수는 없다.)

댐 처리 방안과 관련된 여러 전문적 검토와 논의가 필요한 자리에서 댐 방류를 반대하는 지역 주민이 위원으로 참여하여 회의석상에서 댐 담수 유지 주장을 굽히지 않으면 원만한 회의 진행과 깊이 있는 전문적 검토는 사실상 기대하기 어렵다. 실제로 협의체 회의가 이미 댐 방류 문제를 두고 충돌하면서 반복하여 파행된 것으로 전해진다. (2019년 담수 때 국회 제출 자료에 의하면 댐 방류는 분명한 기준에 의해 그 시기와 방법이 이미 결정된 내용이다.) 협의체에 분명한 규칙과 상호 존중이 없다면 무늬만 거버넌스가 되기 십상이다.

한편 댐의 영향을 받는 내성천 유역으로 예천에 있는 명승인 회룡포와 선몽대 일원이 댐 건설 이후 계속 훼손되는 상황에서 이 문제를 걱정하고 있는 예천 주민들은 주요 이해 당사자이다. 내성천에서 취수하는 지역도 있다. 그렇지만 환경부는 협의체를 구성하면서 예천 주민을 지역민으로 포함하지 않았다. 거버넌스를 내세우면서 정작 중요한 이해 당사자를 빼놓은 것이다.

4대강 조사·평가단과 영주댐 협의체가 근본적으로 다른 위상을 지녔다는 점에서 기인하는 것으로 보이는 또 다른 문제가 있다. 조사·평가단은 회의록을 작성하면서 참여한 전문가의 주요 발언을 모두 기록하고 있지만 영주댐 협의체는 회의 결과만을 회의록으로 남기고 있다. 1조1천억 원을 들인 댐의 처리 방안을 마련하겠다며 환경부가 맡긴 역할의 무게를 감안하면 이런 회의록은 상상하기 어려운 일이다. 자칫 권한만 부여한 것이 아닌지 우려되는 부분이다. 지금이라도 여러 전문가로 구성된 4대강 조사·평가단에서 영주댐 처리 방안을 마련하는 것이 격에 맞다고 할 것이다. 물론 영주와 예천 등 지역민의 의견을 충실히 수렴하고 고민하는 부분도 함께 필요할 것이다.

4. 참회도 사과도 없었다

강의 자연성을 회복하는 정책이 힘을 얻으려면

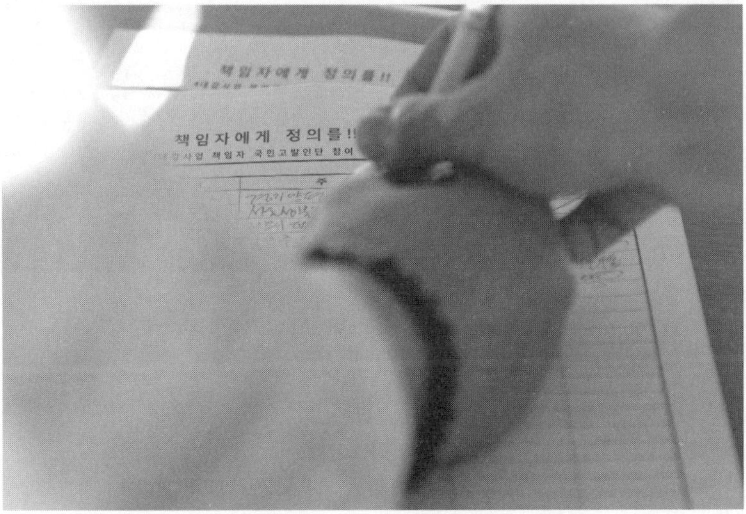

4대강 사업 책임자를 고발하는 용지에 서명하는 시민들(2013년 9월)

사과란 잘못에 대해 용서를 비는 행위이다. 잘못한 일이 있을 때 사과하지 않으면 관계를 새롭게 시작하기 어렵다. 같이 있어도 갈등은 해소되지 않고 함께 나아가기 어렵다. 역사적으로는 일제 식민 지배에 대한 일본 정부의 진심어린 사과, 강제 징용과 위안부 피해자에 대해 용서를 구하는 사과, 일제의 앞잡이가 된 사람들의 국민에 대한 사과를 들 수 있다. 사과보다는 사죄가 더 적합할 수 있다. 참회하지 않으면 새 방향으로 새 걸음을 뗄 수 없다. 참회하여 사과하지 않으면 용서와 화해가 없고, 청산 또한 없어서 남은 불씨가 갈등의 씨가 되고 같은 일이 반복된다.

천주교정의구현전국사제단 4대강 사업 중단 촉구 전국사제단식기도회(2010년 5월)

촛불혁명으로 탄생한 문재인 정부가 들어서고 국정 과제로 4대강 자연성 회복이 추진되었다. 자연성 회복은 곧 강의 종적, 횡적 연속성을 회복하는 일이어서 당연히 보 해체를 전제한다. 4대강 사업이 우리 국토에 가한 질곡을 풀어야 하는 일이다. 그런데 정권이 바뀌었다고 정부 부처가 아무런 명분 없이 이전과 반대되는 일을 할 수 없다. 국가 재정으로 운영되는 공적 영역이기에 그에 대한 분명한 배경과 이유를 밝히는 것이 필요하다. 구체적으로 4대강 사업의 무엇이 잘못이었는지를 밝히고 그 일에 국토부와 환경부가 앞장선 것을 진심으로 사과하고, 그래서 어떤 일을 왜 해야 하는지를 밝혔어야 했다.

이로써 다수 국민들의 이해를 구하고 동의를 얻어 강의 자연성 회복 정책을 추진하는 동력으로 삼아야 했다. 4대강 자연성 회복 업무는 환경부가 중심이 되어서 추진되고 있는데, 4대강 사업에 앞장섰던 환경부가 정권이 바뀌었다고 해서 아무런 사과 없이 언제 그랬냐는 듯 4대강 사업을 정리하는 일을 한다면 힘 있게 추진하기 어렵다. 크게 잘못한 주체가 반성과 사과 없이 자연성 회복을 반대하는 지자체 등을 설득하는 것은 어려운 일이다.

정부는 4대강 조사 평가단을 만들면서 기획위원회에 민.관을 구성하는 거버넌스의 형식을 취했지만, 그 이전에 환경부가 진심어린 사죄를 먼저 했어야 조사 평가단의 위원회도 힘 있게 일을 할 수 있는 것이다. 스스로 굴레를 풀지 못하니 환경부가 2019년 3월 27일 개최한 자연성 회복을 위한 국제 심포지엄에 저명한 해외 전문가를 초청해놓고도 보도 자료조차 내지 않는 희한한 상황이 벌어졌다. 급기야 2020년 10월 29일에 환경부가 4대강 조사 평가단 주최로 개최한 우리 강 자연성 회복을 위한 국제 심포지엄에서는 페널 토론자로 참석한 공주대학교 장민호 교수가 보 구조물의 철거 문제와 관련하여 말하면서, 유량 변동 폭이 커지면 서식하는 생물도 어려움이 있으니까 쉽게 철거라는 단어를 쓰기는 어렵다고 언급하는 일까지 생겼다.

자연 하천의 가장 중요한 특징은 역동성(dynamic)으로 이런 역동성이 앞서 소개한 순간서식처를 만들고, 하천의 다양한 생물들이 살아갈 다양한 공간을 만든다. 하천 고유의 유황은 매우 중요해서 작은 물새들은 이른 봄부터 서둘러 번식을 시작하여 장마가 들기 전에 마치며, 물고기들은 1년 중 유량 변동 폭이 가장 큰 시기인 장마를 기다려 범람원에 알을 낳곤 한다. 환경부가 초청한 전문가가 유량 변동에 따른 서식 생물의 어려움을 들면서 쉽게 철거라는 단어를 쓰기 어렵다고 말한 상황은 환경부가 강 자연성 회복 정책을 추진하면서 분명한 정체성을 보여주지 못하고 있음을 드러내는 한 현상이라고 볼 수 있다.

https://www.youtube.com/watch?v=bMXpqL9ZmaQ

지금의 추세로는 4대강 자연성 회복 앞에 놓인 높은 파고를 헤쳐 나갈 수 없다. 4대강 사업에서 가장 중요한 낙동강 문제를 기준으로 볼 때 환경부가 꼼짝할 생각을 하지 않는 것이다.

그곳을 흐르는 것은 물만이 아닙니다

강의 자연성 회복 문제는 그냥 강의 문제가 아니라 우리 사회의 철학과 문명에 관한 문제이다. 한반도 대운하가 가시화되면서 4대 종단의 성직자들이 103일간 풍찬노숙의 4대강 순례에 이어 지리산 노고단부터 임진각까지 오체투지 순례를 이어가면서까지 한반도 대운하와 4대강 사업을 반대하였다. 2008년부터 2010년까지 성직자들과 우리 사회의 곳곳에서 4대강 사업과 관련하여 발언한 내용들을 살펴보는 것은 4대강 자연성 회복 과제와 관련하여 중요한 참고가 될 것이다.

2008년 2월 12일, 생명의 강과 생명평화를 화두로 천주교, 불교, 기독교, 원불교의 4대 종단 성직자들이 한강 하구에서 시작하는 100일 여정의 4대강 순렛길을 떠났다. 길을 걷고, 길에서 먹고, 길에서 자는 이 풍찬노숙 순렛길을 나서기 전에 불교계를 대표해서 당시 화계사 주지였던 수경 스님이 대통령 당선인에게 편지를 썼다.

"그곳을 흐르는 건 물만이 아닙니다. 역사와 문화, 신화와 전설이 흐르고, 온갖 생명이 흐릅니다. 아무리 생각해도 대운하는 경제 차원을 훌쩍 넘어서는 보다 근본적인 생명의 문제입니다."

“수십조 원에 이르는 혈세를 뿌려 엄청난 재앙을 불러들일지도 모를 일을 추진한다면, 이는 ‘실패를 위한 실패’가 될 것이며 세계 최대의 반 경제, 반 생명, 반 화합이라는 천박한 자본주의의 역사적 증거가 될 것입니다.”

“저는 두렵고도 무섭습니다. 대운하가 몰고 올 국토 파괴가 두렵고, 국민적 불복종 운동 등 끝없는 갈등과 국론 분열의 소용돌이가 두렵습니다.”

4대강 사업을 반대한 오체투지 순례단(서울 동작대교, 2009년 5월)

순례가 12일째 되는 2월 23일에는 조계종 전 총무원장 송월주 스님이 순례단을 찾아 길을 함께 걸었다. 이 순례 기간 중 3번을 찾아 격려한 스님은 양평을 지나는 길목에서 “운하는 성장에 대한 철학적 문제이며, 운하로 인한 생태계 파괴가 가장 큰 문제”라고 지적하고 “이번에 추진되는 운하는 역천을 넘어 역리로 진리에 어긋나는 것”이라고 말했다.

그해 가을 수경 스님과 문규현 신부님, 전종훈 신부님 등 연로한 성직자들이 다시 지리산 노고단부터 오체투지 순례를 시작했고, 이듬해인 2009년 초

여름 임진각에서 끝맺었다. 성직자들이 2년에 걸친 참회의 길고 힘든 순례를 이어갔지만 이명박 정부는 우리 사회의 거센 반대에도 불구하고 결국 4대강 16개 보와 영주댐, 보현산댐 등을 확정하여 4대강 사업을 강행했다.

4대강 사업을 반대하는 움직임이 전국에서 이어졌다. 2009년 「4대강 사업 위헌·위법 심판을 위한 국민소송단」이 구성되었고, 전국에서 2,700여 명 이상의 교수가 「운하반대교수모임」에 합류했다. 한반도 대운하부터 이 사업을 반대해온 종교계에서도 다양한 반대 활동이 이어졌다.

종교계의 여러 단위가 4대강 유역 곳곳에서 이 사업을 반대하는 종교 행사와 활동을 이어갔고, 이러한 행렬에 신자와 일반인들이 함께했다. 천주교에서는 주교회의가 4대강 사업에 대한 공식 입장을 표명했다. 한국 천주교 주교회의는 「창조질서 회복을 위한 우리의 책임과 실천」이라는 제목의 '환경에 대한 한국 천주교 주교회의 지침서'를 발표하는 등 4대강 사업에 대해 분명한 반대 의사를 표명했다. 이 지침서의 일부 내용은 4대강 사업의 문제점을 다음처럼 지적했다.

"4대강 정비의 핵심 내용은 강바닥의 준설과 수중 보의 건설이다. 그러나 이 사업은 보의 건설로 물이 갇히면 오히려 홍수의 위험을 증대시키고 수질이 악화될 수밖에 없다는 반대에 직면해 있다. 전 국토의 구석구석을 흐르는 4대강 유역 곳곳에서 단기간에 강변의 모래톱을 없애고 대신 콘크리트 제방을 쌓고 자전거 길을 내는 대규모 토목 공사는, 생태계에 어떤 치명적인 악영향을 미칠 것인가를 전혀 고려하지 않는 반 환경적인 계획이다."

수경 스님이 두렵고도 무섭다고 고백했지만, 우리 사회는 4대강 사업의 짓

눌림에서 여전히 빠져나오지 못한 채 또 다른 갈등과 국론 분열의 시간 안에 놓여 있다. 돌아보면 고령의 성직자들이 4대강 사업이 초래할 국토 유린과 생명 파괴의 참사를 막기 위해 아스팔트 바닥에 엎드려 참회하였지만, 4대강 사업은 강행되었고, 우리 사회는 성직자들의 참회가 우리 사회 우리 모두의 것이어야 했음을 깨닫지 못하고 있다. 정권이 바뀌고 강의 자연성 회복을 국정과제에 포함했어도 4대강 사업의 핵심이라고 할 수 있는 낙동강 보 처리 문제는 여전히 겉돌고 있다. 4대강 사업이 한창이던 10년 전을 다시 소환해보자.

4대강 살리기는 생명 살리기입니다

생명, 자연… 그리고 희망의 물길

사람이 말하지 않아도,
천지를 지켜온 강입니다.
늘 사람보다 지애롭게
목숨 가진 것들을 존중하고
받들어왔습니다
생명 앞에 고개 숙일 줄 아는
강의 마음을 이제
우리의 마음에 비추려 합니다.

돌아보지 않은 사이에, 행동하지 않은 사이에,
우리의 江은 너무나 많은 것을 잃었습니다.

이제, 두 손을 맞잡고 다함께 시작할 때입니다.
우리 江이 다시 눈부신 태동을 시작할 수 있도록…

얼핏 숙연하기까지 한 이 문장은 문재인 정부가 출범한 이후 말한 것이 아니다. 우리 강을 회복하기 어려울 정도로 훼손한 4대강 사업에 환경부가 앞장서서 "4대강 살리기는 생명 살리기입니다"라고 홍보한 커다란 책자를 펼칠 때 담긴 내용이다. 4대강 사업은 "목숨 가진 것들을 존중"한 사업이 결코 아니다. 남한강 바위늪구비의 아름드리 느티나무 수백 그루가 영문도 모른 채 뽑혀나가 고사했고, 준설한다고 강물을 빼면서 폐사한 많은 물고기들을 모래톱에 그냥 파묻었고, 도리섬 가득 아름다움을 뽐내던 단양쑥부쟁이는 공사 중 서식처 훼손에 이어 준설과 강천보의 영향으로 사업 후 하천의 자연적 교란이 사라지면서 그 대부분이 사라졌다. 낙동강의 귀이빨대칭이들이 대량 폐사했으며, 금강에서는 수십만 마리의 물고기가 죽어 물 위로 떠올랐다. 흰수마자는 낙동강에 이어 내성천에서도 결국 사라졌다. 서울대학교 환경대학원 명예 교수이며 녹색성장위원회 민간위원장인 김정욱 교수는 「나는 반대한다」에서 이런 4대강 토건 공사를 집단 학살(genocide)로 규정했다. 다시 한 쪽 넘겨보자.

동맥경화로 시름하는 강

어름치는 돌아오고 싶다 말합니다.
겨울철새는 잃었던 보금자리를 찾고 싶다 말합니다.
강물이 없는 곳에는 생명도 깃들 수 없습니다.

환경부는 4대강에 보를 설치한 구간에는 서식하지 않는 어름치를 불러내

뿌리가 드러난 채 옮겨지는 바위늪구비 아름드리 느티나무(2011년 4월)

옮겨진 후 고사한 바위늪구비 느티나무들(2013년 9월)

마치 4대강 사업을 하면 어름치가 돌아올 것처럼 포장했다. 단군 이래 최대의 토건 공사라는 4대강 사업을 하면 어름치가 돌아올까? 그럼 보금자리를 찾고 싶다고 말했다는 겨울철새는? 철새 문제는 이미 언론과 SNS 등을 통해 여러 차례 그 심각성이 지적됐다. 겨울 진객이라는 고니의 경우를 들어보자.

철새들의 낙원이라 불렸던 해평습지(2008년 3월)

"4대강 사업으로 낙동강을 찾은 천연기념물인 겨울철새 큰고니들이 아사 직전의 상태에 놓여 주위를 안타깝게 하고 있습니다."

4대강 사업으로 보가 모두 완공된 이후인 2013년 1월, 대구환경운동연합 정수근 국장은 낙동강 큰고니의 처지를 이렇게 알렸다. 보로 강물 흐름이 막힌 후 강 중앙까지 꽁꽁 얼었고, 물을 마시지도 먹이를 구하지도 못하는 고니들이 아사 직전까지 가서 결국 시민들이 부랴부랴 고구마를 나눠줘야 했던 것이다. 겨울철새가 4대강 사업으로 잃었던 보금자리를 찾았던 것이 아니라 4대강 사업 전에는 철새들의 낙원이라고 불렸을 만큼 대표적인 보금자리인

해평습지를 잃었다. 모래톱 가득했던 새들의 발자국이 끝없이 펼쳐졌던 모래밭도 모두 사라졌다. 물론 2010년에 보였던 황새 한 쌍도 물을 채워놓은 강에 돌아올 수 없다. 우리는 해평습지만 잃어버린 것이 아니다. 낙동강 등 4대강의 모래톱 곳곳에서 번식하던 물떼새들은 4대강 사업 이후 어떻게 되었을까?

해평습지 일대 4대강 사업 준설 공사(2010년 10월)

4대강 사업 후 발견되지 않는 물새들

4대강 사업의 여러 사회적 논란과 관련하여 2013년 9월에 4대강 사업 조사 평가위원회가 구성되어 약 1년 넘게 조사 평가를 실시한 후 2014년 12월 23일 관련 보고서를 발간하는 기자회견을 가졌는데, 이 자리에서 생태적 문제점이 지적되었고, 그 후속 조치로 2015년에 안동부터 고령(합천보 상류)까지 수변 지역 생태 공간에 대한 전수 조사를 실시한 후 환경부와 국립생태원은 2016년 7월에 「낙동강 상류지역 생태공간 조사·평가」 보고서를 발간했다.

이 보고서는 조류와 관련하여 41개 생태 공원에서 7~60종의 조류가 조사된 것으로 분석하였는데, 모래톱에서 서식하는 꼬마물떼새, 흰목물떼새, 깝작도요는 주요 출현 종에 기록되지 않았으며(강변에서 쉽게 보였던 꼬마물떼새에 대해서는 전혀 언급이 없다), 법정 보호종인 흰목물떼새는 상주보에서 거리가 꽤 떨어진 상류의 한 곳에서만 확인되었다. 이 흰목물떼새는 당연히 준설하여 물을 채운 구간에서는 알을 낳아 번식할 수 없다. 낙동강 상류 구간을 대상으로 한 이 생태 조사의 결과는 처참하지만 당연히 처음부터 예견된 일이고 이 조사 구간에만 해당하는 결과가 아니다.

한편 이 흰목물떼새들이 '멸종위기종의 마지막 피난처'라고 말해지는 내성천에서 대규모로 서식하는 것이 2016년부터 매년 조사를 해온 생태지평 시민생태조사단에 의해 확인되었는데, 특히 영주댐 상류에서만 매년 10개 안팎의 둥지가 발견되었고, 국회 정책 보고서에 이런 내용이 포함되었지만, 환경부는 지난해 영주댐 시험 담수를 강행하면서 결국 이들의 서식처를 모두 훼손했다. 이명박 정부의 4대강 사업이 낙동강의 흰목물떼새 서식처를 모두 없앴다면, 현 정부의 환경부가 영주댐 시설 점검 운운하면서 내성천의 주요 서식처마저 댐 시험 담수로 잠기게 한 것이다. 강의 자연성 회복을 추진하면서 앞뒤가 다르니 그 정체성이 모호한 것이다. 이런 정체성으로 낙동강의 보를 처리하기는 매우 어렵다고 할 수 있다.

또한 강은미 의원이 21대 국회 첫 국감에서 지적했듯이, 낙동강의 자연성을 회복하려면 모래가 필요하다. 그 공급되는 모래를 영주댐이 막고 있는데, 한 손으로는 댐에서 내려오는 모래를 막은 채 다른 손으로는 낙동강의 자연성을 회복하겠다고 하면 그런 지독한 모순이 없는 것이다.

5. 낙동강이 유유히 흐르던 예전의 모습으로 돌아가려면

금강과 영산강의 보 처리 문제를 힘들게 결정했다. 문제는 이런 방식을 다시 낙동강에 적용한다는 것인데, 이와 관련된 조사 평가단 기획위원회는 개점 휴업 상태다. 금강과 낙동강의 자연성 회복이 결코 다르지 않은데, 게다가 낙동강은 이 두 개의 강과 달리 식수원인데, 낙동강 8개의 보를 각각 열어서 모니터링을 해봐야 하고 각종 평가를 해서 각각의 보에 대해서 보 처리 여부를 결정해야 한다는 것이다. 그런데 정작 낙동강에서는 가뭄에 콩 나듯 보를 연다. 해평습지 복원과 관련된 칠곡보는 이런 모니터링을 위해 아예 열어본 적이 없다. 물 문제는 정치와 뗄 수 없는 매우 복잡한 문제이다. 특히 낙동강에서는 더욱 그러한데, 처음부터 애써 정치적 결단은 뒤로 물린 채 거버넌스만 쥐고 있는데, 환경부는 그 거버넌스를 가동할 생각이 별로 없는 듯 보인다. 이상한 틀에 희한한 자연성 회복이다.

낙동강은 지금

낙동강은 11개 국가 하천과 770개의 지방 하천으로 구성되어 있다. 4대강 사업으로 만든 16개의 보 중 8개의 보를 낙동강 본류를 따라 촘촘히 세웠다. 이로 인해 해마다 녹조 문제로 시름하고 강 생태계는 중병이 들어 있다. 흰목물떼새도 흰수마자도 보에 물을 가득 담은 본류에서는 살 수 없다.

낙동강은 8개 보 구간이 모두 유역의 식수원이다. 상주부터 낙동강하굿둑 구간에 있는 낙동강 본류 취수장 중 2/3 이상이 8개 보에 위치한다. 해마다 여름이면 식수에 비상이 걸린다. 보를 열어서 강물이 흐르게 하면 해결된다는 것을 모두가 아는데, 그동안 보로 인해 수위가 높아진 강 주변 농지에서 물이 많아진 덕에 특용 작물 재배에 익숙해진 농민이 반발한다. 노지 농사가 끝난 가을에 보를 내리려 하면 이번에는 수막 재배에 익숙해진 비닐하우스 재배 농민들이 반발한다. 4대강 사업 때 준설 후 보에 물을 채우면서 취수구를 높여 놓은 까닭에 수위를 낮추면 취수에도 영향이 있다. 그래도 이런 것들은 충분히 보완하면서 앞으로 나갈 수 있는데, 정작 이 일을 추진해야 할 환경부가 꼼짝하지 않는다. 어느 것이 큰 줄기고 작은 갈래인지 단호하게 정리를 못 한다.

낙동강의 그 아름답던 풍경들은 어디에

2007년 대선이 끝나자마자 낙동강을 찾았다. 가랑비가 내리던 주말, 안동 병산서원부터 하회마을까지 재를 넘으면서 강을 천천히 살펴봤다. 개인적으로는 지리상 남한강이 가장 가까운 곳이지만, 오래된 기억이 한강과 남한강의 모습에 머물러 있지만 한국의 대표적인 강을 말하라면 모래톱을 품고 산을 낀 채 여유롭게 흐르면서 굽이굽이 빼어난 풍광을 보여주었던 낙동강을 제일 먼저 손꼽지 않을 수 없다. 4대강 사업 전에 가보지 못한 곳들도 그 자리에 서면 이곳이 얼마나 멋있었을지 어떤 이야기들을 품고 흘렀을지 안타까움이 가득 밀려온다.

흔히 낙동강 제1경으로 상주에 있는 경천대를 손꼽는다. '하늘이 스스로 만든 경치'라는 자천대가 원래의 이름이었다는 경천대에서 내려다본 풍경이 영화의 한 장면처럼 스펙터클하지는 않다. 깊고도 얕은 푸른 강물과 맞은편의 백사장과 그 뒤의 논과 마을과 다시 이들을 병풍처럼 둘러싼 너무 높지도 너무 낮지도 않은 산과 그 위에 구름이 떠다니는 파란 하늘이 한 풍경 안에서 조화를 이룬다. 이런 풍광을 제1경으로 꼽았다면 모든 것이 잘 어울리는 조화로움이 첫 번째 덕목이었을 것이다. 이 풍광을 눈여겨보면 그 무게 중심은 강 건너 회상들 앞에 펼쳐진 모래밭이다. 이 풍광의 요체가 4대강 사업으로 사라진 셈이다.

상주는 경천대만 빼어난 것이 아니었다. 내성천에서 맑은 모래와 강물을 받은 이후 문경 이목리를 지나 상주로 접어드는 곳부터 굽이굽이 모래톱을 끼고 빼어난 풍광을 자랑했다. 상풍교 하류 매협리 제방 일대 제외지에는 작은 밭이 있었는데, 그 밭과 모래톱 경계에 나무들이 한 줄로 띠를 이루었다. 밭의 비점 오염원이 강으로 들어가기 전에 띠를 이룬 나무들의 뿌리에 걸러지는 구조였다. 그러건 말건 밭도, 나무도 모래톱도 모두 4대강 사업으로 사라졌다.

낙동강 상주보 일대의 아침 풍광(2009년 8월)

경천대를 지난 낙동강은 도남서원 앞 오리섬 일대에서 큰 모래톱을 형성한 채 평화로운 풍경을 이루었는데, 일출과 낙조 모두 강변에 펼쳐진 백사장을 황홀한 빛깔로 물들였다. 굽이굽이 흐르던 낙동강은 옛날 토진나루가 있던 중동교 좌안의 떡시루를 얹은 것 같은 크고 긴 절벽 밑에 다시 넓은 모래톱을 풀어 제친 후 한 굽이 또 한 굽이를 돌아 해평습지가 있는 구미를 향해 달려갔다.

4대강 사업으로 아름다운 상주의 강변들이 모두 사라졌고, 경천대 등 역사와 문화를 간직한 공간은 빛을 잃었다. 심지어 4대강 사업 전에는 상상도 할 수 없었던 녹조가 보로 넓어진 강을 모두 채우는 일이 반복해서 일어났다. 상주는 여전히 낙동강이라는 강 이름이 상주의 옛 명칭에서 따왔음을 자랑하지만 빼어난 경관이 사라진 지금의 낙동강은 그저 이름만 남았을 뿐이다. '하늘이 스스로 만든 경치'를 지키지 못했는데, 다시 찾아올 생각도 하지 않고 있다.

4대강 사업으로 훼손되기 전 경천대 모습(2010년 10월)

상주보에 물을 채운 후 녹조가 가득한 경천대(2018년 8월)

낙동강 자연성 회복을 한 걸음도 나가지 못하는 까닭

상주보는 도남서원 하류에 설치되었는데, 그 하류에 도남취수장이 있었다. '미국 하천 계획계의 권위자'로 소개되는 미국 버클리대학교의 랜디 헤스터 교수가 4대강 사업이 본격적으로 진행되던 2010년 6월 22일 내성천 회룡포와 상주보 공사 현장 등을 찾았는데, 상주보에서 사업자 측으로부터 브리핑을 받기 전 보 하류 모래톱 일대의 공사 현장을 바라보더니 바로 다음과 같이 그 소감을 밝히기도 했다. "내 추측으로는 홍수 저장 능력이나 음용수 같은 문제들을 아마도 여기 이미 존재하고 있는 홍수터를 이용함으로써 해결해본 적이 한 번도 없었던 것 같다. 뭐랄까, 공포 영화와 디즈니랜드를 합쳐놓은 것 같다. 정말로 불건강한 미래에 대한 누군가의 판타지 말이다." 그는 이 일대에 취수장이 있다는 것을 몰랐지만 이 공간이 갖고 있는 하천의 중요한 생태계 서비스 기능을 한 눈에 알아차렸다.

상주보 바로 아래에 도남취수장이 있고 상주보 일대는 상수원 보호 구역이었지만, 상주시는 이 취수장을 보완하여 사용하는 대신 10여km 상류의 상풍교 일대에 사벌.매호 취수장을 설치하는 「사벌 매호 취수시설 설치사업 수도사업 변경인가 신청서」를 2013년에 제출하였고, 낙동강유역환경청이 인가 조건을 붙여 인가했다. 「상주시 수도정비기본계획 변경(안) 승인조건」에는 도남 생활용 취수장 신설 후에도 현 도남취수장에서 도남정수장으로 원수 공급이 가능하도록 정수장 내부 관로 시설을 유지하여 비상 대처 능력을 확보하여야 한다든가 도남상수원 보호 구역은 현 도남취수장을 도남공업용 정수장의 공업용수 취수장으로 활용하고 도남정수장에 비상시 원수를 공급하여야 하므로 도남취수장의 이전.가동 후 현 상수원 보호 구역의 수질 악화를 방지할 수 있는 대책을 마련하여 우리 부와 상수원 보호 구역 해제 여부를 재협의하여야 한다는 내용 등이 포함됐다.

2014년에 상수원 보호 구역이 해제되었고, 도남취수장은 2017년에 일반 수도 사업 폐지 인가되었으며, 상주보 수변 공간에 대한 관광 개발 사업은 꾸준히 진행되어 왔다.

환경부는 상주보 일대의 자연성 회복 모니터링을 위해 2018년 2월 22일부터 상주보의 수위를 내리는 결정을 한 바 있다. 당시 계획은 EL. 47.0m에서 수위를 하강하여 2월 말에 EL. 44.0m에 도달한 후 3월 중에 다시 EL. 47.0m로 돌아가는 반짝 모니터링이있다. 그러나 이런 빈짝 모니터링 계획조차 수위를 내리던 중 사벌 매호 취수장의 취수 이상으로 당초 계획한 대로 수위를 내리지 못하고 수위 하강을 중단한 바 있다.

이 사안에서 알 수 있는 것은 환경부가 국민 생활에 중요한 식수원 문제를 최우선 과제로 견지하는 것에 소홀했으며, 국정 과제인 4대강의 자연성 회복 일환으로 상주보 개방 모니터링을 계획하면서도 도남취수장을 긴급 상황 발생 시 비상용으로 활용하는 것을 처음부터 고려하지 않았다는 것이다. 강의 자연성 회복을 실천하기 위해 세웠어야 할 분명한 원칙에 근거하여 강에서 발생할 수 있는 여러 사안에 대처하는 구체적이고 상세한 매뉴얼을 환경부가 갖고 있지 못하다는 의미로 볼 수도 있다.

강 자연성 회복의 원칙 또는 지침 등이 부재하여 벌어지는 일들

낙동강 본류는 자연성 회복, 지류는 댐 건설, 골재 채취, 하천 정비 사업

국정 과제인 4대강의 자연성을 회복하는 것은 기본적으로 강의 종적, 횡적 연속성을 회복하는 것이라고 말할 수 있는데, 그래서 보를 철거하는 것이 우선 과제라고 볼 수 있는데, 이것이 환경부 지방 유역청의 하천 업무와 연계되어 있음을 확인하기는 매우 어렵다. 강의 자연성을 회복한다고 하면 그것이 낙동강 본류이든 아니면 지천이든지 같은 의미를 가져야 하지만 현실은 그렇지 않다.

하천 정비 사업은 강의 자연성을 훼손하는 대표적인 사업으로 인식된다. 전 광석화처럼 4대강 본류에서 벌어진 4대강 사업 또한 하천 정비 사업의 하나다. 환경부는 강의 자연성 회복을 말하지만 낙동강을 포함한 4대강의 주요 지천에서는 하천 정비 사업이 빈도 높게 행해진다.

하천을 대상으로 광범위하게 행해져온 생태 하천 복원 사업의 2015년 사업비는 4,500억 원 규모였다. 사업 명칭에 '생태', '복원'이라는 이름을 붙였지만 정작 멸종위기종들에게 필요한 서식처를 복원한 실적은 없다. 오히려 이 사업 시행으로 인한 강 생태계 훼손을 우려하는 시각이 늘 상존해왔다. 이런 대규모 사업에 대해 현 정부의 국정 과제인 강의 자연성 회복과 어떤 관계 속에 있는지 점검할 필요가 있다.

멸종위기 담수어류 보전 또는 복원과 관련된 사업도 치어를 방류하는 것이지 서식처 복원은 없다. 돈은 들어가고 그래서 방류한 실적도 남는데 정작 멸종위기종은 갈 곳이 점점 더 없다는 것이 멸종위기 담수어류 복원 사업의 현주소라고 말할 수 있다. 역설적으로, 그래서 복원 사업은 계속된다. 환경부 용역으로 수행된 「멸종위기 담수어류 보전에 관한 마스터플랜 수립 연구 최종보고서」에 의하면 외국의 멸종위기종 관리는 "멸종위기종 선정에서 보전까지 수생태계 생물 다양성 증진이 중심"이며 "상업 목적 어종은 방류, 멸종위기종은 서식지 복원 우선"이며 "서식지 복원은 하천 구조 개선으로 시작"하며 "생태적으로 중요한 주요 지류 및 유역에 대한 보존/복원 진행"이 최근의 추세임을 소개했다. 우리나라라면 흰수마자의 최대 서식처인 내성천에 대한 보존/복원이 진행되어야 하지만 앞서 지적했듯이 오히려 서식처 환경을 최악으로 내모는 시험 담수를 강행했다.

4대강 사업으로 낙동강 강바닥이 텅 비어 있어서 모래를 넣어주어야 하지만, 정작 가장 중요한 공급처인 지천들에서는 강에서 모래를 파내는 골재 채취가 계속되고 있다. 내성천에서는 영주댐을 건설하면서 댐 상류에서 4년간 극도의 골재 채취를 했고, 영주댐이 건설된 뒤에는 낙동강으로 내려가는 모래를 막고 있다. 낙동강유역청 소관 지역인 창녕에서는 따오기를 자연 방사하는 일을 대대적으로 홍보하면서 정작 이 따오기들이 가서 살아야 할 중요한 서식처 대상지 중 하나인 계성천 대봉늪은 같은 시기에 하천 정비 사업을 진행했다. 환경부는 낙동강의 남강 수계인 경호강에 여울마자를 방류했는데, 산청군은 방류지 일대에서 하천 정비 사업을 하면서 서식처를 훼손했다. 강의 자연성 회복이 추진되는 가운데 강에서 벌어지는 이런 일들은 환경부가 국정 과제로 추진하는 4대강 자연성 회복의 실체가 무엇인지 다시 묻게 한다. 정작 낙동강 본류에서는 자연성 회복을 위해 한 걸음도 나가지 못하는 반면 낙동강의 여러 지천에서는 끊임없이 강의 자연성이 훼손된다.

낙동강 계성천 대봉늪 왕버들 군락(2019년 5월)

이 모든 일들은 환경부가 강의 자연성 회복 과제에 제대로 대처하지 못하고 있음을 보여준다. 지천에서 벌어지는 일이지만 4대강 사업에 앞장선 것에 대해 참회하고 반성하지 않은 것과 무관하지 않다고 말할 수 있다. 지천이 건강하면 본류의 자연성을 회복할 수 있는 희망이 있지만 지천이 무너지면 그것으로 끝이다. 강은 지천에서 본류로 흐르지 그 역으로 흐르지 않는다. 올해 54일간의 장마를 지나면서 지천을 정비해야 한다는 목소리가 많아졌다. 강의 자연성 회복과 관련된 분명한 철학과 원칙을 바로 세워 지키지 않으면 낙동강 남강에 남아 있는 흰수마자나 여울마자가, 또는 어느 지천에 마지막으로 남아 있는 어떤 물고기종이 내성천의 흰수마자처럼 한 순간에 사라지거나 큰 위기에 처할 가능성은 늘 상존한다.

한편 강은미 환경노동위원회 위원이 21대 첫 국감에서 수공 사장과의 질의 답변에서 낙동강의 자연성을 회복하기 위해 지천의 모래가 필요함을 확인했고, 특히 상주에서 구미 일대까지 가장 많은 모래를 공급하는 지천을 물었을 때 박재현 사장이 내성천이라고 답변하였다. 낙동강의 자연성 회복을 위해 내성천의 모래가 반드시 필요하고 영주댐이 이를 막고 있음이 국감에서 확인된 것이다. 영주댐 문제가 내성천만의 문제가 아닌 것이다.

모천을 버리고서 낙동강이 돌아오기를 기대할 수 없다

영주댐 공사 초기에 영주 평은면에서 만난 한 주민은 이렇게 말했다. "강이 제 모습대로 돌아가려면 가끔 홍수가 있어야 한다. 150mm 비가 한 번에 내리면 강바닥을 뒤집어놓고 내려가는데, 그러고 나면 강이 제 모습을 보여준다." 강은 홍수를 이용하여 상처받은 곳들을 치유하고, 부족한 곳에 모래를 공급하면서 강에 의지해서 사는 수많은 생명들에게 다시 새 삶터를 제공한다.

큰비가 내리면 백두대간 곳곳에서 시작한 강물의 여행은 영주-봉화 분지의 수많은 모래들을 동승시킨 채 넘실대며 흘러 회룡포를 돌고, 경천대를 지나 해평습지에 모래를 던져놓고 기세를 몰아 부산 을숙도까지 한숨에 달려간다. 사람들이 글자를 만들어 구분했을 뿐 내성천과 낙동강이 본디 둘이 아닌 것이다. 영주댐을 만들어 유지하겠다면서 동시에 낙동강의 자연성을 회복하겠다고 말하면 그것을 진실하다고 말할 수가 결코 없는 것이다.

장마가 지난 후 내성천 모습(영주댐 수몰 예정지)(2011년 7월)

홍수기에는 강물이 맑지 않다. 모래와 강물이 뒤엉켜 붉은 흙탕물이 강을 뒤덮은 채 흐르지만 이런 과정을 거쳐야 비로소 본연의 모습을 되찾고 맑은 강물이 흐른다. 우리 시대뿐 아니라 미래 세대를 위해서 가장 중요한 과제의 하나인 강의 자연성을 회복하는 일을 추진하면서 아무 소리도 나지 않기를 바라고서야 결코 한 걸음도 내딛을 수가 없는 것이다. 지금이라도 깊은 성찰이 필요한 때이다. 환경부에게만 해당되는 것은 아니지만 깊은 참회와 고백이 있어야 한다. 그동안 가져온 것들을 모두 비워내야 한다. 우리 사회에 넓은 이해를 구하고 좌고우면하지 말고 강의 자연성을 회복하기 위해 매진해야 한다.

낙동강은 총 781개의 법정 하천으로 구성되어 있다. 상류로부터 반변천, 내성천, 영강, 병성천, 위천, 감천, 금호강, 회천, 황강, 남강, 밀양강 등이 그 대표적인 하천이다. 우리가 지천이라고 말하는 모천들이다. 모천이 없으면 낙동강이 없다. 그 모천마저 지금 위태롭다.

6. 맺는 말

강이 왜 흘러야 하는지 말해달라는 요청을 받은 적이 있다. 그것은 지구가 왜 돌아야 하는지 또는 바람이 왜 부는지, 우리 몸에서 피는 왜 순환해야 하는지를 설명해달라는 것과 다르지 않다. 서글프지만 어느새 우리나라는 강이 왜 흘러야 하는지를 설명해야 이해하는 나라가 된 것 같다.

4대강 사업 때 독일 교포들이 4대강 사업을 막기 위해 우리 사회에 독일과 유럽의 하천관리 사례들을 제공해온 적이 있는데, 그중의 하나가 「강, 물 이상의 존재」라는 학생용 학습 교재였다. 제목 자체가 모든 것을 말해주는 그 교재의 몇몇 눈에 띄는 소제목과 단어들은 다음과 같은 것들이었다.

"강과 더불어 살기" 그러므로 우리는 이제 강과 함께 더불어 살아갈 방법을 찾아야 한다. "유럽연합 물 관리 기본 지침" 기본 지침의 주 목적은 모든 하천을 자연스러운, 또는 자연에 최대한 근접한 형태로 되돌리는 것이다. 이 지침의 실행에서 특히 중요한 부분은 하천 보호 활동에 주민 참여를 적극적으로 유도하는 것이다. "생태적으로 양호한 하천의 몇 가지 특징" 구조적 다양성. 장애 없는 이동 "자연에 근접한 하천의 특징" "자연에 근접한 하천의 장점" 자연스러운 개천과 하천은 고도의 생물학적 기능을 가진다. 동물과 식물의 서식지이자 이동 경로이며 고도의 자체 정화 기능을 가지고 있고, 신선한 공기를 유입하는 통로이자 증발 등의 기능을 통해 기후를 균형 있게 조절하는 역할도 한다. 또한 주변 풍경을 풍요롭게 하고 관리에 드는 비용과 수고를 최소화한다.

우리 사회가 보를 건설하고 다시 수위를 내리거나 철거하는 문제를 가지고 10년 넘게 갈등하며 국력을 소모하는 동안 그리고 해마다 흐르지 않는 강에서 녹조 창궐로 인해 식수 관리에 골머리를 앓는 동안 유럽과 북미대륙 등은 강변 모래톱에서 휴식을 취하고, 천km 넘게 강을 따라 올라온 연어가 숲에서 알을 낳는 모습을 가족들이 지켜보는 감격을 맛본다. 무엇이 우리 사회를 자연의 파괴에 무감각한 사회로 만들었을까?

앞서 소개한 것처럼 랜디 헤스터 교수는 상주에서 공사 현장을 보고는 "공포 영화와 디즈니랜드를 합쳐놓은 것 같다. 정말로 불건강한 미래에 대한 누군가의 판타지 말이다"라고 일갈했다. 그 누군가는 이미 무대에서 내려간 지 오래지만, 그가 우리 강에서 완전히 지워버린 여울은 아직 회생할 기미를 보이지 않는다. 여울이 사라진 대신 강이 커진 것처럼 보이고, 거대한 녹조 덩어리 위에 부교를 띄워 사람들이 오가는 현실이 그의 표현대로 공포 영화와 디즈니랜드를 합쳐놓은 것 같은, 비현실적인 이상한 나라의 모습과 다르지 않다.

강이 커진 것처럼 보이지만 그건 강에 의지해서 살아가던 다양한 생물들의 터전을 빼앗아 물로 채운 기형적인 모습에 불과하다. 그것을 단번에 알 수 있는 것은 겨울마다 우리 강을 찾아 즐거움을 주던 고니가 4대강 사업 후 물만 채운 강에서 홀연히 사라졌다는 점이다. 올 가을, 함안보 수위를 잠시 내려서 모래톱이 드러나자 을숙도를 향하던 큰고니들이 강에 내려앉았다. 강 속에 산소를 공급하고 물새들의 먹이 터와 휴식 공간이 되며 아이들 마음에는 흐르는 강이 품는 생명의 씨앗을 남겨주고 훗날 귀한 추억을 만들어주는 여울을 강에서 없애라고 누구도 말하지 않았다.

낙동강 남지대교 일대 모래톱 주변 큰고니 무리(2020년 11월)

정권이 바뀌었고, 문재인 정부는 4대강 자연성 회복을 국정 과제로 내세웠지만 정권이 교체된 지 3년 반이 흐른 지금 당초 한반도 대운하로 계획되었던 낙동강과 남한강의 물길 따라 설치된 11개 보는 꿈쩍하지 않는다. 국민과 이 땅의 강에 의지해서 사는 동물들의 생명 문제와 직결되는 이 중대한 국정 과제를 현 정부가 추진하는 방식에 어떤 문제가 있는 것일까? 4대강 사업에 앞장서서 저항했고, 여전히 4대강 문제를 지적하는 대표적인 두 분의 말을 들어보자.

"4대강 토건공사에 대한 진실보고서"라는 부제를 단 『나는 반대한다』라는 책의 저자이며 천주교 주교회의가 4대강 사업에 대한 입장을 밝히기 전에 그의 견해를 경청했다고 전해지는 김정욱 교수(녹색성장위원회 민간위원장)는 2020년 8월, 오마이뉴스와의 인터뷰에서 "국민 생명을 존중해야 할 정부가 너무 미적거려서 안타깝다" "모든 국민에게 좋은 소리만 들으려 한다면 4대강 사업을 반대해온 사람들과 찬성해온 사람들, 양쪽으로부터 욕을 먹을 것"이라고 경고했다. 그는 "4대강 문제는 국민 생명과 안전을 중시하는 대통령이 반드시 직접 챙겨야 할 사안"이라고 말했다. 4대강변 농업 문제와 관련해서는 "농민들이 농업용수 부족을 이야기할 수 있지만, 수문을 열라 닫으라 주장하는 건 월권이다"고도 말했다.

4대강 사업 위헌.위법 심판을 위한 국민소송단 공동집행위원장, 운하반대교수모임의 공동 대표를 맡았었고 20대 국회 때 환경노동위원회 위원을 지낸 이상돈 (전)의원의 견해도 2019년 4월 12일자 오마이뉴스 기획 보도에서 엿볼 수 있다. 오마이뉴스는 3월 27일 환경부 4대강조사 평가단이 개최한 '자연성 회복을 위한 국제 심포지엄'에서 이상돈 의원이 축사한 내용을 기사화했는데 그중 일부는 다음과 같다.

"많은 전문가가 뜻을 같이해서 중간 결과를 냈는데, 정부와 여당은 전문가들에게만 이 문제를 맡겨두고 전면에 나와 있지 않다." "지난 대통령 선거 때

5명의 후보 중 3명이 4대강 재자연화 공약을 내세워서 국민들의 70% 표를 얻었다." "4대강 사업은 처음부터 정치적으로 시작된 일이기에 정치적 결단으로 해결할 필요가 있다." "4대강 문제에 대한 전문가들의 계량화와 공학적인 검토도 중요하지만 정부 여당, 특히 청와대가 잠에서 깨어나야 한다." "촛불 대통령의 의지를 읽을 수 없다는 것이 가장 큰 문제."

오마이뉴스는 이 심포지엄 이후의 인터뷰도 소개했는데 그중 일부 내용은 다음과 같다.

"4대강조사 평가기획위원회가 경제성과 환경성의 계량화를 시도한 것은 나름대로 의미는 있지만, 생태적 가치를 정확하게 계량화하는 것은 힘이 들고 논란이 있기에 이런 방식으로 4대강 문제를 풀려는 접근 방식은 잘못됐다." "최근 보수 언론이 일일이 트집을 잡고 있는데, 계량화를 통한 반대의 수렁에 빠졌고 정권이 그 빌미를 제공했다." "4대강 사업은 정치적으로 시작된 문제다. 그런데 이제 와서 그 해법을 수학에 맡기고 따라가면 답이 안 나온다. 그리고 지난 10년 동안 우리 국민과 정치권이 그 난리를 쳤던 것은 대체 뭔가? 이건 정치로 풀어야 한다."

두 분 모두 대통령이 나서야 한다는 것이다. 한편 이상돈 의원은 2018년 1월 하순에 3일간 일정으로 낙동강을 둘러보았는데, 수막 재배를 하는 광암들 주민들과 대화하는 자리에서는 농사짓는 문제로 국한해서 슬기롭게 해결하는 것이 좋겠다고 말한 바 있다. 위에서 소개한 김정욱 교수의 말과 다르지 않다.

농사를 짓는 사람들이 피해를 보아서는 안 되지만 강이 흐르는 것은 하늘의 이치인데 이에 역행하는 농법을 고수해서는 우리 사회가 지속가능한 미래로 나가기 어렵다. 취수 시설과 양수 시설을 보완하면서 4대강 사업에 기인한 일시적인 물 문제를 해소하고 강 자연성 회복 방향으로 나가면 되는 것이다.

4대강 조사.평가단이 여러 면에서 2기에 접어든 것으로 보인다. 그동안 기획위원회 등에 참여한 전문가들은 자연성 회복과 관련하여 결격 사유나 사퇴 의사가 없다면 효과적인 정책과제 수행을 위해 연임하는 것이 맞겠지만, 김정욱 명예 교수와 이상돈 의원이 지적한 것처럼 대통령이 정치적으로 결단할 부분은 정치적으로 풀어야 할 것이다. 그럴 때 이들 전문가들에게 낙동강과 남한강의 자연성 회복을 위해 보다 많은 역할이 주어질 것으로 보인다.

1조1천억 원이 들어간 영주댐 처리 문제를 환경부가 대통령 훈령으로 설치한 4대강 조사.평가단을 보완하여 다루지 않고 수자원정책국이 협의체를 만들어서 현재처럼 검토하는 방식은 앞서 지적한 것처럼 격에 맞지 않다. 물 통합을 통해 비대해진 환경부가 스스로 구성한 임의 기구를 통해 사회적으로 중대한 사안에 영향을 행사하는 방식은 부적절하다고 말할 수 있다. 영주댐 문제는 4대강 보 처리 문제처럼 4대강 조사.평가단이 맡을 필요가 있다. 물론 이 경우에도 대통령의 정치적인 결단이 먼저 요구된다고 할 것이다.

강은 흘러야 한다. 물새들이 춤추고 물고기가 물 위로 뛰어오르며 물빛은 스스로 맑고 푸르게 흘러 만물을 적시고, 아이들이 강변에서 환호하며 하루를 즐길 수 있는 날이 어서 오기를 고대한다. 내성천 굽이굽이 맑은 모래톱에 작은 물새들이 평화롭게 둥지를 틀고, 예쁜 흰수마자가 다시 돌아오기를! 모래 강을 찾아 가족들이 함께 하루를 즐기며 자연에서 위로받고 행복한 시간을 만들 수 있기를 꿈꾼다.

4대강 사업 전후, 금강의 기막힌 차이

—수문 개방 후 금강 변화 보여주는 20장의 사진[16]

김종술

오마이뉴스 기자

충남 부여군 백제보 상류로 녹조가 창궐하자 수자원공사가 물고기 양식장에서 사용하는 수차를 이용하여 물을 휘젓고 있다. ©김종술

16) 이 글은 김종술 기자의 10월 8일자 오마이뉴스 기사 "4대강 사업 금강의 기막힌 차이, 사진 보면 놀란다 - [2017년과 2020년] 수문 개방 후 금강 변화 보여주는 20장의 사진"을 전재한 것이다.

우선 옆의 사진을 보시기 바란다.

4대강 사업으로 건설된 금강의 수문이 닫혀 있을 때 금강에서 흔하게 볼 수 있는 풍경이다. 초록 융단을 깔아 놓은 듯한 이런 강물 속에 살아갈 수 있는 생물은 없을 것이다.

흘러야, '강'이다. 강은 흘러 흘러야 한다. 그게 진리고 순환이다. 넓고 길게 흐르는 물줄기가 강이다. 그런데 콘크리트 벽에 가로막혀 흐르지 못했다. 강이 죽으면 사람도 못 산다. 물이 썩었는데 어디에서 물을 구할 것인가. 민주주의 훼손으로 망가지는 강, 민주주의가 흘러야 강도 산다.

4대강 사업으로 처참하게 망가졌던 금강이 조금씩 깨어나고 있다. 갈대와 억새가 흐드러진 강변은 뭇 생명의 놀이터가 되었다. 다가갈 수 없을 정도로 심한 악취가 풍기던 강물에서는 상큼한 가을 향기가 풍긴다. 새들과 야생동물이 찾아든 강변에 사람들이 찾아들어 온기가 느껴진다.

4대강 사업으로 건설된 16개 보 중 금강에는 세종보, 공주보, 백제보 등 3개의 보가 만들어졌다. 금강 물줄기 400km 중 강 중하류에 건설된 보는, 보 주변뿐 아니라 서해로 빠져나가는 하구언까지 영향을 준다. 거침없이 흘러야 할 강물이 콘크리트에 막혀 정체되면서 문제가 발생하고 썩어가는 것이다. 그런데도 일부에서는 보를 뺀 나머지만을 문제 삼고 흠집을 잡는다.

4대강 재자연화의 목소리가 높아지는 상태에서 금강을 놓고 말들이 많다. 보가 없어지면 물이 부족하다, 농사지을 물도 없다, 관광객이 줄어든다, 다리가 없어진다는 등의 유언비어가 나돌고 사실인 양 포장되어 진실을 왜곡하고 사람들의 눈과 귀를 가린다. 그들에게 꼭 해주고 싶은 말이 있다.

“백문불여일견(百聞不如一見)”. 언론이나 남에게 귀동냥으로 전해들은 이야기를 진실로 믿지 말고 실제로 현장을 다녀가 보라고 권하고 싶다. 4대강 사업으로 수문이 닫혀 있을 때와 열려 있을 때 현장을 다녀간 분들이라면 바로 고개를 끄덕일 것이다. 진실을 왜곡할 수는 있지만, 현실을 바꿀 수는 없기 때문이다.

요즘 금강을 찾는 사람들이 많다. 54일간의 장맛비가 금강을 새롭게 탄생시켰기 때문이다. 갓 태어난 생명을 축하해주듯 강모래를 어루만지며 생명을 불어넣는다. 집 안을 청소하듯 강변 쓰레기를 줍는 사람들도 있다. 강을 이용하는 사람들이 강을 자신의 것으로 생각하기 때문이다.

2017년과 2020년 비교 사진 10곳… 이렇게 달랐다

더 이상 구구절절 말하기보다 10곳의 비교 사진을 공개한다. 아래 사진은 4대강 금강 보의 수문이 닫혀 있던 2017년과 수문이 개방된 후 2020년 올해의 모습이다. 현장 상황에 따라 똑같은 장소에서 찍지는 못했지만, 최대한 같은 장소에서 찍은 사진임을 밝힌다.

충남 공주시 고마나루로 공주보 수문이 닫혀 있을 때. ©김종술

충남 공주시 고마나루로 수문이 개방된 2020년 모습. ⓒ김종술

첫 번째 사진은 공주보 상류 쪽이다. 국가 명승 제21호 고마나루로 예전 나루터를 4대강 사업 당시 복원한 장소다. 데크 시설물로 선착장을 만들어놓았지만, 이곳을 이용한 사람들은 없었다. 녹조가 시퍼렇게 핀 강을 굳이 찾을 이유가 없기 때문이다.

공주보 상류로 수문이 닫혀 있던 수상 공연장 앞. ©김종술

공주보 수상 공연장 2020년 모습. ©김종술

두 번째 장소는 공주보 상류다. 4대강 사업 당시에 40억 원 가량을 들여서 수상 공연장을 건설한 곳이다. 중국의 수상 공연장을 본떠서 만들었다고는 하나 이런 곳에서 수상 공연을 할 예술가는 없을 것이다.

충남 부여군과 청양군을 연결하는 왕진교 ©김종술

충남 부여군과 청양군을 연결하는 왕진교 ⓒ김종술

세 번째 장소는 충남 부여군과 청양군을 연결하는 왕진교다. 예전 왕진나루터와 습지가 있는 곳인데, 4대강 사업 당시에 준설로 인해 일직선으로 된 곳이다. 특히 이곳의 녹조가 덕지덕지 엉겨 붙은 형태로 뭉쳐져 있어 수자원공사가 조류 제거선을 이용해 녹조를 제거할 정도로 녹조가 심각한 장소였다. 또 4대강 준공 후 2012년 60만 마리 이상 발생한 금강 물고기 떼죽음이 처음으로 발생한 장소다.

충남 청양군 왕진양수장. ©김종술

충남 청양군 왕진양수장. ©김종술

네 번째는 청양군 왕진양수장이다. 예전 나루터가 있던 곳이며 낚시꾼들이 많이 찾던 곳이다. 참게와 장어가 잘 잡히던 장소였다. 또한, 이곳에서 끌어올린 강물은 넓은 평야를 이루고 있는 왕진리와 인양리의 농경지에 용수로 공급됐다.

백제보 상류 소쟁이천 ©김종술

백제보 상류 소쟁이천 ⓒ김종술

다섯 번째는 부여군 자왕리 비닐하우스 농가가 밀집한 곳에서 백제보 상류로 유입되는 소쟁이천이다. 자왕리 인근에는 비닐하우스 1,000여 동이 있으며 이곳에서는 수박과 호박, 멜론, 토마토 등을 재배하고 있다. 겨울철 수막 재배가 이루어지는 곳으로 지하수 사용량이 많은 곳이다.

백제보 상류 소쟁이천 ©김종술

백제보 상류 소쟁이천 ©김종술

여섯 번째는 금강 최하류에 건설된 백제보다. 수자원공사 금강보 관리단이 있으며 전망대까지 갖춘 곳으로 4대강 사업에 참여하고 훈.포장을 받은 사람들의 명단을 대리석에 새겨 놓았다. 또한 보 건설 이후 세굴로 인한 잦은 보수가 진행되는 곳이기도 하다.

유네스코 세계문화유산인 부소산성 앞. ©김종술

유네스코 세계문화유산인 부소산성 앞. ©김종술

일곱 번째 장소는 유네스코 세계문화유산인 부소산성 낙화암이 바라다 보이는 백마강변이다. 4대강 사업 이전에는 넓은 백사장과 갈대밭이 펼쳐진 곳으로 영화 촬영 장소로 이용되기도 했다. 그러나 4대강 사업 당시 문화재 구간임에도 불법 준설이 자행된 곳이기도 하다.

금강에서 보령댐으로 용수를 공급하는 도수로가 있는 부여군. ©김종술

금강에서 보령댐으로 용수를 공급하는 도수로가 있는 부여군. ©김종술

여덟 번째 장소는 도수로를 이용하여 금강에서 보령댐으로 식수를 공급하는 곳이다. 4대강 사업으로 용수를 확보하고도 사용처가 없다고 비난을 받자 충남 서북부 가뭄을 틈타 2015년 건설된 곳이다. 그러나 식수로 사용할 수 없을 정도로 썩은 강물을 가져다가 보령댐 물과 희석해 식수로 사용하면서 안전상의 문제가 지적되기도 했다.

충남 부여군 수북정 ©김종술

충남 부여군 수북정 ©김종술

아홉 번째는 부여 팔경 중 하나인 수북정이 있는 백제교다. 예전 백마강이 맑게 흐르던 시기에는 경치가 매우 아름다운 곳으로 조선 광해군 때 건립됐다. 이곳에는 부여 구드래나루터를 오가는 황포돛배 선착장이 있으며 관광객이 오가는 곳으로 부여군민의 자랑거리였다.

충남 부여군 신동엽 시비가 바라다보이는 강변. ©김종술

열 번째는 부여대교가 바라다보이는 곳이다. 신동엽 시비와 인접한 곳이며 강변 수변공원에는 각종 체육 시설을 갖추고 있다. 강변에 코스모스가 심어진 곳으로 여름이면 다리 밑은 군민들의 휴식 공간이 돼 많은 사람들이 찾는 곳이다.

이렇듯 수문이 열리고 닫히고의 차이는 '극과 극'이다. 그러나 안타깝게도 앞으로는 이런 모래톱을 볼 수 없을지도 모른다. 백제보의 수문이 14일부터 다시 닫히기 때문이다.

충남 부여군 신동엽 시비가 바라다보이는 강변 ©김종술

상황에 따라 수문을 조작한다고는 하나 믿기 어려운 말이다. 환경부는 지난 2019년에도 똑같은 말을 했기 때문이다.

코로나로 힘든 시국에 4대강은 관심 밖일 수 있다. 4대강 재자연화를 열망하는 국민들이 침묵하는 한 수문은 영원히 열리고 닫히는 행위를 지속할 수밖에 없다. 오늘도 마지막일지 모르는 강변 모래톱에 앉아 이 기사를 쓴다.

우리 강 남한강을 살리는 길, '보' 해체가 우선입니다

장동빈

경기환경운동연합 사무처장, 강살리기네트워크 공동운영위원장

[편집자말]

작년 7월, 경기정의평화기독교행동, 천주교수원교구 환경위원회, 경기남부하천유역네크워크, 경기환경운동연합, 경실련 경기도협의회, 민주노총 경기도본부, 정의당 경기도당 등을 포함한 경기 지역의 20여 개 환경·시민 단체는 '4대강'의 조속한 재자연화를 촉구하기 위한 '남한강 자연성 회복을 촉구하는 1만인 시민선언'을 조직하고 연대 조직 '우리 강, 남한강 자연성 회복을 위한 경기도민회의'를 출범시켰다.

선언과 회의가 발족하게 된 것은 문재인 정부 초기의 '4대강' 재자연화 공약 이후 3년여가 흐른 현재까지도 뚜렷한 공약 이행 계획이나 성과가 없다는 사실 때문이었다. 특히 올가을 각 유역물관리위원회에 의해 '세종보 해체, 공주보 부분 해체, 백제보 상시 개방'이 의결된 금강이나 '승촌보 상시 개방, 죽산보 해체'가 의결된 영산강과는 달리, 한강과 낙동강에 대해서는 비록 최근 들어 환경부가 유역/국가물관리위원회를 통해 취·양수장 조정 관련 의결을 추진 중이라고는 하나 지금까지 정부의 구체적인 제시안이 전무하다시피 했다. 이미 환경부가 '우리 강 자연성 회복 비전'안(비법정계획)을 국가물관리위원회에 상정했고 위원회의 권고에 따라 한강유역환경청에서도 '한강 자연성 회복 구상(안)'을 마련 중이기는 하나, '4대강 사업'으로 인해 완전히 망가진 한강의 세 '보'(사실은 댐 규모. 이포보, 강천보, 여주보)의 수문 개방 모니터링이나 보 철거 여부와 관련해서는 관련 부처, 산하 연구기관, 민관협의체 모두가 아직 뚜렷한 방안을 내놓지 못하고 있다. 결국 '4대강 사업'이라는 사상 생태초도살 국가 범죄의 하수인 역할을 했던 관료 집단은 관료 집단대로, 그 범죄에 동참했던 '부역' 전문가는 전문가대로, 유역을 토건 개발 사업 투자 유치를 위한 돈

벌잇감으로만 바라보는 지자체장들과 지역 주민들은 또 그들대로 각각 문재인 정부의 국정 공약에 정면 위배되는 행동을 자행하고 있는 것이다. 일부 시민 단체 관계자는 정부가 "거버넌스를 '4대강' 재자연화를 지연시키기 위한 도구로 삼고 있다"고 분통을 터뜨리고 있다.

경기도민회의의 주축인 경기환경운동연합의 장동빈 사무처장은 환경부가 '지역 주민들의 거센 반발', '다양한 이해관계', '수질 악화와 보 간의 상관관계가 아직 명확하지 않음'을 앞세워 보 해체와 재자연화를 위해 지금 당장 꼭 해야 할 사전 조치를 전혀 하지 않고 있다고 강하게 비판한다. 예를 들어 금강, 영산강의 경우처럼 사전에 취.양수장 조정과 취수구 재배치 문제를 해결해놓는다든지, 차지하는 면적에 비해 지하수 사용량도 전체 농업 생산액 비중도 큰 수막 재배 농업으로 인한 지하수의 오염.고갈 문제에 대해서도 필요한 규제 대책을 마련하고 지하수 관리, 지하수-지표수 통합 관리 법제도를 재정비한다든지. 그는 "한강 유역의 경우 인구 밀도가 높아 공시 지가도 높게 형성되어 있고, 이 점 때문에 시간이 가면 갈수록 더욱 더 많은 사회적 비용이 보 개방에 전가되게 될 것이다. 정부의 조속하고 단호한 결정이 필요하다"고 지적했다(7월 23일 '4대강 자연성 회복을 위한 한강 유역 토론회').

그가 보내온 지난 1월 발표된 "남한강 자연성 회복을 촉구하는 1만인 시민선언"의 선언문을 게재한다.

사진. '남한강 자연성 회복을 바라는 시민선언' 포스터

우리 강 남한강을 살리는 길' '보' 해체가 우선입니다°
이포보 여주보 강천보 전면 해체!

우리 강을 지키기 위해 모두 다 피눈물을 흘렸습니다.
하지만, 힘에 부쳐 뭇 생명의 외침을 가슴에 묻었던 아픈 기억이 있습니다.

어느덧 7년, 우리 강이 서서히 생명력을 잃어가고 있습니다.
금모래 은모래와 여울이 없는 강은 '녹조라떼'로 위협당하고 있습니다.
삶터를 등진 흰수마자와 꾸구리는 아직도 제집을 찾지 못하고 방황하고 있습니다.
단양쑥부쟁이와 표범장지뱀은 숨을 곳마저 허락받지 못해 사라질 기회만 엿보고 있습니다.
우리 강이 마치 유원지가 양식장이 취수장이 전부인 것처럼 천대받고 있습니다.

그냥 이대로 두시렵니까?
우리 강 숨길과 물길을 어지럽히고 있는 '보'는 아무런 도움이 되지 않습니다.
생명이 태어나고 자라고 숨 쉬고 언젠가 다시 품을 곳
잘못된 것을 바로잡고 우리 강을 온전히 본래의 모습으로 되돌려야
사람도, 그곳에 기대어 사는 뭇 생명도 살아갈 수 있습니다.

지금도 늦지 않았습니다.
자포자기와 체념이 강에 깃들면 더 이상 돌이킬 수 없습니다.

오는 6월, '4대강 자연성 회복을 위한 조사 평가단'에서 보 처리 방안을 발표합니다.

'강'을 '강'답게! 이포보 여주보 강천보를 지우고 싶습니다.
남한강을 우리 곁으로 돌아올 수 있도록 모두 함께 마중 나갔으면 좋겠습니다.

오늘 강에 나가 남한강의 눈물과 희망을 보듬으면 어떠실까요?

3.

3부 특집

하천의 생태적 연속성과 복원경제 - 해외의 사례들

유역 복원—생태와 지역 경제를 둘 다 살리는 복원 경제

오레곤주의 복원 경제-지역 사회와 연어를 위해 자연 자본에 투자하기

메사추세츠주 댐 철거의 경제적 영향

유역 복원

-생태와 지역 경제를 둘 다 살리는 '복원 경제'

김레베카

성공회대 민주주의연구소 연구원

1. 들어가며

지구의 자기조절시스템 붕괴 상황을 예고하는 기후위기 비상사태는 이미 인간 사회의 자연재난 관리 능력을 넘어섰다. 기후위기는 지속적인 인간 활동이 낳은 결과이다. 현 자본주의 경제시스템은 끊임없이 개발하고 생산해왔지만, 실제로는 기후조절시스템의 일부분이면서 그 시스템과 끊임없이 상호작용하고 있는 자연 생태계(National Research Council, 1998)에 가해진 영향을 외부화하면서 불가역적인 에너지 소비=엔트로피 총량만 증가시켜왔을 뿐이다. 현 상황은 이러한 경제시스템이 최대한 빨리 전환되어야 한다고 역설한다. 자원은 탄소 배출 넷제로의 에너지생산소비시스템 내에서 완전히 순환되어야 하며, 생태계 서비스 능력은 지속가능하게 지구 기후와 인간 경제 활동을 부양해야 한다.

자연 생태계의 복원이 갖는 경제적인 중요성은 사실상 1990년대 초 Rio+20 회의 이래로 뚜렷한 정책 승인을 이미 획득한 상태에 있다. 유엔 지속가능발전회의의 목적과 주제 부분에 대한 사무총장의 보고서는 "구체적인 녹색경제 정책은 상이한 방식으로 상이한 채널들을 통해 생계, 소득 분배, 기타 사회적 결과에 영향을 끼친다"고 결론 맺으면서 자연 자본의 복원과 증진을 일곱 개로 나뉜 정책 그룹 또는 '트랙' 가운데 하나로 파악하고 있다. 생물 다양성 협약은 2020년까지 질적으로 저하된 생태계의 15%를 원래 상태로 복원하기 위해 '아이치 목표 15'에 합의했고, 유엔 기후변화 협약은 산림 피복과 탄소의 손실을 늦추고, 정지시키고, 역전시키기 위한 전 지구 목표를 채택했다. 유럽연합의 경우, 매년 200억 유로 예산의 '2030 생물 다양성 전략'을 앞세워 유럽 내 육상, 해수 각각의 30%를 보호 지역으로 관리하고 유럽 전역의 악화된 생태계를 유기농 증대, 살충제 사용 감축, 유역 복원, 녹화 등의 방식으로 복원할 계획이고, 이를 통해 특히 자연에 가장 크게 의존하고 7조 유로 이상을 생산하는 건설, 농업, 식료품 생산 세 부문의 생산성을 획기적으로 증진시킬 계획이다(총 40조 유로에 달하는 전 세계 GDP의 절반 이상이 자연 생태계의 기능에 의존하고 있다).

2. 복원 경제: 서구의 경우

2000년대 초반부터 서구 선진국들은 각종 복원 사업이 산업과 경제에 끼치는 긍정적인 효과를 과학적으로 조사 연구·통계화하고 정책적으로도 촉진하고 있다. 건조 환경 서비스와 자연환경 서비스의 원활한 기능을 촉진하는 다양한 활동들은 서로 복잡하게 연결되어 있다. '복원 경제(restoration economy)' 또는 '재경제(reconomy)'(Cunningham, 2020)는 이 연결성의 회복을 통해 경제 생산과 고용을 증진시키고 지역 사회를 자연재해, 기후위기 등 다양한 경제적 위험으로부터 지켜 '탄력회복적인 번영(resilient prosperity)'을 창출한다. 커닝햄에 의하면 생태적 다양성의 증가와 공정한 경제들은 탄력회복성 부양이라는 최종 목표 안에 하나로 맞붙어 있다. 투자 전략을 수립할 때 위기 회복, 경제적 재활성화, 지역 사회의 탄력회복성은 사실상 하나의 목표처럼 취급되어야 한다(Cunningham, 2002; 2020). 미국에서는 이러한 '복원 경제' 이전에 이미 '지역 사회 기반 자연자원 관리(community-based natural resource management, CBNRM)'라는 모델이 있었는데, 이전의 방법들과는 다르게 '분권화, 유의미한 참여, 문화적 자치, 생태 보전을 모두 지역 사회가 맡아 한다'는 접근법이었다. "생태적 온전성[17], 경제적 기회, 지역 사회는 장기적으로 모두 불가분하게 얽혀 있다"는 것이다. 이러한 "공생적 지속가능성(symbiotic sustainability)" 관점의 부상을 전문가들은 19세기 말 루스벨트 대통령과 길포드 핀쇼(Gilford Pinchot)[18]가 그 기틀을 마련한 공공 자연자원 관리에 불러일으켜진 첫 번째 패러다임의 전환이라고 평가하기도 한다(Hibbard., M, Susan Lurie, 2006).

복원 경제는 '패러다임 전환'이라는 측면에서는 '그린뉴딜'과, 경제 활동과 환경에 대한 영향 양자를 불가분한 것으로 사고한다는 측면에서는 녹색경제와 근친성을 가진다. 그러나 '화석 연료 중심의 2차 산업혁명 인프라에서 스

17) "생태계는 여러 가지 구성 성분으로 이루어지는 구조를 가지고 있고 이들에 따라 독특한 기능이 발휘되는데 그 나름대로 여러 가지 자연적 과정이 있다. 이러한 생태계의 구조와 기능 및 과정이 따로 떨어져서 전개되는 것이 아니라 전체성을 띠고 있다는 측면을 강조하면서 이 전체성을 본디 그대로 고스란히 유지하는 것을 생태적 온전성이라 한다." (산림청 용어해설.)

18) 미국의 초대 산림청장. 존 뮈어의 '보전(preservation)' 이념과 흔히 대비되는 후대를 위한 자연자원과 국토의 "현명한 이용"이 핵심인 '보존(conservation)'론으로 유명하다. https://www.doi.gov/blog/gifford-pinchot-legacy-conservation

마트 녹색 탄소제로 3차 산업혁명 인프라로의 전환'(제러미 리프킨)을 내용으로 하는 글로컬한 정치·정책 아젠다인 '그린뉴딜'과는 달리, 복원 경제가 인간 경제와 연결되어 있는 다양한 생태계들의 복원을 통해 구축하고자 하는 경제는 규모가 작아도 각종 환경적, 경제적, 사회적 위기에 대한 탄력회복성이 큰 튼튼한 지역 경제'들'이다. 녹색경제 역시 마찬가지다. 녹색경제는 경제(GDP) 성장을 한정된 자원의 사용 또는 그 환경적 영향과 '디커플링'할 수 있다는 신념과 시장 중심 전략 양자에 기반해 있다는 점에서 복원 경제와는 근본적으로 다르며, 그 안에서의 가령 탄소 배출 저감 같은 직접적인 결과가 불평등, 실업 등의 사회 경제적 문제의 해결과 정책적으로 통일되어 있지 않다는 점에서 보면 '그린뉴딜'과도 다르다(O'Neill, 2020). 2000년대 초반부터 OECD, UNEP, 세계은행 같은 국제기구들이 주창해온 '녹색경제'는 '소득을 증가시키면서 복지도 향상시키는, 그러면서 환경적 위험이나 생태적 희소성(한정된 자원) 문제도 현격히 축소시키는' 경제인데, 가장 최근의 몇몇 논의에 의하면 이러한 경제는, GDP 성장을 자원 사용/고갈이나 경제 활동이 환경에 끼치는 영향으로부터 완전히 분리시킬 수 있을 때라야만 가능하므로, 실질적으로는 불가능하다(Hickel. J. & Giorgos Kallis, 2019; T. Vadén et al., 2020). 그 동안 재생가능 에너지 생산, 에너지 효율적인 건설, 녹색 재화.용역 산업에서의 고용 증가 같은 유의미한 결과를 낳긴 했지만, 생태계의 복원 같은 것은 이 '녹색경제'의 회계로부터는 배제되어왔다(BenDor et al., 2015).

복원 경제는 녹색경제가 빠져 있는 저성장이냐 탈성장이냐의 딜레마를 처음부터 갖고 있지 않다. 복원 경제가 가진 가장 중요한 함의는, 자본주의적인 생산-소비 사이클이 그 재생산 기반(자연자원)의 되돌이킬 수 없는 파괴로 인해 지속불능 상태에 빠져버린 오늘날에는 새로운 개발 또는 유지.보존 활동이 아니라 (개발로 인해 파괴된 것들에 대한) '복원 개발' 활동의 몫이 갈수록 더 커지고 있고 앞으로도 자본주의적 생산이 지속하는 한 무한히 더 커질 수밖에 없다는 점이다. 복원 경제는 말하자면 산업혁명 이래로 전 인류가 '일방(one-way)'으로만 달려온 자기 파괴적 발전을 '거꾸로' 거슬러 올라가는 발전이다(Cunningham, 2002).

자연환경·자원의 복원은 다른 무엇보다도 지역의 삶을 지역 사회에 되돌려주는 직간접적인 일자리들을 창출함으로써 작아도 풍요로운 경제'들'을 구축한다. 가령 'Natura 2000' 네트워크(유럽 내 육지의 18%, 해상 6%를 묶은 보호 지역) 하나의 관리, 보존 활동이 104,000개의 직접 고용, 70,000개의 간접 고용 일자리를 창출한다(European Commission website, "EU Biodiversity Strategy for 2030"). 최근 미국에서 생산되는 연구들을 보면 더더욱 고무적이다. 오레곤주립대학의 한 연구팀이 국가 경제 성장 내에서 복원 경제(환경 복원, 복원과 관련된 보존 활동, (부정적 영향에 대한) 경감 조치 등의 활동)가 갖는 규모와 범위를 전국 고용, 부가가치, 경제 생산 측면에서 추산한 결과에 따르면 미 생태 복원 부문은 매년 ~126,000명의 노동자를 직접 고용하고 ~95억 달러에 달하는 경제 생산(매출액)을 발생시키고 있다. 이 부문에서의 각종 활동은 또한 150억 달러에 달하는 간접적인 사업 연계와 가계 지출 증가를 통한 산출, 95,000개의 일자리 등을 부양한다(BenDor et al., op. cit). 미 지질조사국(USGS)은 이 연구의 방법론을 보완해서 미 전역에서 벌어진 총 21개의 '(내무부 지원 사업인) 국토 복원 프로젝트'의 고용 유발 효과를 측정했다. 투입산출 분석(북미산업분류시스템에 따른 산업군 각각의 지출 내역을 이용하는 IMPLAN 모형을 사용)에 노동 비용이나 재화, 용역 등을 세목화하고 설문 조사까지 덧붙여 생태 복원 사업이라는 별도의 산업 섹터를 분리,

구축해냈다. 네 개의 메트릭 변수[고용연(連)연수(job-years), 노동 수입, 경제산출량(총매출액), 부가가치]에서 나온 결과는 놀라웠다. 투입된 1백만 달러 당 13~32년의 고용連연수, 220만~340만 달러의 총매출액이 나왔고, 전 프로젝트가 로컬, 지역, 국가 경제에 유의미한 순영향을 끼친 것으로 드러났다(USGS, 2016)[19]. 오레곤, 캘리포니아, 메사추세츠, 유타주 등에서의 민관 공동 생태 복원 노력도 두드러진다(OWEB & Ecotrust, 2012; Null, 2014; Lambert, 2019; Clark, A. G. et al., 2017). 가령 오레곤주의 '전체 유역 복원' 사업: 오레곤을 비롯한 다섯 개 주와 산림청, 해양대기청, 토지관리국, 어류와 야생동물청, 그리고 오레곤유역진흥청과 허브 조직인 에코트러스트와 함께 2005년부터 실행 중인 유역 복원 사업이다. 1,000만 달러 이상의 재정이 농촌 지역의 지역 일자리로 곧장 투여됐고, 10년 동안 매년 100만 달러가 연어 복원에 추가로 들어갔다. 160여 개의 사업을 통해 26.3㎢의 서식처, 1,448㎞의 하천이 복원됐다[20]. 유럽의 하천 복원 계획은 더더욱 야심차다. 유럽연합은 앞에서도 언급했듯이 '2050년까지 전 세계의 모든 생태계가 복원되고 회복력을 가지며 또 충분히 보호된다'는 목표에 기반하여 2030년까지 유럽이 도달해야 할 생물 다양성 수준을 제시하는 "2030 생물 다양성 전략"을 수립하고—육지 면적의 30%와 해역의 30%를 법적으로 엄격히 보호—30억 그루의 수목을 식재—25,000㎞의 강에서 댐이나 보 등의 인공 장벽들을 철거—해양 생태계에 해로운 어구의 사용을 제한한다는 세부 과제들을 이행 중이다[21].

19) 보고서 중 사례 연구 자료 부분은 이곳에서도 볼 수 있다: https://www.arcgis.com/apps/Cascade/index.html?appid=8dc895d9612c4e53a8007ad5d23f5476

20) https://ecotrust.org/wp-content/uploads/WWRI_readerspreads.pdf

21) 신재은, (2020) "그린뉴딜과 생물 다양성의 위기". 10월 22일 서울시 주최 '그린뉴딜을 통한 2050 온실가스 감축전략 수립 시민토론회' 자료집; 주 벨기에 유럽연합 대한민국대사관, (2020) "EU 2030 생물 다양성 전략".

3. 복원 경제가 중요한 이유: 지역 경제와 생태의 상관관계

그러나 서구 선진국들의 이러한 복원 경제 현황은 그동안 한 번도 국내에 제대로 소개된 적이 없다. 반면 생물 다양성이나 생태계 서비스에 대한 연구, '그린경제'의 강점인 "녹색일자리(UNEP, 2008)"·녹색고용 등에 대한 연구는 비교적 많이 이루어져 왔다(김승택, 2008; 김승택·임동순, 2010; 김예화 외, 2015; 국립생태원, 2015; 박재붕, 2017; 강완모, 2020). 이 글은 이러한 '공백'이 우리 사회를 각종 전 지구적 위기 앞에 충분히 탄력회복적인, 사회적 공평성과 생태계 서비스 양자가 잘 살아 있는, 작아도 풍요로운 지역 경제들의 생태사회민주주의 경제 체제로 전환하려는 노력에 큰 걸림돌이 된다는 문제의식에서 쓰여졌다. 기존의 연구 경향으로부터는: 1) 생태계의 복원이 떠받치는 다층위적이고 연쇄적인 순영향들이 갖는 중요성이 잘 보이지 않고, 2) 생태역사문화 연속체이기도 한 지역 사회의 얼굴도 잘 보이지 않기 때문이다.

녹색고용의 근간이기도 한 생산 양식을 노동집약적인 방식으로 전환시키는 과정(McEvoy et. al, 2000; Pinderhughes, 2007)은 반드시 동시에 그 지역 고유의 생태계 서비스 능력과 지역 사회의 사회적 관계 역량 양자를 증진시키는 과정이기도 해야만 한다. 우리나라의 경제 체제는 주로 토건 부문의 과성장을 통해 발전되어온 개발독재 국가의 그것이기 때문이다. 건설업의 GDP 내 생산 비중은 여전히 제조업의 근 2배인 5%에 달할 정도로 크다.[22] 수출 부진에 따른 대외 부문 성장 기여도 하락을 건설 부문 확대가 상쇄한 2016년의 GDP 대비 건설 투자 성장 기여도는 1.6%였는데, 이는 OECD 평균인 0.1%와 비교

22) 대한건설협회, 2019, 2019년 3분기 기준 주요 건설통계.

할 때 현격히 높은 수준이다. 같은 해 2분기 경제 성장에 건설 투자는 50% 이상을 기여했는데, GDP 성장을 건설 투자에 의존하는 성장은 그만큼 불안정성이 큰 성장이다(김석기, 2017; 강두용·민성환, 2016). 게다가 서구 선진국들과는 달리 우리나라의 건설업 활동은 대부분 최종 수요는 높지만 중간 수요는 낮은, 고정자본형성 수요 충족 활동으로 구성되어 있다. 시설물 시공이 거의 대부분이고 운영, 유지, 관리 업무 같은 중간 수요 충족 활동은 존재하지 않는다. 따라서 수요, 공급 증가를 통해 무한히 반복되는 생산 증가의 연쇄 효과를 가리키는 개념인 생산 유발 효과가 낮다(빈재익, 2017).

복원 경제가 가장 중요하게 과학적으로 포착해내고 정책적으로 시행해내는 지점이 바로 이 지점이다. 복원 경제는 비용과 창출되는 부가가치 모두 '사업 대상 현장이 있는 지역 안에 머무르는' 주민 주도의 작은 경제를 구축한다. 또한 제조업에 비해 수요 진작 효과는 있지만 생산 유발 효과는 낮아 소비성 투자에 그치는 건설 투자에 대비했을 때, 복원 경제 투자는 지역 경제의 계속 지속되면서 점점 더 크게 확산되는 성장을 낳는다. 가령 오레곤 주정부 산하 기관인 오레곤주 유역진흥청(Oregon Watershed Enhancement Board, OWEB)이 진행한 몇 건의 하천 복원·연어 복원 프로젝트를 분석한 결과 다음의 사실이 드러났다: 1) 일단 복원 사업은 지역 내 고용을 창출한다; 2) 복원 사업에 대한 투자는 승수 효과와 함께 경제 성장을 지속적으로 촉진시킨다; 3) 복원 사업에 들어간 비용의 80% 이상이 지역 안에 머물렀고 연쇄 효과를 계속 발생시켰다; 4) 복원 사업은 지역의 경제 산출 증가뿐만이 아니라 생태계 서비스와 여가·문화 활동의 증가를 통한 삶의 질 개선과 문화적 일체감(소속감)의 확대라는 결과를 지속적으로 창출했다; 5) 오레곤의 주민들은 이 모든 것을 위한 '지불 의사'가 얼마든지 있었다(OWEB & Ecotrust, 2012).

더더욱 의미심장한 사실은, 크게 투입해 적게 산출해온 우리나라의 기성 개발 정책 결과와는 정반대로 복원 경제 정책은 '작은 규모의 사업·투자일수록 더 큰 산출로 귀결되는' 지역 복원 경제시스템 고유의 역학을 활성화시킨다. 한 사례로 '댐철거유럽'이 2018년의 한 보고서에 소개한 덴마크 푸넨(Funnen) 섬에서의 바다 송어 개체군 회복 프로젝트를 들 수 있다. 단지 소형 댐과 기타 장애물들을 철거해서 바다 송어 개체수를 증식시키고 이를 통해 에코 관광을 활성화시키기만 했을 뿐인데, 현재는 아주 건실한 벤처 사업으로 성장해서 섬을 비롯한 오덴스시(市) 전체의 경제적 번영을 이끌고 있다. 경제적 편익은 다양했고 지속적으로 승수 효과를 창출했다: 매년 프로그램 기반 기금으로 50만 유로의 투자금 유치; 부가적으로 64,000명에 달하는 "바다 송어 관광객"들의 숙박량의 증가(호텔, B&B, 캠핑), 이들이 한 번 방문할 때마다 1인당 쓰는 평균 비용 640유로; 부가적으로 연당 530만 유로와 28FTE(full-time equivalent: 전일제 노동 시간, 일정 기간 동안 임의의 업무에 투입된 노동력을 전일제 노동자 수로 측정하는 방식) 고용에 달하는 "바다 송어 경제" 매출액; 부가적으로 지역 당국이 올리는 연 50만 유로에 달하는 과세 소득(Dam Removal Europe, 2018).

이러한 지역 복원 경제시스템은 그 자체가 거대한 금융 혁신이자 사회 혁신이다. 우선 오레곤주 유역진흥청이나 유타주 유역 복원 계획(Initiative)[23]처럼 주정부 산하 담당 기관들이 지역 사회에서 오랫동안 활동해온 다양한 민간 조직, 주민, 기업들과 파트너를 이뤄 일종의 중간지원 조직 역할을 하게 되

23) https://naturalresources.utah.gov/watershed-restoration-initiative

는 법제도, 예산, 행정 메커니즘이 있다. 오레곤주의 사례는 별개의 번역 원고에서 따로 더 상세히 다뤄질 테니 유타주의 사례만 짧게 언급하자면, 유타주 자연자원부 산하의 이 '유역 복원 계획' 역시 파트너십 기반이고 유타주 전역에서 중요 유역부터 복원해나간다는 목적을 갖고 있다. 2006년부터 다양한 파트너들과 함께 2017년까지 약 1,500건의 사업을 진행했고 총 6,000㎢가 넘는 유역 면적을 복원했다. 유역을 복원하거나 건강한 상태로 유지하는 일은 상당한 전략 계획 수립과 협력을 필요로 한다. 2016년까지 현금 또는 현물 지원을 통해 이 복원 계획에 동참한 기관, 조직, 개인은 총 500개/명에 달했다. 사업들은 각 섹터(중앙 정부와 지방 정부의 담당 기관, 비정부기구/민간단체, 산업계, 지주와 주민) 간의 긴밀한 파트너십이 없었더라면 벌어질 수 없었다.

사업에 자금을 끌어오기 위한 끊임없는 혁신과 협력의 제도화 또한 매우 중요하다. 중간지원 조직 역할을 하는 지방 정부 산하의 담당 기관들이 주로 사용하는 방식은 국고 보조금을 통해 레버리지 효과를 유발해서 다른 공공, 민간 투자를 끌어들이는 방식이다(오레곤주, 메사추세츠주 등). 또는 '유타 호소(湖沼) 복원 프로젝트'처럼 순전히 민간 기금으로만 진행될 수도 있다.[24] 보다 더 흥미로운 방식은 오레곤 유역진흥청의 파트너 기관인 '에코트러스트(Ecotrust)'의 실용적이고도 급진적인 혁신들에서 찾아볼 수 있다. 스펜서 비브(Spencer Beebe)가 태평양 북서부 지역의 자연 서식처와 멸종위기종과 경관을 보호하기 위한 목적으로 1991년 창설한 시민 단체인 에코트러스트는 산림, 하천, 해양을 비롯한 자연 생태계와 경관이 가진 속성들을 가치화하는 지역 경제들을 만들어내는 다양한 사업들을 진행해오고 있다. "더 많은 탄력

24) https://utahlakerestoration.com/

회복적인 지역 사회, (지역의 자족적인) 경제들, 생태계들을 창출하는 발전의 자연적 모델을 육성하기"라는 단체 목표를 통해서도 드러나듯이, 에코트러스트가 가진 사명의 핵심은 생태적 다양성을 보호하고 자연 자본을 증식시키는 일이 경제적 형평성과 풍요한 지역 사회 양자를 낳는다는 복원 경제의 핵심과 맞닿아 있다.[25] 특히 자본에 대한 창의적인 활용, 필요한 일에 대한 재정 충당이 경제를 새롭게 재스케일화하는 방법이 되도록 만드는 금융 혁신으로 각광 받고 있다. 가령 시카고에 있는 지역 사회 개발은행 쇼어뱅크(ShoreBank)의 창업자들과 함께 미국 최초의 환경은행인 '쇼어뱅크 퍼시픽'을 만들었는데, 이 은행은 현재 '원 퍼시픽코스트 뱅크(One PacificCoast Bank)'의 지점으로서 주로 미 서부의 환경 복원 사업들에 금융 지원을 하고 있다. 또 다른 금융 혁신으로는 지역 어민들을 위한 회전 대출 기금을 조성하거나, 연방 '신시장 세액 공제(New Markets Tax Credits)'[26] 형태로 농촌 지역의 일자리 창출과 경관 보전 사업에 수백만 달러를 배분한 지역 사회 개발 기업을 설립하거나, 미국 최초의 생태계 기반 투자 펀드 및 관련 산림 투자 관리 회사를 설립한 사례들을 들 수 있다.[27]

---

25) 에코트러스트 웹사이트의 관련 항목 참조: https://ecotrust.org/about-us/mission/

26) 신시장 세액 공제(New Markets Tax Credits)는 신용 부족으로 인해 금융접근권이 제한되어 있는 저소득 지역 사회를 돕기 위해 만들어진 대출 제도로, 개인 및 기업 투자자가 '지역 사회 개발 기업'(Community Development Entities, CDEs)이라 불리는 특수 금융중개 조직들에 지분 투자를 하는 대가로 연방 소득세에 대해 세금 공제를 받을 수 있도록 함으로써 민간 자본을 저소득 지역 사회로 끌어들이는 방식이다. 공제액은 원래 투자 금액의 39%이며 7년에 걸쳐 나누어 청구된다. 미국 재무부 웹사이트의 관련 항목 참조:
https://www.cdfifund.gov/programs-training/Programs/new-markets-tax-credit/Pages/default.aspx#:~:text=The%20NMTC%20Program%20attracts%20private,Community%20Development%20Entities%20(CDEs).
미국에서는 '지역 사회 금융'이라 불리는 지역 개발 금융이 활성화되어 있다. 이러한 금융은 일종의 '사회적 금융(social finance)'으로서, 지역 사회가 빈곤 해결, 경제적 재생, 기타 사회 혁신을 실현하는 것을 돕는 민간 부문의 금융중개 조직인 '지역 개발 금융 기관(Community Development Financial Institution, CDFI)'을 통해 작동되고 있다(양준호, 2016).

27) 에코트러스트 웹사이트의 관련 항목 참조: https://ecotrust.org/our-founder/

'그린뉴딜'의 녹색금융 논의를 통해서도 잘 나타나듯이 현재의 동시다발적인 전 지구적 위기는 지대 자본주의(rentier capitalism)를 신속히 재편해야 할 필요성, "민간 자본시장이 경제의 하인 역할을 하도록"(페티포) 그 시장이 작동하는 메카니즘을 정부와 민간이 함께 적극 혁신해야 할 필요성을 제기한다. 돈이 돌아가는 방식을 바꾸면 자본주의라는 '전체 시스템이 변화'할 수밖에 없게 된다. 앤 페티포는 이러한 변화를 위해서는 정부가 국경 간 자본 흐름, 신용 생성 등을 잘 관리해서 전 지구화된 탈규제적인 금융 부문이 약탈적이고 사회 조직을 파괴하는 활동에 투자될 신용을 만들어내지 못하도록 만드는 것이 급선무라고 얘기한다(Pettifor, 2019). "주권적(sovereign) 통화시스템"(PostiveMoney, 2018)[28], 가령 페티포를 비롯한 많은 그린뉴딜론자가 제안한 바, 중앙 정부나 지방 정부가 직접 소유하는 공공 은행이 지역 사회 성원 모두의 안녕을 위한 다양한 사업에 필요 자금을 공급하도록 만드는 것도 하나의 방법이다.

4. 복원 경제를 작동시키는 댐 철거와 유역 복원

황폐화된 자연 생태계나 인간 건조 환경의 복원[29]은 지속적이고도 밀도 높

28) 'PostiveMoney' 그룹이 2018년의 보고서 "성장 의존성에서 벗어나기 - 왜 통화 개혁은 환경이 파괴되든 말든 경제 성장만 추구하고자 하는 욕구를 감소시킬 것인가(Escaping growth dependency - Why reforming money will reduce the need to pursue economic growth at any cost to the environment)"에서 제안한 것으로, 은행은 경제를 운용하는 정부에게만 신용대출을 해준다. 또한 지불 통화와 신용 원천으로서의 통화 양자를 분리시킨다. 환경 파괴를 불러오는 성장 의존성의 원인인 민간 부채와 공공 부채를 감축, 근절할 수 있다.

29) 커닝햄은 복원적 개발을 두 섹터, 여덟 산업으로 세분한다: 두 섹터는 자연환경의 복원과 건조 환경의 복원. 자연환경 복원 산업은 다시 생태계, 유역, 어장, 농장이라는 네 산업으로 나뉘고, 건조 환경 복원 산업들은 다시 재개발용(오염되고 버려진) 산업 부지, 사회 기반 시설, 유산, 재난/전쟁이라는 네 산업으로 나뉜다(Cunningham, 2002).

은 지역 사회 발전을 이뤄낼 것이다. 그리고 이러한 복원 경제는 우리나라에서는 맨 먼저 유역 체계의 복원을 통해 구현될 수밖에 없을 것이다. 이명박 정권의 '4대강 사업' 이래로 가장 광범위하고 심각하게 파괴.인공화된 생태계가 바로 하천.유역 생태계이기 때문이고, 유역은: 1) 그 횡적, 종적 연결성의 생태적 중요성과 2) 복수의 여러 지역을 연결시키는 유역 체계 고유의 거버넌스성을 생각할 때 단일한 작은 조치로도 크고 지속적인 파급 효과를 볼 수 있는 장소이기 때문이다. 우리나라의 하천은 이미 개수율이 근 100%일 정도로 인공화되어 있다. 더 심각한 문제는 댐이나 보 같은 횡단 구조물들로 인한 하천 생태 연속성의 단절이다. 전국 29,783㎞의 하천에 약 33,914개의 횡단 구조물이 있어 하천 1㎞당 1.14개의 구조물이 하천 흐름을 가로막고 있다. 이중 약 3,000여 개는 이미 그 용도를 상실한 노후화한 구조물이다. 3,528개의 하천을 조사해봤더니 어도 설치율은 14.9%였고 이중에서도 제 기능을 하는 어도는 4.9%에 불과했다(노희경, 2020; 강형식 외, 2017). 하천의 이러한 과도한 인공화와 절편화는 수질을 악화시키고 수생태계와 생물 다양성을 파괴해서 하천 고유의 기능을 저해함으로써 물 환경 관리에 여러 복합적인 폐해를 끼친다.

하천 기능의 파괴는 또한 하천 경관의 파괴로 인한 주민.국민의 경관권[30] 박탈이라는 문제와 (수계들을 감싸고 있는) 유역 체계의 파괴로 인한 지역 갈등.지역 협력 불가능화라는 문제를 양산한다. 수생태계의 연속성 확보에는 과학적인 명확한 조사.평가 못지않게 이해 당사자들 간의 협업이 필수적이다. 다행히 우리나라도 수십 년간의 노력 끝에 2019년 물 관리 기본법을 제정하고 물 관리 일원화를 위한 유역/국가물관리위원회를 가동하게 됐다. 수생태계 연결성 조사 및 평가 방법 마련이 명시된 '수질 및 수생태계 보전에 관한

30) 조망권과 함께 환경권의 중요한 일부. 오래된 자연적, 문화적 경관을 통해 생태계 서비스의 혜택 못지않게 귀속감, 정서적 안정 등도 함께 누리기.

법률(물환경보전법)' 개정안의 관련 조항에 따라 '수생태계 연속성 조사 및 평가 방법 등에 관한 지침(안)'과 예산 등도 마련됐다. 환경부가 앞장서서 수생태계 연결성 확보를 위한 추진 전략을 수립하고 관련 조사 평가 지침도 개정하는 등 여러 가시적인 노력을 기울이고 있으며, 2021년부터 신규 예산을 마련해 2024년까지 3년간 총 300여 개의 보를 개선한다는 목표를 세우고 관계 부처 정책·사업들과의 연계성 구축, 조사·진단을 위한 정보 공유, 지역 이해 당사자 집단들과의 협력 구조 마련 등도 진척시키고 있다. 어도 개보수 사업, 낙동강 하굿둑 개방 실험도 진행 중이다. 지난 8월 민형배 의원이 대표 발의한 '보 특별법'[31]도 관련 소위에서 심사 중이다. 그러나 난제는 여전히 산적해 있다. 물환경보전법의 '수생태계 연속성 조사 등' 조항은 환경부 장관의 조치에 충분한 구속력을 확보해주지 못하며, 유역 또는 지자체 단위의 수생태계 연속성 확보 사업에 대한 환경부의 사업 지원 기반 강화 정책 역시 현재와 같은 정치적으로 개발론자들 편으로 현격히 기울어진 운동장 위에서는 '수생태계 연속성'에 대한 유역 기구 또는 지자체장의 자의적인 해석과 지원 조항 악용을 뒷받침할 가능성을 배제해주지 못한다.

필자는 간략하게나마 두 가지를 제언하고 싶다:

1) 조사 평가단의 과학적 조사에 따른 평가 결과와 국제 기준 등을 참고하여 '생태적' 하천 사업의 적정성과 효율성을 담보할 수 있는 구속력 있는 기

---

31) 작년 7월 기준으로 전국 하천의 약 33,000여 개의 보 가운데 92%가 높이 2m 이하의 소규모 농업용 보이고, 폐기된 보는 3,800개, 파손. 방치된 보는 5,800개인 것으로 나타났다. '보 특별법(소규모 보 등의 개선을 통한 하천의 연속성 회복에 관한 특별법)'은 이들 소규모 농업용 보를 개선해서 하천 범람에 대비하고 수생태계도 복원하자는 취지에서 발의됐다. 골자는 세 가지인데: 1) 환경부 장관이 '소규모 보 개선 기본계획'을 10년마다 수립하고 국무총리 소속으로 소규모 보 개선 추진단을 설치하도록 하는 것; 2) 환경부가 전국에 있는 소규모 보의 데이터베이스를 구축하고 그 관리 운영을 맡도록 하는 것; 3) 중앙 정부가 지방자치단체의 소규모 보 개선을 지원하고 이행 실적을 평가하도록 하는 것 등이다. 이 법은 그린뉴딜 연계 사업이기도 하다. ([우리들뉴스]의 관련 기사, http://m.urinews.org/a.html?uid=116797)

준을 마련해야 한다. 가령 현재와 같은 '지방 하천 정비 사업'은 아무런 실효성이 없다. '과학적 조사'가 조사 주체가 누구냐에 따른 굴절(왜곡)을 겪는다는 것도 문제이다[가령 수공의 연구 기관인 한국건설기술연구원에서 내놓은 "환경생태유량 산정 및 확보방안 연구"(2018)는 '4대강 사업'을 단 한 번도 언급하지 않는다. 실로 어처구니없는 일이다]. 이를 위해서는 하천·유역 관련 용역 조사 패널이나 정책 결정 권한을 가진 위원회의 인적 구성부터 바꿔야 한다. 환경공학·토목공학자보다는 생태학(수, 어류, 동식물, 경관 등)자, 지형학자, 역사학자, 인문지리학자, 환경사회학자, 하천 전문 활동가들을 더 많이 포함해야 한다. 강은 '진공 상태'에 존재하는 것이 아니다. 강이 흘러 뻗어나간 수계와 유역, 시공간적 영역은 엄연히 수백 수천 년의 역사를 거쳐온 습지 생태계와 강역(疆域) 생활 공동체 양자의 상호 교류가 살아 숨 쉬고 있는 장소이다. 당연히 그 '장소'에 대한 이해가 유체역학에 대한 그것에 선행해야 한다. 자연 유산·역사 유산의 통합적 개념인 '복합 유산'의 중요성이 개발의 그것에 선행해야 한다. '주민'에 대한 고려 또한 마찬가지다. 주민 개개인의 목소리보다는 '그 지역에서 오래 살아온 사람들의 '귀속적 생활 패턴'에 대한 존중이 우선되어야 한다. 가령 '그들은 그 강변에서 대대로 무슨 일을 하며 자신들은 누구라고 여기며 살아왔는가'라는 질문이 '그들은 지금 그 강변에 대해 뭘 원하는가'라는 질문에 선행해야 한다.

2) 유역물관리위원회를 지역 주민 주도의 상위 행정 단위로 쇄신해서 환경부, 국토부 장관이나 지자체장의 소관이던 (허가권, 재정 운용권, 갈등 조정권 등을 포함한) 하천 정책 결정권 일체를 그리로 넘기자는 제언(조을생 외, 2019)에 주목할 필요가 있다. 프랑스의 유역물관리청이 엇비슷한 구조로 운영되고 있는데, 여기의 장은 중앙 정부에서 파견한 임명직이지만 그 이사회의

임원은 전부 좀 더 큰 "유역위원회(basin committee, '물 의회')"가 선출한다. 그 유역위원회는 유역 내의 다양한 연대 조직들(행정자치 단위, 직능·산업 단위, 시민 단체와 전문가 등)로부터 구성된다.[32]

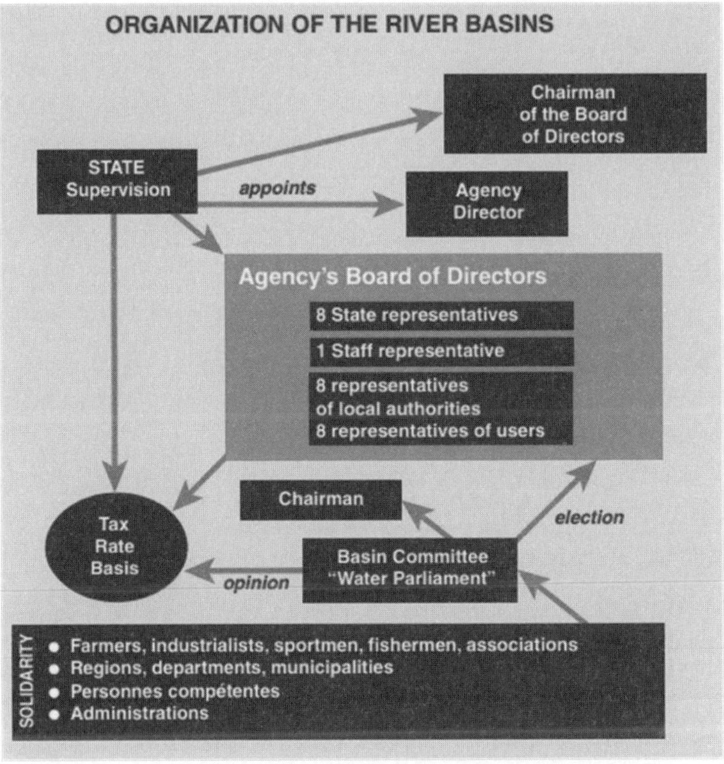

그림. 프랑스 유역물관리청과 유역위원회의 구조(Source: IOwater, 2009)

32) 조을생 외(2019)의 관련 부분에 나와 있는 염형철(2018)의 "제도적 거버넌스", "비제도적 거버넌스"("정치의 영역을 제외한 시민 사회") 양자를 '유역정책협의회'가 매개하는 모델은 생산적인 유역 정치를 상상하는 데 오히려 걸림돌로 작용할 가능성이 크다. 실제로는 인적 구성, 소통 채널 구축의 측면에서 행정의 전 단위가 유역물관리위원회와 '유역정책협의회' 양자와 뒤섞일 수밖에 없고 또 뒤섞여야 마땅하다. 거버넌스의 가장 중요한 함의는 '비제도'란 존재하지 않는다는 것이다. 유역 정치에서 벌어지는 모든 '소통'은 '(민관) 공동 결정'이다.

※유럽의 하천 복원 정보망

- 유로통계 'Eurostat'의 'Database': https://ec.europa.eu/eurostat/data/database

- 유럽 하천복원센터: https://www.ecrr.org/

- EU RiverWiki:
https://www.ecrr.org/River-Restoration/RiverWiki-Projects-Database/userId/12937

- 유럽물정보시스템 Water Information System for Europe(WISE) "Data and Maps":
https://www.eea.europa.eu/data-and-maps

- 프랑스의 통합테이터시스템 '상드르(SANDRE)':
http://www.sandre.eaufrance.fr/

- 2006 제정된 「물과 수생태 환경법」을 근거로 2007년 만들어진 프랑스의 하천 환경 관리 전담 기관 ONEMA(French National Agency for Water and Aquatic Environments):http://www.river-restoration.onema.fr/

- 댐철거유럽DRE[33]의 "Mapping dams in European rivers" 'AMBER'

---

33) '댐철거유럽(DRE)'은 다음과 같은 비전을 갖고 2016년 전 유럽 연합네트워크이자 공동 프로젝트로서 창설됐다: 댐의 철거는 강의 형태, 자연적 기능, 동학(유사, 어류와 동식물)을 복원함. 또한 물관리지침(WFD)의 목표들, 수질 개선, 어류 이동 경로 및 개체군 개선, 자유로운 생태계 서비스, 기후변화 영향의 완화 등을 보다 더 탄력회복적인 수생태계 조성과 관리 개선 비용의 경감, 지역 경제의 개선, 인간과 강의 관계, 지역 정체성과 자긍감의 고취 등을 통해 달성할 수 있음. 댐 철거가 갖는 이러한 편익에 대해 보다 더 널리 알리고 다양한 협업 공동체와 프로젝트를 통해 유럽 전역에서 댐 철거 아이디어를 주류화하기 위해 유럽하천네트워크, 세계야생동물기금, 세계어류회유재단, 재야생화(Rewilding Europe) 유럽, 하천트러스트 등의 7개 파트너 기관과 영국 환경청, 하천감시, 노르망디 대회유어연합, 지속가능유럽 등의 27개 후원기관이 모였고, 2019년과 2020년 초에는 세계자연보호협회(The Nature Conservancy)와 국제습지보호연합이 가입했다. https://www.ern.org/en/dam-removal-europe/
https://www.ern.org/wp-content/uploads/sites/52/2020/03/DRE-flyer_bd.pdf 등의 소개를 참조.
주요 프로젝트 두 가지:
1) AMBER: '유럽 하천의 장벽들에 대한 적응 관리(Adaptive Management of Barriers in

프로젝트:https://damremoval.eu/dam-removal-map-europe/
https://amber.international/

지금보다 훨씬 더 권능화된 유역물관리위원회를 통해 “유역 내의 물 순환, 행정 절차 등 각각의 정책들을 통합”하고 “유역 차원에서의 독립적이고 자율적인 물 정책 기능을 자리 잡게” 할 필요성, 정부 지원을 받아 중간지원 조직의 역할을 수행하는 독립, 상설 기구 “유역참여센터(또는 유역정책협의회)”의 설립(조을생 외, 2019: 86-90; 이준경, 2018)은 매우 중요한 제언들이다. 이준경(2018)이 2007~2008년 한국강살리기네트워크의 ‘소유역 하천살리기운동 매뉴얼’ 내용 등을 이용해 상세히 범주화해놓은 이 “유역참여센터”가 가져야 할 역할과 해야 할 활동들이야말로 지역 사회의 ‘복원 경제’ 활동들에 다름 아니다.

European Rivers)’의 두 문자들로 만든 이니셔티브 이름. https://amber.international/ 유럽 내의 하천에 있는 댐과 보를 비롯한 모든 종류의 장벽들에 대한 위치 확정(목록 제작), 철거, 영향 경감과 관련된 안내와 지도를 위한 협업 프로젝트. (1) 댐 현황 목록(inventory) 제작: 38개국(주로 EEA 국가들과 스위스)에서 진행된 비공식 조사 → 데이터 수집. 나라와 지역마다 서로 매우 상이함. 프로젝트가 진행되면서 보다 더 일관되고 총체적인 데이터가 만들어질 것임; (2) 시민 과학: ‘댐 추적기’ 앱을 통해 어디서든 댐이나 보의 위치를 확인할 수 있음. ‘위치 추적된 하천 장벽들의 지도’: https://portal.amber.international/ 사업 기간은 2016년 6월 1일~2020년 5월 31일까지, 예산은 620만 유로, 협업 주체들은 8개 대학, 국가 전력회사 등 산업 기관 4곳, 네덜란드 세계어류회유재단과 스위스 세계야생동물기금을 비롯한 4개 엔지오; 아일랜드 내수면어업청IFI(아일랜드 내수면어장과 바다 낚시 자원의 보호와 관리를 책임지고 있는 정부기구(https://damremoval.eu/wp-content/uploads/2018/11/Day2-1050-Brian-Coghlan.pdf)와 이탈리아의 연합 조사 연구센터를 비롯한 4개 정부 기구. 이행단계: 하천 장벽에 대한 전 유럽 아틀라스 제작 → 장벽들의 영향에 대한 조사 → 의사 결정, 우선순위 결정 도구 제작 → 실제 사례 예시 프로젝트 → 커뮤니케이션, 시민과학(‘장벽 추적기’ 앱 등).

2) ‘세계 어류 회유의 날’ https://www.worldfishmigrationday.com/ : 세계야생동물기금, 세계자연보호협회, 세계 어류회유재단을 비롯한 10개의 협업 팀이 조직. 자유롭게 흐르는 하천과 회유성 어류의 중요성에 대한 인식을 증진시키고자 시작된 전 지구적 기념행사. 2020년 올해에는 코비스-19 상황으로 인해 10월 24일로 연기되어 세계 창작노래 콘테스트, 24시간 전 지구 ‘웨비나 마라톤’ 행사 등을 가졌다. 5월 14일에 있었던 ‘전 지구 유로(swimways: 세계어류회유재단이 만든 용어) 24시간 마라톤 웨비나’ 자료(행사 시간표와 발제문):
https://worldfishmigrationfoundation.com/global-swimways-webinar-marathon/

5. 맺으며 - 제도화된 유역 정치, 복원의 정치 경제를 향하여

만약 위의 '유역참여센터'가 "지역 하천의 수질, 생태계 등에 대한 하천 공간 컨설팅 사업"(이준경, 2018) 같은 활동을 통해 가령 댐의 존치 여부에 대한 결정에도 관여할 수 있다면? 실제 댐 철거 과정(댐 저수지 퇴적물 방류에 대한 모니터링이나 식생 활동 등)에도 관여할 수 있다면?

복원 경제는 생태와 지역 경제는 지속적으로 공동 번영한다는 약속이다. 자연이 그 약속을 지키도록 하려면, 먼저 우리가 자연에 대해 그 약속을 지켜야 한다. 적실한 시민 과학으로 무장한 참여가 움직이는 강력히 제도화된 유역 정치(복원의 정치 경제)가 절실히 필요하다.

참고자료

1. 강두용.민성환, (2016) "최근 실물경기의 건설투자 의존 구조—문제점과 정책적 함의", [i-KIET 산업경제이슈] 제633호. 산업연구원
2. 강형식 외 (2017) "수생태 연속성 조사.확보 제도 마련 연구". 환경부
3. 김석기 (2017), "최근 건설투자의 GDP에 대한 성장기여도와 그 시사점". [금융브리프] 26권 16호. 한국금융연구원
4. 김승택, (2008) "녹색성장을 통한 일자리 창출 촉진 방안". 한국개발연구원
5. 김승택.임동순 (2010) "녹색성장이 일자리에 미치는 효과 분석—기술혁신과 기후변화협약을 중심으로". 한국노동연구원
6. 김원 (2020) "자연성 회복을 위한 보 개선 방안". 대한하천학회 외 공동주최 9월 4일 '2020년 우리강 자연성 회복 포럼' 자료집.
7. 노희경 (2020) "국가수생태계 연속성 확보 추진 방향". 대한하천학회 외 공동주최 9월 4일 '2020년 우리강 자연성 회복 포럼' 자료집.
8. 빈재익, (2017) "산업연관표로 본 건설산업: 유럽 국가들과의 비교". [건설이슈포커스] 2017-03호.

한국건설산업연구원.

9. 신재은, (2020) “그린뉴딜과 생물 다양성의 위기”. 10월 22일 서울시 주최 ‘그린뉴딜을 통한 2050 온실가스 감축전략 수립 시민토론회’ 자료집.

10. 양준호 (2016) “미국 지역개발금융(CDFI)에 관한 ’개괄적‘ 고찰-지역 사회적금융 주체로서의 가능성을 중심으로”. [지역개발연구] 48권 2호. 43~66. 전남대학교 지역개발연구소.

11. 염형철 (2018) “유역관리와 거버넌스 활성화 전략”. 2018년 춘천물포럼 ‘통합물관리 유역차원에서는 어떻게 할 것인가?’ 자료집.

12. 제러미 리프킨 씀, 안진환 옮김 (2020) 글로벌 그린뉴딜. 민음사

13. 조을생 외, (2019), “숙의적 접근을 통한 하천 자연성 회복 정책 도출 연구”. 한국환경 정책.평가연구원

14. 주 벨기에 유럽연합 대한민국대사관, (2020) “EU 2030 생물 다양성 전략”.

15. Baker, C. D. et al., (2015) Economic Benefits from Aquatic Ecological Restoration Projects in Massachuetts - Summary of Three Phases of Investigation,https://www.mass.gov/doc/economic-benefits-from-aquatic-ecological-restoration-projects-in-massachusetts-summary-of/download

16. BenDor, T., Lester, T. W., Livengood, A., Davis, A., Yoonavjak, L (2015) “Estimating the Size and Impact of the Ecological Restoration Economy”. PLoS ONE 10(6): e0128339.

17. Brouwer, R. & Sheremet, O., (2017) “The economic value of river restoration”. Water Resources and Economics 17.

18. Clark, A. G. et al., (2017)

19. Cunningham, S. (2002) The Restoration Economy - The Greatest New Growth Frontier. Berrett-Koehler Publishers

20. Cunningham, S. (2020) RECONOMICS: The Path to Resilient Prosperity. Independently published.

21. DRE, (2018) “Dam Removal - A viable solution for the future of our European Rivers” https://damremoval.eu/policy-report/

22. Hibbard., M & Susan Lurie, (2006), “Some Community Socio-Economic Benefits of Watershed Councils: A Case Study from Oregon”. [Journal of Environmental Planning and Management], Vol. 49, No. 6, 891~908, November 2006

23. Hickel. J. & Giorgos Kallis (2019) “Is Green Growth Possible?”, New Political Economy

24. IOwater(International Office for Water), (2009) Organization of water management in France

25. IUCN Policy Brief, “Enhancement of natural capital through forest and landscape restoration (FLR)”.

26. Lambert, B., (2019) "The economic impacts of ecological restoration and dam removal in Massachusetts". Presentation paper of the "Renaissance de la Vallée de la Sélune" https://damremoval.eu/wp-content/uploads/2019/10/2541-BLAMBERT_EconomicsImpactsDR_colloqueSELUNE2019_bd.pdf
27. McEvoy, D. C. & Longhurst, J. W., (2000) "Assessing the Employment Implications of a Sustainable Energy System: A Methodological Overview", Geographical & Environmental Modelling, Vol. 4, No. 2, pp.189~201.
28. Maher, M. Neil, (2008) Nature's New Deal - The Civilian Conservation Corps and the Roots of the American Environmental Movement. Oxford University Press.
29. Null, S. (2014) "Time to revisit economics of dam removal". California WaterBlog, https://californiawaterblog.com/2014/05/11/time-to-revisit-economics-of-dam-removal/
30. O'Neill, D. W. (2020) "Beyond green growth". Nature Sustainability 3(4):1-2
31. OWEB & Ecotrust, (2012) "The Restoration Economy - Investing in natural capital for the benefit of communities and salmon". Ecotrust
32. Petifor, A., (2019) The Case for the Green New Deal. Verso.
33. Pinderhughes, R., Green Collar Jobs, The City of Berkeley Office of Energy and Sustainable Development, 2007.
34. T. Vaden , V. Lahde , A. Majava , P. Jarvensivu , T. Toivanen & J.T. Eronen (2020) "Raising the bar: on the type, size and timeline of a 'successful' decoupling", [Environmental Politics]
35. UNEP. (2010). The Emissions Gap Report. "Are the Copenhagen Accord Pledges Sufficient to Limit Global Warming to 2℃ or 1.5℃?" United Nations Environment Programme
36. USGS, (2016) "Estimating the Economic Impacts of Ecosystem Restoration-Methods and Case Studies"
37. Worldwatch Institute, (2008) Green Jobs: Towards decent work in a sustainable, low-carbon world, UNEP.

오레곤주의 복원 경제

- 지역 사회와 연어를 위해 자연 자본에 투자하기[34]

케시 켈런(Cathy Kellon)

오레곤주 유역진흥청 & 에코트러스트

김베레카 번역

34) 오레곤 유역진흥청(OWEB), 미 농무부 산하의 산림청, 미 상무부 산하 해양대기청, 에코트러스트(ecotrust)가 같이 만든 리플렛. '에코트러스트(Ecotrust)'는 스펜서 비브(Spencer Beebe)가 태평양 북서부 지역의 자연 서식처와 멸종위기종과 경관을 보호하기 위한 목적으로 1991년 창설한 단체이다. 산림, 하천, 해양을 비롯한 자연 생태계와 경관이 가진 속성들을 가치화하는 지역 경제들을 만들어내는 다양한 사업들을 진행해오고 있다. 특히 자본을 창의적으로 활용, 필요한 일에 대한 재정 충당이 경제를 새롭게 재스케일화하는 길이 되도록 만드는 금융 혁신으로 각광받고 있다. https://ecotrust.org/our-founder/

깨끗한 물, 깨끗한 공기, 물고기와 야생동물의 다양성은 모두 건강한 유역에 달려 있다. 복원 경제가 꽃을 피우면서, 우리 투자의 가치가 그 경제적 영향과 혜택으로 인해 주 전역의 지역 사회 공동체에서 인정받기 시작했다.

— 오레곤주 유역진흥청의 사무국장 톰 바일러(Tom Byler)

유역 복원은 다른 종류의 경제적 번영을 위한 출발점이다. 시장과 우리 공동체들의 안녕이 우리 하천과 야생 연어의 복지와 불가분하게 연관되어 있다는 사실을 인정하는 그러한 경제적 번영 말이다.

건강한 유역(watersheds)[35]은 오레곤의 주민들에게 풍부한 자원을 제공한다: 깨끗한 음용수, 깨끗한 공기, 탄력회복적인 연어 개체군, 다양한 휴양 방법 같은. 그러나 건강한 유역이 곧 건강한 경제도 된다는 사실을 아는 사람은 적다. 경기 침체로 큰 타격을 입은 오레곤 남서부 지역에 대한 본 연구는 유역 복원에 대한 투자가 어떻게 우리의 하천을 보호하는 일 이상을 하는지를 잘 보여준다. 그러한 투자는 생활 임금 일자리를 창출하고 농촌에서의 경제 활동을 촉진한다. 오늘 당장, 그리고 긴 미래에도 말이다.

35) 유역(watersheds, drainage basins): 유역(watershed)은 그 안의 모든 물줄기와 강우가 저수지 유출부, 하구, 또는 하도를 따라 있는 특정 지점 같은 통합된 출구로 배수되는 토지를 말한다. 유역은 물이 고여 있는 발자국이 될 수도 있고, 대서양에 접한 체사피크만으로 배수되는 하천들이 자리 잡고 있는 지역 전체가 될 수도 있다. 이 '유역'(watershed)은 종종 '유역(drainage basin)' 또는 '집수구역(catchment)'으로 대체되어 쓰이기도 한다(우리말로는 watershed는 소유역, drainage basin은 대유역이라고 번역되기도 한다). 두 개의 서로 다른 유역을 가르는 능선은 분수계(drainage divide, watershed divide)라고 한다. 유역은 호소, 하천, 저수지, 습지 같은 지표수와 그 밑의 지하수로 구성된다. 대유역은 다수의 소유역을 갖는다. 유출 지점(outflow point)에 따라 구분되는데, 물을 하나의 유출 지점으로 배수시키는 토지 전체가 그 유출 지점이 자리 잡은 지역의 유역이 된다. 유역 개념은 중요한데, 하천 유량과 하천 수질이 바로 그 하천의 유출 지점 '위에' 있는 토지에서 일어나는 일들(인간 활동이 원인이든 아니든)에 의해 영향 받기 때문이다. USGS의 "수과학 학교(Water Science School)"의 관련 항목 참조. https://www.usgs.gov/special-topic/water-science-school/science/watersheds-and-drainage-basins?qt-science_center_objects=0#qt-science_center_objects

산업으로서의 복원

복원은 일자리를 창출한다. 복원 프로젝트는 오레곤의 주민들에게 일을 시킨다. 서식처 복원에 대한 투자는 다른 섹터에 대한 엇비슷한 투자보다도 더 많은 고용을 창출한다(그림 1).[36]

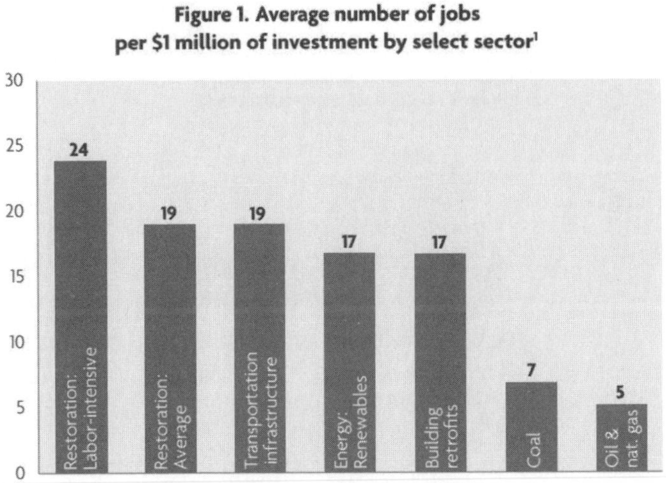

그림 1. 선정된 섹터 별 투자액 100만 달러 당 창출된 일자리 평균 개수

---

36) (원주) 원 복원 프로젝트 데이터는 오레곤 유역진흥청의 오레곤 유역 복원 인벤토리(OWRI)에서 가져왔다: http://oregonexplorer.info/EnhancingWatersheds#TheOWRIDatabase-andGISdata (2011년 9월 9일 접속). 승수를 이용해 산출한 경제 산출과 고용 추정값은 Niel-sen-Pincus, Max and Cassandra Moseley, 2010, "오레곤 산림, 유역 복원의 경제효과와 고용 효과(Economic and Employment Impacts of Forest and Watershed Restoration in Or-egon)", Ecosystem Workforce Program, Working Paper Number 24에서 가져옴. 추정 범위는 Type I과 Type II 승수를 써서 구했다. 200~2009년 기간 동안, 오레곤 남서부 지역에서는 다섯 개 카운티에서 2,350개 복원 프로젝트에 총 6,400만 달러가 투자되었다. 오레곤 대학교 생태계 노동력 프로그램이 개발한 경제 및 고용 승수와 연관된 특수한 복원을 적용했을 때 나타난 결과: 최조의 투자는 약 1억 1,400만~1억 4,100만 달러의 경제 산출과 약 727~1,018개의 일자리를 발생시켰다. OWRI가 비록 유역 복원 프로젝트에 대한 문서기록으로서는 가장 방대한 데이터베이스를 자랑하고 있지만 복원 프로젝트들을 전부 다 포함하는 것은 아니다. 덧붙여, 본 분석은 설명하고 있지 않지만 유역 복원이 낳는 비-시장적이고 환경적이고 사회적인 혜택도 있다. 따라서, 이 글에 제시된 추정값은 유역 복원이 위의 다섯 카운티에 끼치는 총 경제적 영향을 평가했을 때 하한 추정값이기 쉽다.

또한 다른 섹터와는 달리 복원 일자리는 다른 멀리 떨어진 곳에 외주로 주어질 수도 없다. 오레곤 남서부 지역에서 복원 사업들은 건설, 엔지니어링이나 야생동물 생물학 같은 기술 분야, 그리고 초목 양묘장, 중장비 회사, 바위·자갈 등을 취급하는 회사 등의 지원 기업 부문에서 일자리를 창출했다. 오레곤 남서부의 다섯 개 카운티에서 2,350개 복원 사업들에 대한 총투자는 727~1,018개 일자리를 부양했다(그림 2).[37]

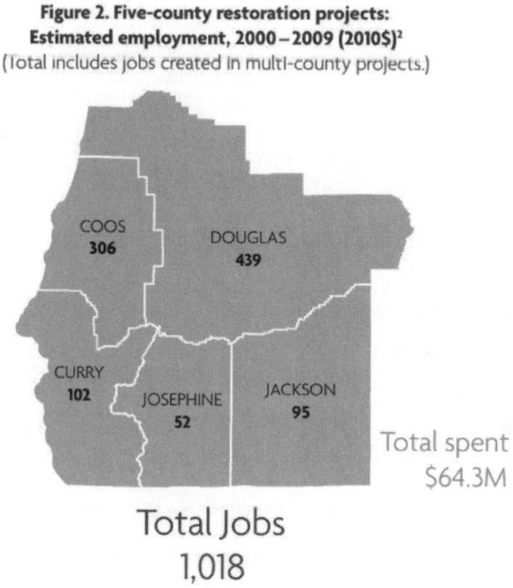

그림 2 다섯 개 카운티에서의 복원 사업: 고용 추정치, 2000~2009년 (총 일자리 수에는 다중 카운티 협력 사업들도 포함됨)
총 비용 6430만 달러, 발생한 일자리 총 1,018개

37) 다음을 참조하라: Nielsen-Pincus, M. and C. Moseley. 2010. "Economic and Employment Impacts of Forest and Watershed Restoration in Oregon." University of Oregon: Ecosystem Workforce Program, Working Paper Number 24. Heintz, H., Pollin, R. and H. Garrett-Peltier. 2009. "The Economic Benefits of Investing in Clean Energy: How the Economic Stimulus Program and New Legislation Can Boost U.S. Economic Growth and Employment." Amherst, University of Massachusetts: Political Economy Research Institute. Heintz, H., Pollin, R. and H. Garrett-Peltier. 2009. "How Infrastructure Investments Support the U.S. Economy: Employment, Productivity and Growth." Amherst, University of Massachusetts: Political Economy Research Institute.

복원 투자는 경제 성장을 촉진한다. 복원 사업을 위한 임금 또는 공급 물품에 들어간 달러는 추가 소비와 경제 활동을 발생시킨다. 경제학자들은 복원에 대한 투자가 어떻게 지역 경제 전반에 걸쳐 재순환되는지를 알아보기 위해 '승수 효과' 모델을 구축했다. 가령 강줄기 하나를 따라 자생 초목을 복원하려는 사업에는 지역 양묘장에서 구매한 초목이 들어간다. 그 양묘장은 다시 일꾼들을 고용하고 인근 사업장들로부터 필요 물품들을 공급받는다. 강줄기 하나를 따라 외래 침입종을 제거하는 일에 고용된 사람은 그 지역의 식당에서 돈을 쓸 것이다. 그 식당은 다시 주방장과 웨이터를 고용하고 인근 사업장들에 각종 필요 물품을 주문하게 될 것이다. 오레곤 남서부 지역에 있는 다섯 개 카운티에서, 복원 일에 투자된 6,430만 달러는 약 1억 1,370만 달러~1억 4,110만 달러의 경제적 산출을 발생시켰다(그림 3).[38]

Figure 3. Five-county restoration projects:
Estimated economic output, 2000 – 2009 (2010$)[2]
(Total includes output generated by multi-county projects.)

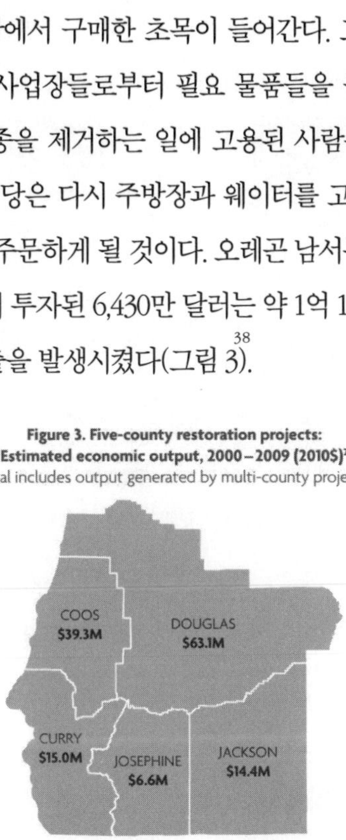

Total Economic Output
$141,100,000

그림 3. 다섯 개 카운티에서의 복원 사업: 경제적 산출 추정치, 2000~2009년(2010년의 달러가치로)
(총 산출치에는 다중 카운티 협력 사업들의 산출도 포함됨)

---

38) 주 36)번을 참조.

복원 사업에 들어간 달러는 지역에 머무르는 달러이다. 복원 사업에 쓰인 1달러 중에서 평균적으로 0.80달러는 그 사업이 진행된 카운티 안에 머물렀고, 0.90달러는 오레곤주 안에 머물렀다(그림 4).[39]

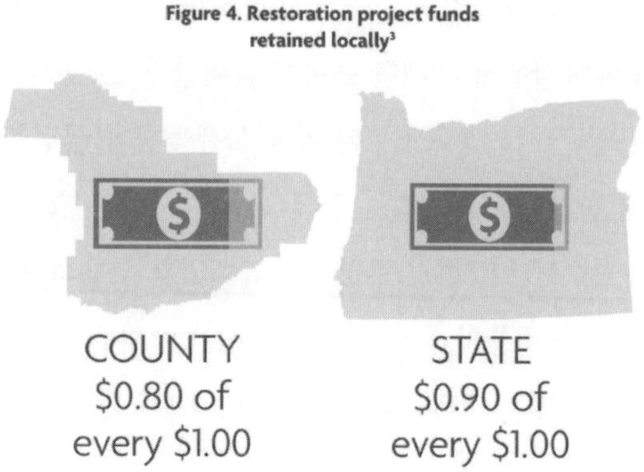

그림 4. 복원 사업 기금은 지역 안에 머물렀다.

예를 들어 2009년~2011년 오레곤주 메드포드(Medford) 인근의 리틀 버트 크릭(Little Butte Creek) 복구 사업에 투자된 근 400,000달러의 72%는 잭슨 카운티에서 쓰였고, 97%는 오레곤주 내에서 사용됐다. 이 리틀 버트 크릭 사업의 경우, 투자된 달러의 절반 이상이 오레곤 주민들에게 직접적인 혜택이 된 임금으로 지출됐다.[40]

오래 지속되는 투자로서의 복원

복원 경제가 일자리와 지역 내 지출만 제공하는 건 아니다. 그 가치는 계속 증가하고 수 세대에 걸쳐 회수된다. 복원 사업의 결과로 어류와 야생동물의 개체군이

39) Hibbard, M. and S. Lurie. 2006. "Some community socio-economic benefits of watershed councils: A case study from Oregon." Journal of Environmental Planning and Management 49: 891-908.

40) 원 프로젝트 데이터는 Brian Barr, Geos Institute on September 13, 2011에서 가져옴.

증가하고 서식처 기능도 개선되면 이는 우리의 건강, 생산 능력, 삶의 질에 근본적인 역할을 하는 생태계 서비스 못지않게 휴양과 상업에서의 다양한 기회도 제공한다.

예를 들어, 로그강(Rogue River) 연어, 무지개송어 스포츠 낚시 및 상업 어로는 이미 오레곤 남서부에서는 큰 사업이다. 또한 어류 소하(溯河)/강해(降海, fish runs)를 북돋우기 위한 서식처 개선 작업들은 앞으로 그러한 스포츠 낚시, 상업 어로의 기회를 계속 더 증가시킬 것이다.

물론, 우리가 가치 있다고 여기는 것들이 전부 다 쉽게 양적으로 측정 가능한 것은 아니다. 북태평양의 푸른 바다로부터 로그강, 데슈트(Deschutes)강, 클라마스(Klamath)강을 비롯한 오레곤주의 강들로 자기 고향을 찾아 거슬러 올라오는 야생 연어에 관한 지식 같은 특정 장소나 타인과의 관계를 규정하는 무형의 속성들은 우리의 안녕에 지대한 영향을 미친다. 야생 연어 서식처와 수질을 개선하는 데 지불 의사가 있다는 설문 조사 결과는 이러한 비사용 가치[41]들이 얼마나 유의미한지를 잘 나타낸다. 가령 오레곤의 로그강 연어의 가치는 연간 15억 달러에 달한다. 이러한 결과야말로 승수 관련 데이터나 경제적 산출로 봐도 우리가 가진 유산에 대해 더 많은 것을 알려준다: 로그강 연어와 무지개송어에 대한 스포츠 낚시의 연간 가치 추정액은 1,600만 달러, 상업 어로의 연간 가치 추정액은 140만 달러이다.[42]

41) 경제학은 환경 가치를 경제적 총가치(TEV) 개념으로 포착하는데, 크게 사용 가치와 비사용 가치로 구분된다. 비사용 가치는 현재 또는 미래에 실제로 자원을 사용하는 것과 상관없이 환경재가 지니는 가치를 말하며, 선택 가치(optional value), 존재 가치(existence value), 유산 가치(bequest value)로 나뉜다. ('환경 가치 종합정보시스템EVIS'의 관련 항목 참조.)

42) (원주) Helvoigt, T. and D. Charlton. 2009. "The Economic Value of Rogue River Salmon." Prepared by ECONorthwest for American Rivers, Save the Wild Rogue Campaign.

난 71살이고 손자가 둘 있습니다. 난 그 아이들이 60년 뒤에도 이곳에 돌아와 강에서 고기잡이를 할 수 있으면 좋겠어요, 그 강은 지속가능하고 또 생산적일 것입니다.

— 레이 타프(Ray Tarp), '로그강 중류 무지개송어회(The Middle Rogue Steelheaders)'[43]

참고 자료

오레곤주 연어 및 유역을 위한 계획(The Oregon Plan for Salmon and Watersheds, OPSW)

임무

우리의 자생적인 어류 개체군과 그들을 지탱하는 수체계를 실질적인 환경적, 문화적 및 경제적 혜택을 제공해줄 생산적이고도 지속가능한 수준으로 복원하는 것.

배경

연어는 오레곤 주민에게는 매우 큰 문화적, 경제적 및 휴양적 중요성을 갖고 있고 유역 건강성을 알려주는 중요한 지표이다. 다양한 연어 종이 연방정부의 멸종위기종 보호법에 따라 멸종위기종으로 등재됨에 따라 또한 오레곤주 내의 전 부분과 지역이 지지와 동참 의사를 표명함에 따라 오레곤 주의회와 존 키츠하버(John Kitzhaber) 주지사는 1997년 '연어 및 유역을 위한 오레곤 계획(이하 OPSW)'을 설립했다. OPSW는 오레곤주가 가진 자연 유산의 혜택을 보

43 '로그강 중류 무지개송어회'는 "오레곤 남서부의 민물 어장과 그 유역을 보전, 보호, 복원"하는 일을 하는 민간 동호회이다. https://www.rogue-steelheaders.org/

존하려는 선례 없는 주 전역에 걸친 프로그램으로 급속히 발전되었다.

OPSW는 어류 개체수 감소와 유역 건강성의 악화에 영향 끼친 요인들과 관련된 구체적인 대응 또는 조치를 조직해냈다. 이러한 대응의 대부분은 수질 및 수량, 그리고 서식처 복원에 중점을 두었다. 지주와 기타 민간인, 지역 조직, 이익 단체 및 전 수준의 정부 조직이 모여 이러한 조치를 조직하고 거기에 자금을 대고 또 이행했다. 다수의 유역에서 유역협의회(Watershed councils)와 토양 및 수자원 보호구역(soil and water conservation districts)이 이러한 노력을 주도했다.

이 계획은 네 요소로 구성되어 있다:

—민간 지주에 의한 자발적인 복원 조치

—주정부, 연방정부, 부족정부 간의 조정된 협조 조치

—유역 건강성, 수질 및 연어 회복에 대한 모니터링

—독립 다학제 과학팀(Independent Multidisciplinary Science Team, MIST)에 의한 강력한 과학 감독

독립 다학제 과학팀(IMST)

IMST는 오레곤 주의회와 주지사 존 키츠하버에 의해 1997년 3월 25일 설립되었다. 주지사는 행정 명령 99-01을 통해 OPSW의 범위를 확장하고 오레곤에 있는 야생 연어과 어류의 회복을 위한 IMST의 역할을 명시했다. 이 과학팀은 처음에는 오레곤의 산림 사용 관행, 나중에는 전 토지 사용 및 어류 관리와 연관지어서 오레곤 내의 감소된 야생 연어과 어족 자원의 회복을 위한 개념적이고 과학적인 기본 체계를 개발했다. 오레곤 주의회의 2001년 회기 동안 '오레곤 계획'과 MIST에 대해 추가 지침이 주어졌다. 팀은 2015~2017년에 걸친

2년 동안은 자금 지원을 받지 못했고 2017년 1월 1일 상원 법안 202가 통과되면서 폐지되었다.

오레곤 계획에 대한 모니터링

오레곤 계획이 만들어진 이후, OWEB 및 기타 주 자연자원 관련 기관들이 서로 협조해서 주 전체에 걸친 '연어 및 유역을 위한 오레곤 계획에 대한 모니터링 프로그램'을 개발했다.

자동차 '연어 면허판'

1년에 15달러만 내면 자동차에 특별히 디자인된 '연어 면허판'을 달 수 있다. 그 수수료의 일부는 오레곤 유역진흥청이 가져가서 지역 자생종 연어의 서식처를 보호하는 활동에 투자하고, 또 다른 일부는 오레곤 공원 및 휴양부가 가져가서 주립 공원 내의 어류 서식처 복원을 위해 쓴다.

메사추세츠주 댐 철거의 경제적 영향[44]

베스 램버트(Beth Lambert)

메사추세츠주 '어족과 사냥동물부'의 '생태복원국' 국장

김베레카 번역

오늘 이 컨퍼런스에 불러주셔서 정말 감사하다. 저는 세계 여러 곳에서 많은 사람들을 만나면서 많은 것을 배우고 있으며 다시 미국의 동료, 친구들에게 가져가 알리고 있다. 제 이름은 베스 램버트이고 현재 메사추세츠 주정부 산하 생태 복원국의 국장이다.

아래는 노후화 정도에 따른 미국 내 댐들의 분포도이다. 메사추세츠주에는 대형 댐은 많지 않은 편이지만 노후화된 댐은 많다.

44) 2019년 9월 24, 25일 프랑스 브르타뉴(Bretagne) 지역의 아브랑슈(Avranches)시와 노르망디(Normandie) 지역의 렌느(Rennes)시에서 열렸던 "셀륀느 계곡의 재탄생(La Renaissance de la Vallée de Sélune)" 국제컨퍼런스 발표문. 컨퍼런스는 유럽강네트워크와 댐철거유럽, 프랑스 생물 다양성청, 프랑스 전국어업연맹, 센느-노르망디(Seine-Normandie) 유역물관리청, 프랑스 국립농학연구소, 세계자연보호기금, 북대서양연어기금, 연합엔지오 '셀륀느의 친구들' 등이 공동 주관했다

노후화 정도에 따른 미국 내 댐들의 분포도

우선 간략하게 제가 있는 생태복원국이라는 이 주정부 기관에 대해 그 배경과 메사추세츠주 댐 철거 과정에서 맡는 역할에 관해 소개하겠다. 그런 다음 메사추세츠주에 '복원 경제'가 있느냐를 두고 최근 우리가 진행했던 경제학적 연구에 대해 설명하겠다. 그런 다음 그러한 정보를 우리가 메사추세츠주에서 어떻게 활용했는가를 설명하겠다. 우린 특히 댐 철거 결과로 인한 고용을 창출했느냐를 살펴봤고, 또 댐 소유주가 댐을 계속 유지하거나 철거하는 데에 따르는 비용 편익, 비용 절감에 대해 살펴봤었다.

우리가 경험을 통해 알게 된 가장 중요한 점인데, 제가 사는 메사추세츠주나 미국의 다른 주들에서는 댐 철거가 어디까지나 자발적으로 이루어진다는 점이다. 댐을 철거할 것인지 아니면 보수 보강할 것인지는 댐 소유주가 결정한다. 바로 그러한 이유 때문에 비용이나 기타 기술적인 측면의 지원이 되는 정부 보조금이 절대적으로 중요하다. 그것이 댐 소유주가 감당해야 할 비용을 절감시키고 그들로 하여금 댐 철거를 진지하게 고민해보도록 만들기 때문이다. 따라서 제가 일하는 생태복원국 같은 정부 기관은 가장 우선적으로 재정 지원자나 기타 관련 정부 기관들이 댐 철거에 투자하도록 댐 철거가 최선이라는 사실을 끊임없이 설득해야 한다. 그들이 댐 철거에 보조금 지원을 하지 않으면 댐 소유주는 댐을 철거하려 들지 않을 것이기 때문이다. 오늘 제가 여러분과 공유하고자 하는 이 경제적 영향에 관한 정보 같은 것은 우리가 재정 지원자나 기타 이해관계자들로 하여금 댐 철거 펀딩에 투자하도록 설득하기 위해 사용하는 메시징 툴, 홍보 툴의 일부이다.

먼저 메사추세츠 주정부 산하의 이 생태복원국에 대해 잠깐 설명하자면: 규모는 작다, 상근 인력은 20명이다. 우리가 생태 복원 사업에 사용할 수 있는 연간 자본 예산은 150만 달러 정도 된다. 댐 철거든, 민물·습지 생태 복원이든. 우린 이 적은 예산을 이용해서 다양한 연방정부 보조금, 민간 보조금을 복원 사업을 위해 레버리징(빚을 이용한 투자)한다. 지난 10년간 메사추세츠주의 하천 복원, 습지 복원 사업에 그런 식으로 끌어들인 예산이 근 8,500만 달러에 달한다. 생태복원국의 임무는 '사람과 환경의 혜택을 위해 하천, 습지, 유역을 보호하고 복원한다'는 것이다. 우리는 이 '사람의 혜택, 환경의 혜택'이라는 두 요소를 똑같이 중요하게 생각한다. 그리고 복원의 경제적 혜택을 고려하는 것은 이러한 종류의 사업이 사람에게 끼치는 혜택을 이해하는 한 가지 방식으로서, 우리 조직의 임무에 속한다.

이제 댐에 관해 얘기할 차례인데, 메사추세츠주에는 3천여 개의 댐이 있다. 이 지도는 우리 조직이 개발해낸 온라인 툴의 스크린샷이다. 이 툴은 메사추세츠주에서 댐 하나가 철거되면 얻을 수 있는 경제적 편익을 산정할 수 있게 해준다. 말했듯이 우리 주에는 3천 개의 댐이 있는데, 댐의 소유주는 구나 시 같은 기초지자체, 또는 회사, 또는 비정부 기구, 또는 그냥 개인, 또는 주정부와 같이 다양하다.

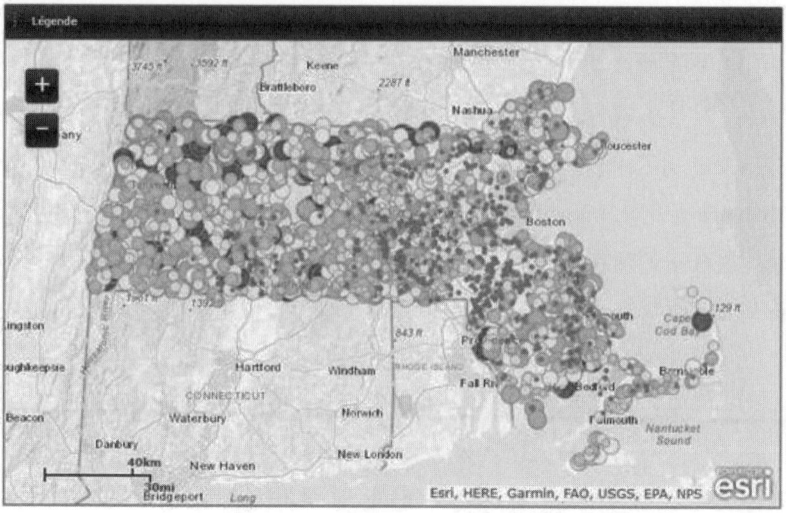

메사추세츠주 댐 지도

3천여 개의 댐 중에서 허가 받은 수력 발전용 댐은 75개에 지나지 않는다. 165개는 식수 취수를 위한 저수지를 갖고 있고, 절대 대다수인 나머지 댐들은 1600년대에서 1800년대 사이에 지어졌던 작은 수차 둑(milldams)이다. 따라서 우리가 하는 사업 대부분이 이러한 소형 댐들의 소유주가 철거를 원할 경우 그와 합심해서 그 댐들을 철거하는 일에 맞춰져 있다. 지난 10년간 50개의 소형 댐을 철거했다.

아래는 현재 댐 철거를 위한 엔지니어링 과정 또는 디자인 과정 또는 허가 과정에 있는 메사추세츠주 내에 있는 댐이다. 어떤 댐은 숲속에 있어서 뒤로 작은 연못 같은 저수지를 거느리기도 하고(사진 우하), 어떤 댐은 크거나 작은 도심 한가운데 있기도 하다(사진 우상). 여전히 수차 발전 건물이 있는데 지금은 그냥 사무실로 리모델링해 쓰고 있다.

어떤 댐은 그냥 작은 장식용 둑이다. 좌하 사진에서 보이는 것처럼 주인이 폭포를 원했기 때문에 만들었다. 좌상의 사진은 제조 공장에 달려 있었던 댐으로, 제조 공장은 이미 오래 전에 문을 닫았지만 댐 구조물은 여전히 남아 있는 상태를 보여준다. 이러한 것들이 우리가 철거 작업을 진행하게 되는 댐들의 유형이다. 메사추세츠주 안에서 높은 댐이라고 해봐야 한 7미터 정도 된다.

우리 생태복원국의 역할은 이러한 댐 철거 사업들을 수많은 파트너들과 함께 협력, 조율하는 것이다. 이런 사업에 참여해보신 분들은 아마 잘 알겠지만, 댐 철거 사업은 마치 관현악단을 지휘하는 것과 같다. 연주곡 전체를 명심해두고 언제 보조금이 들어와야 하고 언제 규제 당국이 개입해들어야 하는지를 알고 적시해줘야 하며, 사업의 전 과정에 대해서도 첫 시작에서부터 댐 철거가 실제로 벌어지는 크레센도(최고조)를 거쳐 공사가 다 마감되고 이해관계자들도 다 떠나고 비로소 강이 스스로에 대한 치유를 시작하게 되는 마지막에 이르기까지 내내 장악하고 있어야 한다. 그러니까, 우리 기관은 매우 실무 중심적인(hands-on) 역할을 맡고 있다. 그냥 단순한 재정지원 기관이 아니라 댐 소유주와 기타 로컬 조직들과 긴밀히 협력해가면서 활동하고 있다.

이러한 역할은 사실 미국 정부 기관이 갖는 역할로서는 상당히 예외적인 것이다. 대개는 이런 식으로 풀뿌리 층위에서 지역 조직들과 파트너십을 이뤄서 일하지는 않는다. 보조금을 제공하거나 훈련을 제공하거나 하는 기관들은 많아도 로컬 층위에서 우리처럼 직접 일하는 기관은 보기 드물다. 그래서 우린 늘 우리 자신을 다른 지역 기관, 중앙 기관, 기타 정부 산하의 관계자들에게 설명해야만 한다. 특히 우리 기관의 상근자들과 우리가 진행하는 댐 철거 사업들을 위한 재정을 지원해주는 당사자들에게. 그래서 우리는 끊임없이 댐 철거 얘기를 단순히 환경적인 이유와는 다른 이유에서 할 기회를 찾아다닌다. 사람들이 어쨌거나 '자신들만의 좋은 이유에서' 댐 철거를 원하게 되기를 바라기 때문이다. 그러한 이유들 가운데 하나가 바로 경제적인 이유이다. 그래서 우리는 몇 년 전에 우리 같은 정부 기관이 하는 업무에 납세자가 투자하면 얻을 수 있는 혜택이 무엇일까를 살펴보기로 결정했다. 이는 미국 내 다른 지역에서 있었던 유사한 연구들에 힘입은 것인데, 특히 하천 복원에 수십 억 달러를 쓰고 있는 오레곤주와 캘리포니아주가 축적한 연구들이 힘이 됐다. 우리의 탐구 질문은 "메사추세츠주가 '복원 경제'라 할 만한 것을 갖고 있는가?"였다. 첫 번째로는 일자리 창출, 두 번째로는 댐의 보수 보강 대신 철거를 선택했을 때 댐 소유주에게 돌아가는 비용 절감 측면, 이렇게 두 측면을 살펴봤다. 우리는 또한 댐 철거 사업이 제공해주는 생태계 서비스가 가진 가치를 양화해보려고 노력했다. 가령 홍수 발생 감소, 개선된 수질 등등. 그러나 달러의 양으로 환산하기에는 아직은 이러한 가치들에 대한 정보가 많이 불충분한 상태이다. 그래서 오늘은 일자리 창출과 비용 절감, 이 두 가지 측면에 대해서만 얘기하겠다.

우선 일자리 창출 측면이다. 우리 기관은 주로 생물학자, 수문학자, 프로젝트 매니저들로 구성된 작은 주정부 기관일 뿐이다. 우린 경제학자가 아니다. 그래서 우리는 전문적으로 경제학적 분석을 하는 한 회사와 계약을 맺고 댐 철거 사업과 관련된 우리가 가진 전 재정 데이터를 그들과 공유했다. 이 회사 IEc는 댐 철거를 포함한 복원 사업들에서 비롯된 경제 활동과 관련된 경제적 편익을 조사했다. 복원 사업의 전 유형을 들여다보되, 우리가 댐 철거 관련 정보를 주로 갖고 있었으므로 특히 댐 철거 사업을 집중적으로 살펴봤다. 그들은 미국 내에서 활용되고 있는 IMPLAN이라 불리는 모델링 패키지를 사용했는데, 이건 판매용 소프트웨어이고 안에는 엄청난 양의 경제 모델들, 미국의 노동, 기타 경제 데이터가 있다. 이런 종류의 경제적 분석에 있어서는 업계의 스탠다드처럼 취급된다. 회사가 이 모델을 써서 분석하는 것을 보고 나서 우리도 2017년에 이 IMPLAN을 구입했다. 그래서 이제는 우리 기관에서도 댐 철거 사업들에 대해 이 모델로 경제적 분석을 하고 있다. 지금까지 10건의 사업들을 분석했다. 기본적으로 댐 철거 사업과 연관된 전 지출을 살펴보겠다. 돈이 들어갈 때마다, 가령 누군가를 고용해서 엔지니어링 조사를 시키는 일에서부터 데이터 취합, 엔지리어링, 디자인, 인허가 과정, 등등을 거쳐 맨 나중의 공사에 이르기까지. 그리고 이 각각의 지출은 벌어지는 일의 유형, 구매해서 쓰는 자재의 유형, 일에 고용된 노동자들의 유형 등에 따라 나눠진다, 그런 다음 경제 모델들로 대입된다. 이렇게 되면 다음 세 가지를 알게 된다: 하나는 특정

비용을 들임으로써 창출된 일자리의 수, 두 번째는 그 창출된 일자리들은 어떤 산업군에 속하는가, 세 번째로는 어떻게 특정하게 쓰인 그 돈이 지역 경제로 스며들어 퍼지게 되었는가를 이해할 수 있게 해준다. 메사추세츠주 전체를 놓고 볼 수도 있고 더 작게 특정 타운, 더 크게 특정 지역을 놓고 볼 수도 있다.

우리가 발견한 결과는 이렇다: 메사추세츠주에서는 댐 철거가 매 100만 달러 지출 당 12.5개의 일자리를 창출하거나 유지하고 있다. 더 나아가 지출된 이 100만 달러 중의 75%는 계속 메사추세츠주 안에 머무르면서 매번 더 큰 진전을 보게 된다. 가령 그 돈이 콘크리트 암거를 구매하는 데 지출됐다면 그 돈은 그걸 받은 사람들에 의해 다시 쓰여진다. 이런 식으로 그 돈은 계속 물결효과를 일으키면서 더 넓은 지역으로 퍼져나간다. 댐 철거는 이러한 두 편익을 갖고 있다.

이러한 결과는 교량.도로 건설이나 물 인프라 건설 사업을 통해서도 마찬가지로 나타났다. 물론 이러한 것들은 모두 특정 모델에 근거한 단기 추정치이다. 낚시, 관광 등 다른 부문까지를 포함한 장기적 예측은 아니다, 오로지 고용 창출 측면만 본 것이다.

우리가 이 연구를 진행할 당시 메사추세츠주의 경제는 하강 국면이었다. 그래서 댐 철거 같은 생태 복원 사업들이 단지 환경적인 편익만이 아니라 경제적으로 힘든 시기에 더 많은 고용을 창출할 수 있다는 이런 연구 결과는 특히 재정 지원 주체인 정부 기관들에게는 기쁜 소식이었다.

다음으로 살펴본 것은 댐을 철거하면 댐을 보수 유지하는 것과 대비해서 댐 소유주가 비용을 얼마나 절감할 수 있는가하는 문제였다. 메사추세츠주에서는 댐 소유주가 반드시 댐을 안전한 상태로 유지하도록 법률로 정해져 있다. 그러기 위해서 댐 소유주는 댐을 보수 보강하거나 아니면 철거할 수 있다. 문제는 규모가 작은 보수 보강은 비용이 덜 드는 반면 철거는 그에 비해, 철거 뒤에는 돈 들어갈 일이 없을지언정, 한 번에 큰 비용이 들어간다는 점이었다. 또한 댐 철거는 보통 5년 이상이 걸리는 작업인 데다, 정부와도 같이 일해야만 하고, 이러저런 분란을 가져온다. 이렇듯 댐 소유주가 내적으로 댐 철거 결정에까지 이르려면 직면해야만 하는 장애물이 많다. 따라서 비용 정보를 이런 식으로 양화하면 댐 소유주가 명확한 상황 판단 하에 철거 여부를 결정하도록 도울 수 있다.

우리는 또한 사례 연구도 진행했다. 댐 철거에 드는 비용과 댐을 30년 동안 유지(안전 검사, 보수 보강, 유지 관리)할 때의 비용을 각각 분석해서 최근 있었던 세 건의 댐 철거 사업을 살펴보았다. 연구 결과는 이러했다: 댐 철거는 댐을 현대적인 안전 기준에 따라 30년 동안 보수 보강, 유지 관리할 경우보다 약 60%의 비용 절감을 가져왔다. 사례 연구는 비록 통계적으로는 유의미하지 않지만 어려운 결정을 내려야만 했던, 그러나 그 결정을 내린 결과 경제적인 혜택을 봤던 개개인에 대한 '이야기'를 우리에게 제공해준다. 연구 결과 구축된 이러한 이야기들, 댐 소유주가 전하는 말들은 댐 소유주, 지역 주민들, 철거 사업에 재정 지원을 하는 주정부나 연방정부 관계자 등과 면담할 때 우리가 사용할 수 있는 매우 강력한 도구가 된다.

우리는 이러한 연구 결과들을 매우 다양한 이해 당사자들에게 댐 철거가 주는 혜택에 대해 설명할 때 사용한다. 가령 주의회는 우리 기관의 운영비 예산을 결정한다. 그 예산이 있어야 상근 직원이 사업들을 잘 이끌어가고 마무리할 수 있다. 또한 우리 기관의 자본 예산을 제공하는 주 재정/예산 기구가 있다. 우리는 그들이 이런 유형의 사업에 재정 지원을 했을 때 얻는 혜택에 대해 잘 이해할 수 있도록 설명한다. 우리는 또 연방정부의 재정 지원 관계자에게도 그들이 예산을 책정할 수 있도록 설명한다. 마지막으로 환경에 대해 직접적인 관심은 없을지라도 댐 철거가 어떤 사업이고 그것은 지역 사회 공동체에 어떤 효과를 가져다줄 수 있나에 관심 갖고 있는 잠재적 파트너들에게도 설명한다.

결론적으로 제 핵심 메시지를 다시 한 번 다음과 같이 강조하고 싶다. 메사추세츠주, 더 넓게는 미국 안에 있는 댐들은 대부분 큰 수력 발전 댐보다는 규모가 작은 소형 댐들이다. 댐 철거는 완전히 자발적이다. 철거 아니면 '보수 보강+유지' 결정은 오로지 댐 소유주의 몫이다. 이런 상황에서 재정 지원, 기술 지원을 통한 유인책은 댐 소유주가 철거 또는 유지를 결정하는 데 있어서 결정적인 역할을 한다. 그래서 우리 기관은 정부의 그러한 재정 지원이 왜 필요한가를 끊임없이 설득하고 있다. 이 일을 잘할 수 있게 해주는 것이 바로 경제적인 편익과 관련된 정보이다. 경제적 분석과 연구야말로 우리가 댐 철거의 영향을 명시적으로 전달하는 데 있어 큰 도움을 준다.

백지 앞에 서면 백치가 되는 언덕 위 나무처럼 - 홍귀희 작가

최삼경

자유기고가

어떤 그림은 눈보다 마음이 먼저 보는 때가 있다. 백지 위에 새로이 그려진 것이 아니라 백지 스스로 갖고 있던 특질을 내뱉는 것, 스스로 여여한 것, 어떤 욕심도 허하지 않는 것이 자연이라면 이 허심의 세계가 그대로 그림에 구현되어 어떠한 강요도 의무도 심지어 어떤 의욕도 없이 일체로 구현되는 무

의 세계. 우러나오고 번지고 물들어가는 나무, 우러나오고 번지고 물들어가는 산, 우러나오고 번지고 물들어가는 시간. 무어라 얘기를 해도 오히려 군더더기가 되는 자가당착과 불가해의 언어들을 모두 베어버리고 화면 가득 산비탈이 떠오른다. 아주 오래전부터 있었던 듯 딱 바로 그 자리이다. 그곳에 걸려 있어 비로소 완성되는 공간, 하 자연스럽다.

사이

아파트 거실에 마련된 작가의 작업실은 깊은 산속의 선방마냥 단출한 것이 하등의 군더더기가 없다. "주부가 따로 작업실을 마련하면 번거롭지요. 굳이 구분하자면 주방은 여자의 삶, 이곳 거실은 작가의 삶이 동시에 벌어지는 곳이지요." 몇 해 전 전시회에서 받은 도록을 찾아 방문한 홍귀희 작가(이하 홍 작가)는 조금은 쑥스러운 듯 자신의 작업실을 개방한다. 벽면 곳곳에 걸려 있는 작품들은 오래전부터 그 자리에 있었던 듯 때아닌 방문객의 소란에도 미동도 없다. 홍 작가는 서울에서 학교를 다니고, 울산에서 살다가 지난 2000년 춘천으로 이사를 왔다고 한다. 춘천이 마음에 드느냐 하는 질문에 "춘천은 호수가 있어 그런지 수평적 자세가 마음에 듭니다. 산도 구름도 가로로 놓여 있는 느낌입니다"라며 웃는다.

홍 작가는 웬만해서는 자신을 외부와 연결하지 않는다고 한다. 소위 말하는 아줌마들의 수다에도 끼어들지 않을 뿐더러 심지어 카톡도 안 한다. 아침에 일어나면 차를 몰고 근처의 카페로 가서 커피를 한 잔 마신다. 차 속에서 들리는 클래식 음악의 여운을 커피에 담고, 그 커피를 한 모금씩 아끼듯 마시며 하루 작업을 어찌할지 정리를 하고 집에 들어와 4~5시까지 그림을 그린다. 그것뿐이다. 이 일상의 반복이다. 변함없는 일상, 아무 일없이 사색하고 온전하게 자신의 시간을 만끽하는 일상은 그가 가장 바라고 좋아하는 것이라고 한다. "오로지 그림에 전념하는 시간이잖아요. 예술가는 자신의 양심에 비추어 스스로 작업에 당당한 삶을 사는 사람이라고 생각해요." 차분했지만 어쩐지 반문하기가 쉽지 않다.

"일반적으로 전시회를 방문하고 작품을 감상할 때 많은 이들이 '아, 이 그림, 잘 그렸다!'라고 합니다. 그것은 그림을 사물과 비슷하게 그려서 익숙하게 바라볼 수 있다는 의미를 갖고 있지요. 이런 면에서 잘 그린다는 것은 예술이 아닌 기술적인 테크닉이 뛰어나다는 의미일 수 있습니다. 작품을 보고 감탄하는 것도 좋겠지만, 저는 관람객들이 왠지 모를 질문을 하게 하는 그런 작품이어야 한다고 생각해요. 이런 면에서 예술 작업은 한마디로 '통변화'에 있다고 생각합니다." 이야기는 맞바로 핵심을 향해 달려갔다. "통변화라는 것이 무어냐"라고 질문을 하자 "전통적 방법과 기술을 익힌 후 자신만의 세계를 새롭게 창조해나가는 것으로 우리의 모든 삶에 적용될 수 있습니다"라는 답이 돌아온다.

하늘선

애상

연이어 "익숙한 것을 답습하는 것은 아마추어입니다. 늘 질문을 갖고 새롭게 보아야 합니다." 다소 가녀리게 보이는 홍 작가는 미술에 관한 한 누구보다 단단해 보인다. 이 새로움을 잊지 않기 위해서는 당연히 혼자 있는 시간이 많아야 하고 끊임없는 사색을 해야 한다고 한다. 무언가 중요한 이야기를 하면서도 힘을 뺀 자세로 담담하게 얘기하는 모습 자체가 이미 어떤 구도자, 수행자의 모습과 닮아 있다. "카톡 같은 SNS가 마치 세상과의 소통으로 여겨지지만, 그것은 관계 속에서의 값싼 안정을 얻으려는 안간힘처럼 보입니다. 세상은 어차피 혼자, 자기 스스로 어떤 세계를 세우는 것이라고 봅니다. 따라서 이런 것은 본질적인 것을 건드리지 못하고 오히려 진정한 소통을 방해하는 기제로 작용하는 듯합니다"라는 성찰적인 소회를 밝히기도 한다.

"디지털과 아날로그 감성을 합친 디지로그라는 새로운 단어를 십오 년 전 이어령 선생이 만들어냈습니다. 이것이 앞서 얘기한 통변화와 같은 개념인데 정작 저는 한꺼번에 이것저것 하는 멀티는 못 됩니다. 다만 내가 집중하는 한 가지에 집중하지요. 내 방식대로, '이렇게 해야 한다'는 고정관념 없이 전시장이든 어디서든 내 작품을 보아주면 그걸로 충분합니다. 이렇게 그림을 통해 나의 변하는 모습을 보여주는 데 집중할 뿐입니다. 나도 내가 앞으로 어떤 그림을 그릴지 알 수 없습니다. 이런 면에서 유명세를 타거나 일시에 부각되는 삶도 원치 않고요. 그냥 지금처럼 편안하게 내 걸음으로 내 작업을 하길 원할 뿐 그 외의 욕심은 없습니다." 그러고는 잠깐만 있으라 하더니 어느새 따뜻한 차를 내온다. 아마도 주방에서 여자로서의 삶도 집중이 잘 되는 듯하다.

통상 예술가 하면 약간의 기행이 있을 듯한데 술도 담배도 안 한다고 한다. 또 매우 규칙적이기까지 하다. 정오부터 너덧 시까지 작업을 하고 그 외의 시간에는 가사일과 책을 많이 읽는다고 한다. 홍 작가는 그림을 그리지 않았으면 문학에 관계된 일을 했을 거라며 문학과 사상서를 좋아한다고 한다. 이 점에서 노자와 니체는 그의 주요 텍스트라고 한다. 홍 작가는 처음 서양화로 입문했다가 한국화로 바꾸었는데, 청전 이상범 선생의 막내아들인 이건걸 교수님의 강력한 천거 때문이었다. 고민을 하다 결심을 했고, 이후 마치 입시생처럼 새벽에 등교하여 먹의 세계에 흠뻑 빠지며 기초를 다듬었다. 그렇게 치열한 노력은 4학년 때 미술대전(국전)의 입선으로 보상을 받았다. 이때가 1982년의 일이었고, 이후 그녀는 자신이 먹을 마음대로 다룰 수 있을 때 개인전을 하리라 마음먹었고, 그 꿈은 2009년 춘천에 와서야 결실을 맺었다.

기을산

그녀는 또 동양화에 대한 명쾌한 정의를 해주었다. 동양화는 한마디로 "너의 과거를 알고 있다"라고 한다. 한 획이라도 실수를 하면 수정이 불가한 치명적인 운명이라는 것이다. 이처럼 동양화에는 백척간두 같은 철학적 사고가 수반된다. 특히나 먹을 사용할 때는 매번 한 번의 획이 그림을 결정하기 때문에 매 순간의 운필에 사력을 다해야 한다. 채색화가들은 보통 아교를 이용하여 색의 번짐을 통제하는데 먹과 아교를 사용하지 않는 채색 작업은 대단히 어렵다. 그렇지만, 홍 작가는 먹과 함께 우리 색의 강렬함과 세련됨을 제대로 표현하려고 애쓴다. 그래서 표백제를 쓰지 않고 닥나무의 결이 그대로 살아 있는 전통 한지를 사용한다고 한다.

푸른밤

서정

여기서 동양화란 용어를 한국화로 바꿔야겠다. 홍 작가는 그림을 그릴수록 우리 선조들의 미술적 감수성과 기술이 엄청나다는 것을 알아간다고 한다. 먹과 색채의 조화도 어렵고, 또 이것을 한지에 잘 스미게 하는 일도 만만치 않다. 40년 이상 먹을 갈고 붓을 잡았지만, 한지와 붓의 마찰로 일어나는 '그 무엇'은 의도하지 않은 결과를 낳으니 이 고민과 연구는 아직도 진행 중이다. 그래도 지금 동양화 혹은 한국화가 좀 침체돼가는 게 아닌가 하고 물었다. "글쎄요. 그 이유로는 우선 한국화 작가들의 쉬운 자기만족, 혹은 안주가 아닌가 합니다. 더욱 새로워져야 현대성을 갖출 수가 있는데 그러지 못하는 것이 가장 큰 원인이고요. 둘째로는 우리 소비자들께서도 우리의 것에 관심을 가져주기를 바랍니다. 먹빛에 매료가 되면 서양화는 비교 안 될 만큼 매력이 있지요. 한지는 숨을 쉬는 특성이 있고요. 이 위에 먹과 채색을 하면 일정한 번짐성이 나타나지요. 그런데 이게 답답하지 않고 투명해요. 서양화는 자꾸 보면 싫증이 날 때도 있지만 우리 그림은 볼 때마다 느낌이 새롭지요."

홍 작가는 전시장 갤러리에 있을 때가 가장 행복하다고 한다. 관람객들이 그림에 대한 질문을 할 때도 그렇다고 한다. "나의 그림은 나의 詩"라고 얘기하는 그녀는 그림이 아니었으면 문학을 했을지도 모른다면서 예의 그 단정한 미소를 짓는다. 그래서 그런지 눈빛이 유난히 맑아 보였다. 마지막으로 하실 말씀은 없냐고 하자 "자기 생활을 단순화해서 오로지 자기의 작품으로 승부해나갈 생각이고, 불필요한 감정을 소비하지 말고 고여 있지 않으며 계속 변화해가는 모습을 보여주고 싶다"며 "어려운 시대, 내 그림이 사람들에게 본질적인 위로를 주었으면 좋겠습니다. 나는 아직도 물을 먹어 팽팽해진 한지 앞에 서면 설렙니다"며 힘주어 말한다.

그녀는 '자연-스스로 그러한 것, Self-so'라는 제하의 작품을 이어가고 있다. 시인 황지우의 시구에 "에프킬라처럼 내리는 비"라는 표현이 있다. 미세한 점묘(點描) 형태보다도 더 세밀하게 구현되는 홍 작가의 그림에도 적용될 듯하다. 보일 듯 말 듯, 있듯 없듯 옅은 톤의 발묵이 세밀하게 날려 공기층에 분무되듯 떠돌다가 화면(畵面)에 안착하는 그림들은 그러나 힘이 세다. 지층에서 솟아날 수밖에 없는 나무처럼 어떤 자연의 힘과 신비를 느끼게 한다.

먹빛과 색채가 한지와 만나 빚어내는 물리적이고도 화학적인 응집력은 각자의 재료들이 서로 뒤엉켜 하나의 새로움을 만들어낸다. 이 점에서 홍 작가는 앞으로도 '백지 앞에 서면 백치가 되는' 단순함과 집중력을 갖고 세인들의 평가와 관심에 초연할 것이다. 그리하여 자연스럽게 한국화의 어떤 새로운 지평을 나무처럼 올곧게 세울 것이다. 무운을 빈다.

4

4부 특집

생태와 생명의 존엄을 지키자

사람 사이

강진모

재독화가, 작가

말에도 뿌리가 있다. 어떤 말은 뿌리가 얕아 유행처럼 사라지는가 하면, 어떤 말은 뿌리가 깊어 왕조가 무너져도 살아남는 말이 있다. 그렇게 뿌리 깊은 말 중에는 '人間'이라는 말이 있다. '사람의 사이'라는 뜻의 이 말은 참으로 의미심장하다. 그리하여 순우리말을 사랑하는 사람도 예외적으로 아끼는 한자어이다.

인간의 본질은 사람 속에 있는 것이 아니라 '사람 사이(間)의 관계에 있다'는 그 심오함을 생각하면 마치 어두운 집 안에 문(門)이 열리고 그 사이로 해(日)가 드는 느낌(間)이다. 그리하여, 이 인간이라는 말 속에는 오늘날의 말세의 병, '물질광신'을 치유할 수 있는 깨달음이 들어 있다고 주장을 하고 싶어 이 글을 쓴다.

물질 광신은 정신이 붕괴할 때 오는 질환이다. 인간의 정신성을 믿지 않는 정신 질환이다. 그렇기 때문에 물질주의가 낳는 허무를 견디기 위해 물질을 소비하는 악순환이 계속된다. 인간은 욕망기계에 불과하다고 물질 중독자들은 말한다. 그러므로 생태계의 약육강식은 진화의 바퀴를 굴리기 위해 불가피하다고 말한다. 그러므로 그들은 기후위기 같은 '점진적인' 위협에 대해서는 콧방귀도 안 뀐다.

기후위기도 적자생존을 위한 자연 선택의 일환이라는 것이다. 모든 것을 물질로 치환하려는 물질주의는 증기기관차를 닮았다. 증기기관차는 미세한 증기의 힘으로 움직이는데, 수증기는 욕망으로 들끓는 개인을 상징한다. 물이 물인 것은 물 분자들 간의 연대 고리가 길기 때문인데, 물 분자들을 욕망으로 들끓게 하면, 개인들 간의 연대 고리가, 마치 불어터진 라면처럼, 뚝뚝 끊어져 각자도생을 추구하는 증기가 된다.

물의 욕망을 들끓게 하는 것은 자나 깨나 쉬지 않고 돌아가는 광고이다. 광고를 통하여 나는 욕망으로 들끓지만 그것은 나의 욕망이 아니라 물신의 욕망이다. 나는 물신의 욕망을 나의 욕망처럼 욕망한다. 물신에 들린 나는 물신의 세계 지배를 위해 싸운다. 그러나 신앙을 위해 싸운다고 말하지만 사실은 여자를 포함한 전리품과 신분 상승, 즉 출세를 위한 것이다.

그것은 일종의 자아 중독이다. 자아에 중독되면 개인이 사회보다 더 중요하다고 믿는 자가당착에 빠진다. 그러한 자가당착은 아무리 건강한 사회도 오래 견딜 수 없다. 신이 인간에게 이성의 불을 주었다면 그것은, 인간 내면의 어둠 속에 도사리고 있는 괴물을 퇴치하라는, 그리하여 인간 사회의 약육강식을 극복하라는, 뜻이었을 텐데, 물신주의자들은 약육강식을 극복하기는커녕, 세상에 악을 포화시켜 종말을 재촉하려는 듯, 인간과 생물을 가리지 않고 절멸의 벼랑으로 밀어붙이고 있는 것이다.

그런데 물신의 이러한 죽임의 의지는 도대체 어디서 오는 걸까? 그걸 이해하려면 자본 체제를 발전시킨 원동력은 '전쟁 수행의 결과'였다는 사실을 알 필요가 있다. 그것은 평화를 위해 태어난 것이 아니라 전쟁을 위해 태어난 것이다. 살리기 위해 태어난 것이 아니라 죽이기 위해 태어난 것이다.

원자폭탄의 버섯구름처럼 그것은 '끝내기' 위하여 태어난 것이다. 인간을 달에 실어간 아폴로 로켓은 위대한 신세계로 인류를 실어 나르는 상징 조작에 동원되었지만, 사실은 인류를 수십 번 절멸시키고도 남을 핵무기를 나르기 위해 태어난 것이다. 그러한 전쟁 놀음은 1989년에 이르러 동서 냉전이 끝났음에도, 자본 체제의 광기와 폭주는 멈추기는커녕, 오히려 가속화되었다.

30년간 지속된 자본의 광란에 의해서 거덜난 지구는 생태 위기의 벼랑 끝에 서 있다. 기울어 가는 배 속에서 사람들은 '이게 아닌데…' 하면서도 갑판으로 박차고 올라가지 못한다. 세월호가 우리에게 준 교훈을 실천하지 못하는 것이다. 마치 아무 일도 없다는 듯 일상을 반복하면서 먹고살려니 어쩔 수 없다고 생각한다. 그것은 일부 사실이기도 하다.

미래를 위해 싸울 자유가 나에게는 없다는 생각은 '초식 동물'들의 마음에 평화를 준다. 그것은 중독성이 있는 평화이다. 어디를 찔러도 피가 나오는 피부를 갖고 살아가는 삶은 늘 불안하다. 그러한 삶에게 빤쓰만 입은 물신이 찾아와 속삭인다. 재화가 너희를 구원하리라. 가난은 용서받지 못할 죄이니라. 그런데 그것은 불교의 가르침과는 정반대이다.

무지는 우리를 묶는 반면 깨달음이 우리를 풀어준다고, 석가는 말한다. 물질은 힘이고 그 힘은 우리를 자유케 한다고, 물신은 말하는데, 석가는, 물질은 정신을 가두는 감옥이라고 말한다. 소수에 의한 물질의 집중은 당연히 그것을 빼긴 다수를 양산하여 빈곤과 굴종을 확산시킨다.

그럼에도 물질이 우리를 구원한다는 말은 힘이 세다. 그 이유는 우리는 살기 위하여 산 것을 먹어야 하기 때문이다. 삶 자체가 모순인 것이다. 삶은 우리를 먹이사슬과 모순의 사슬로 이중으로 묶는다. 우리를 회유하고자 물신은 말한다. 다수가 굴종하는데 너 혼자 반항한다고 세상이 달라지지 않는다고 세뇌한다.

설령 너를 희생하여 세상이 바뀐다 하더라도 너 없는 세상이 도대체 무슨 의미가 있겠냐고, 회유한다. 좋은 사람들은 요절하는데 도척은 천수를 누리고 전두환은 골프를 치는 것을 보라고, 민주화를 위해 싸우던 사람들은 신흥 기득권이 되고, 임진왜란에 쫓겨 가면서도 선조를 둘러싼 간신들의 당파 싸움은 오늘에도 지속된다고, 회유하는 사이 우리가 탄 배는 더욱 기울어간다.

사람은 얼어 죽는 순간 아늑함을 느낀다고 한다. 그것은 살고 싶지만 죽어야 하는 삶의 모순 속에 내장된 죽음의 의지 때문일 것이다. 그러므로 때로는 절체절명의 순간에 몽롱함으로 대응하는 것이다. 진실은 몽롱한 우리를 흔들어 깨우지만, 거짓은 마음에 평화를 주면서 몰락시키는 것이다. 인간은 그렇게 모순적인 존재이지만 자신을 묶은 모순을 하나씩 풀어나갈 때 인간은 그만큼 자유로워진다. 예를 들어 '아는 것이 힘'이면서 '모르는 게 약'이라는 모순이 있다. 이 모순을 풀어보면, 인간은 '진실(의 아픔을 받아들이는 용기)에 의해서 자유로워진다'는 뜻이 된다.

거짓이 우리들의 눈과 귀를 가린다 해도 그것은 결국 손바닥으로 하늘을 가리는 짓이다. 어둠 속에서도 우리는 이성의 소리를 들으면서도 갑판 위로 올라가 진실을 인양할 수 있다. 감추려는 자들은 '침몰 원인'에 집중하며 문제를 호도하지만 문제의 핵심은 '왜 구하지 않았는가?'이다. 세월호는 결국 선거 조작으로 궁지에 몰린 국정원의 공작이라는 '북한 공작설'과 최순실의 '인신 공양설' 두 가지로 압축된다.

이 둘을 종합하여 인신 공양을 북한 공작으로 위장하려 했을 수도 있다. 그러나 휴전선 부근이 아니라 목포 앞바다에서 침몰된 사실은 북한 공작을 핑계 댈 수 없음에도 학살을 감행했다는 인신 공양설에 무게를 실어준다. 얼마나 미친 시대인가를 알려주는 부분이다. 그런데 '인신 공양'이라니! 얼마나 부끄럽고 창피한 일인가. 진실도 중요하지만 전 세계의 이목도 있으니, 국제 망신을 피하려고 진실을 덮으려는 것이 아니냐는 생각도 든다.

그러나 그것이 진실이라면 겸허하게 받아들이는 용기가 진실을 진실이게 만든다. 그러한 용기는 머리와 가슴이 만날 때 가능해진다. 그리고 그래야만 할 시기가 무르익었다. 생태위기를 마주한 상황에서는 '굴종의 평화'마저 오래 지속될 수 없기 때문이다.

인간들이 가축들을 살처분하듯, 힘없는 다수가 무자비하게 희생될 위기가 다가오고 있는 데, 알 만한 사람들이 알면서도 침묵을 하는 이유는 세상이 바뀔 수 있다는 믿음을 상실한 때문이다. 인간에 대한 믿음을 상실했기 때문에 자신에 대한 믿음도 상실한 때문이다.

사람들은 그러므로 각자도생을 위하여 우리가 함께 탄 방주(생태계)를 해체하여 조각배와 뗏목을 만들고 있다. 그러나 그것으로 밀려오는 파도를 감당할 수는 없다. 굴종에 의한 평화의 시대는 이미 지났으므로, 어느 쪽으로 붙을까 계산기를 두드리는 기회주의 시대도 이미 지났으므로, 진영논리에 빠져 맹목적 행동주의자가 되거나 냉소적인 방관자가 되는 것도 더 이상 의미 없는 일이다.

왜냐하면 굴종하여 살아남으려는 아집 또한, 석가의 말씀처럼, 그저 환각일 따름이다. 나의 흔들림은 나를 흔들고 간 바람의 속성일 뿐, 나의 본질은 아니라는 것이다. '人間'은 인간과 인간의 사이에 있을 뿐, 몸속에 갇힌 무엇이 아니다. 그러므로 먼저 해야 할 일은 '인 간 회복'이다. 정신과 물질의 균형을 회복하는 것이다. '사람 사이의 관계'를 회복하면 사회도 자연이 치유된다.

그러므로 관계의 회복을 위해서는 이성과 가슴이 만나야 한다. 이성과 가슴의 만남은 활화산처럼 격렬하게 세상을 일시에 바꿔놓을 힘이 있다. 때로는 끊임없는 따스함으로 흐르는 온천이 될 수도 있다. 실제로 활화산은 지하수(이성)와 마그마(열정)가 만났을 때 터져 오르는 근원적인 힘이다. 그러므로 머리와 가슴이 만날 때 우리는 겁이 난 아이처럼 엄마 등에 얼굴을 묻지 않고 현실을 마주할 수 있다.

그럼으로써 우리는 죽임의 세력에 맞설 수 있다. 살겠다고 바둥거리는 어린 것들을 맘몬의 제단에 공양하려는 세력을 요절낼 수 있다. 생태와 생명의 존엄을 지키기 위해 구체적인 계획들을 세우고 실천하기 위해 연대할 수 있다. 주지하다시피 지금은 위기 극복의 성공 가능성을 따지고 있을 때가 아니다. 옳은 방향으로 흔들리지 않고 나아가야 할 때이다. 그를 위해 우리가 '나만큼은 예외'라는 아집으로부터 자유로워질 때, 우리의 꿈이 나의 생전에 이뤄야 한다는 조바심으로부터도 자유로워질 수 있다.

코로나 시대와 포스트 코로나 시대 사회 구조와 삶의 변화

김진석

강원대 사회학과 강사

코로나바이러스가 전 세계를 강타한 지 1년이 거의 다 되어간다. 여태까지의 전염병들과는 달리 수많은 희생자를 냈음에도 불구하고 여전히 진행형이다. 코로나19(코로나바이러스 감염증 19, COVID-19)는 2019년 12월 중국 후베이(湖北)성 우한(武漢)시에서 최초로 원인 불명의 폐렴이 집단 발병하며 감염이 일어나더니, 중국을 넘어 전 세계로 확산되어 오늘에 이르렀다. WHO는 2020년 1월 30일 코로나19 비상사태를 선포하고, 3월 들어 유럽과 미국에서 확진자가 급증하자 코로나19에 팬데믹(pandemic, 세계적 대유행병)을 선언(2020. 3. 11)하였다. 인류 역사상 팬데믹에 속한 질병은 14세기 유럽 인구 1/3을 감소시킨 '흑사병(페스트)', 1918년 5,000만 명 이상의 사망자를 낸 '스페인 독감', 1968년 100만 명이 사망한 '홍콩 독감' 등이 있다. 특히 1948년 WHO 설립 이래, 팬데믹을 선언한 경우는 1968년 홍콩 독감, 2009년 신종 플루, 2020년 코로나19 등 단 세 건에 불과하다.

국내에서는 2020년 1월 20일 한국을 방문한 중국인이 최초의 감염자로 확진된 것을 시작으로 11월 중순 현재 거의 매일 200여 명에 이르는 환자가 발생하고, 누적 확진자가 3만여 명, 사망자가 500여 명에 이른다. 한편 미국에서는 하루 신규 확진자가 18만 명, 누적 환자가 1천만 명에 이르고, 누적 사망자 수가 244,400명에 이르는 등 전 세계적으로 5,123만 명이 감염되고, 126만 9천 명이 희생되었다. 그런데 문제의 심각성은 현재 진행형일 뿐만 아니라 그 추세가 잦아들기는커녕 제 2의 팬데믹으로 전개되는 양상이다.

이제 우리는 '코로나19 팬데믹'의 영향으로 인해 달라진 일상을 경험하고 있으며, 이른바 '언택트(Untact, 비대면)' 시대, '코로나19 뉴 노멀(New Normal) 시대'를 살아가고 있다. 이것은 분명 우리가 이전에는 경험해보지 못한 새로운 사회이다. 1년 남짓한 기간 동안 코로나로 어떤 사회 구조의 변화가 일어났으며, 일상의 삶을 어떻게 달라졌는가? 이러한 현실 진단을 통해서 현실의 비극적 상황을 극복할 수 있는 대안을 마련하고 미래를 전망해보고자 한다.

우선 우리는 질병의 역사, 전염병의 역사로부터 교훈을 얻어야 한다. 세계적으로 유행한 전염병으로 역사가 변화한 사례는 14세기 유럽의 흑사병(페스트)을 대표적으로 들 수 있다. 1340년대에 유럽을 휩쓴 흑사병은 남유럽에서 시작되어 이탈리아, 스페인, 잉글랜드, 프랑스, 독일, 러시아 등지로 번져 나가면서 유럽 인구의 약 1/3 정도가 줄어드는 치명타를 안겼다. 이런 결과가 나타난 이유는 병을 치료할 적절한 수단이 없었을 뿐만 아니라 당시 유럽인들의 영양 상태가 좋지 않았던 것이 겹쳐졌기 때문이다. 인구가 급증함에 따라 식량이 부족해졌고, 영양 부실로 이어져 병에 대한 저항력이 약화된 것이다. 큰 전쟁이나 전염병으로 인구가 줄어들면 그것이 다시 원상태로 회복되는 데는 보통 약 200년의 기간이 걸리는데, 유럽 경제도 16세기에 들어서 겨우 다시 회복되기 시작하는 것이다. 인구의 폭발적 증가의 시대인 현재에서 인구 감소로 인한 영향력은 비교적 적을 수 있지만, 당분간의 경기 침체는 불가피해 보인다.

코로나가 과거의 전염병과 다른 점은 무엇보다 질병의 세계화, 전염병의 세계화이다. 오늘날 지구화 시대에 국경을 뛰어넘는 것이 어떻게 사람, 물자에만 국한되겠는가? 그와 더불어 질병도 세계화되고 있다. 사스, 메르스가 다 그런 경로를 밟아왔다. 14세기 흑사병은 그나마 유럽이라는 대륙을 넘어서서 번진 것은 아니어서 세계를 포괄하는 유행병으로 번지지 않은 것은 그나마 미발달한 교통 운송 수단 덕택이라고 할 수 있다. 기술 발달로 상품이나 사람의 교류 범위를 확대하고 속도도 빨라지게 했다. 기술 발달의 이런 부정적 측면을 비관적으로 바라볼 필요는 없다. 인터넷이나 대량 생산시스템은 해결의 실마리가 될 수도 있다. 인터넷을 기반으로 한 간접적 상호 작용 기술은 시간과 공간을 압축한다. 직접적 접촉 없이 비대면으로 간접 상호 작용이 가능한 기술 기반은 대면 접촉을 하지 않고도 사회가 작동하게 한다. 온라인 쇼핑이나 배송 및 배달 상품의 증가가 가능하기 때문이다. 전염병 확산의 최소한의 장치인 마스크 생산 또한 최후 수단인 백신의 생산 공급 또한 대량 생산시스템의 덕을 볼 수 있다.

오늘날 전염병이 백신이라는 예방 및 치료 수단이 확보되고 영양 상태 개선으로 면역력이 높아진 것은 과거와 다른 점이다. 그러나 대규모 전염병은 전쟁과 마찬가지로 기존의 사회 구조와 질서를 빠르고 근본적으로 변화시킨다. 직접 상호 작용의 회피와 교류의 감소로 소비에 영향을 끼치면서 경제 성장이 멈추거나 마이너스로 돌아서는 조짐이 나타난다. 문제는 이러한 변화의 파장이 계급에 따라 다르다는 점이다. 코로나로 인해 양극화가 더욱 심화되는 '코로나 디바이드' 현상이 나타난다는 것이다. 코로나로 인한 계급 분할은 사회 전반에 영향을 끼친다. 실증적인 자료를 좀 더 들여다봐야 하겠지만 온라인 교육으로 상층과 하층의 학업 성취도는 더욱 벌어질 가능성이 높다. 경제적 어려움의 직접적인 피해자는 계층 구조 제일 밑바닥이 위치한 하층민이다. 자본주의 사회의 하층민들은 전염병의 직접적인 희생자들이다. 그들은 전염병에 쉽게 노출되고, 그 전염병을 적절하게 치료할 물질적 수단도 취약하다. 게다가 다른 계층보다 경기 침체의 영향을 직접적으로 가장 먼저 떠안게 된다. 그 결과는 실직이나 소득 감소이다. 이들은 코로나의 직접적인 희생자가 될 뿐만 아니라 사회 경제적 희생을 강요당하는 이중의 피해자들인 셈이다.

코로나는 무엇보다도 사회 전체를 공포에 휩싸이게 한다. 코로나가 개인에게 미치는 영향은 무엇보다 죽음에 대한 공포와 두려움이고 이로 인한 불안과 우울을 증폭시킨다는 점이다. 최근 들어 자살률이 증가하는 것은 그러한 사정을 반영한다고 하겠다. 물론 자살률 증가는 코로나로 인한 가정 경제의 파괴를 비롯해 다양한 원인이 있겠지만, 코로나로 인한 사회 전반의 우울과 불안의 분위기가 일조하고 있음을 부인할 수는 없을 것이다. 코로나는 계층에 따라 차별적 영향을 끼친다. 만약 코로나 백신이 개발되어 치료의 단계에 들어가도 지금과 같은 시장 원리가 적용된다면 그것 역시 계층에 따라 달리 적용될 것이다. 코로나로 인한 희생에도, 그것을 위해 치료에서도 하층민들은 이래저래 차별을 겪게 되는 것이다. 세계적으로는 가난한 나라, 국내적으로 가난한 사람들이 그 첫 번째 희생자인 셈이다.

전염병의 예방과 확산 방지의 사전 조치는 접촉을 최소화하거나 차단하는 것이다. 사후 조치는 백신의 개발과 치료이다. 무엇보다 일상의 변화는 마스크를 착용하고 살아가야 하는 삶이다. 마스크 착용은 최소한의 대면 접촉을 위한 궁여지책이다. 아마 집 안에서의 생활과 밥 먹는 동안에만 마스크를 벗을 수 있을지도 모르겠다. 그리고 바깥에서 사람 만나는 일이 줄어들면 집에 있는 시간이 늘어날 수밖에 없다. 따라서 집이라는 공간에 대한 새로운 정의가 필요하고, 가족 구성원들 관계나 역할도 재정립되어야 한다. 이전보다 더 양성 평등적이어야 하고 가사가 분담되어야 한다. 개인주의와 가족주의의 재구성이 필요하다.

집 안에서의 사적 영역과 바깥 직장에서의 사회적 공적 영역이 여전히 병존하려면 기존의 직접 상호 작용이 간접 상호 작용으로 대체할 수 있어야 한다. 그것을 가능하게 하는 것이 인터넷과 같은 온라인 기반의 구축이다. 온라인을 통한 상품의 주문과 배달, 인터넷을 통한 비대면 강의 등이 그런 예이다. 그러나 컴퓨터를 통한 상호 작용의 증가는 정보 격차, 근본적으로는 자본 차이에 따른 불평등을 그대로 드러내는 일이기도 하다. 코로나는 죽음에 있어서나 삶의 양면 모두에서 평등하게 적용되지 않는다. 그런 의미에서 이런 불평등은 코로나와 상관없이 자본주의 자체의 문제이기도 하다. 일상의 삶에서 개인 또는 가족 단위 위주로 상호 작용은 최소화되고 있다. 함께 모여서 무엇을 하는 것이 줄어들거나 불가능하게 되었다. 어떤 의미에서는 현대 사회의 공동체적 삶이 유지되고 있다고 해도 기존의 근간은 변화하거나 무너지고 있다. 이것을 새로운 현대성이라고 부르든지 현대성의 재구성이라고 명명하든지 간에 새로운 변화가 시작되고 있다.

무엇보다도 사회는 시민 스스로가 서로를 감시하는, 자발적으로 통제하는 사회가 되었다. 이러한 사회를 자발적인 감시·통제 사회라고 이름 붙일 수 있을 것이다. 익명성의 다수가 접촉하는 현대 사회의 특성상 우리는 언제든지 누구나 전염병에 걸릴 수 있다. 그래서 통제와 감시가 해제되는 순간 그야말로 통제 불능의 위험 사회로 들어서게 된다. 따라서 국가가 강제적으로 통제하고 은밀하게 감시하던 기존의 틀과는 다른 자발적인 감시·통제 사회로 들어가는 것을 기꺼이 동의하는 것이다. 격리 대상자나 확진자가 되는 순간 자신의 부주의한 행동 때문이라고 사람들이 낙인찍는 것도 그러한 경향의 일부이다. 따라서 그런 낙인을 피하고 스스로 조심하고, 그럴 가능성이 있는 타인의 행동에 대해서는 감시한다. 더 적극적으로는 감시를 넘어서 행동을 제재하기도 하는 것이다. 권력과 정보를 기반으로 하는 일방적인 국가 감시와는 다른 새로운 형태의 자발적, 자조적인 시민의 호혜적 감시이다. 따라서 어쩌면 새로운 공동체주의라고도 부를 수 있겠다. 반면에 전염병에 대한 통제는 국가 차원에서 정책적으로 이루어진다. 이동 제한, 격리, 집회 제한 및 금지, 영업 금지 등 다양한 정책이 그런 예이다. 그런데 이런 통제 정책에 대해 대다수 사회 구성원들이 동의하고 따른다는 점이다. 심지어 개인 정보 노출을 감수하면서도 공개에 동의하고 협조한다. 아마 한국 사회의 방역 대책이 평가받는 것은 자발적으로 협조하는 감시통제 사회이기 때문에 가능할 것이다. 어떤 사람들은 이것이 민주주의를 위협하는 요소라고 평가하기도 하지만, 스스로 자발적인 통제와 감시라는 점에서 민주주의를 위협하지 않는다. 만약 그럴 정도에 이르면 시민 스스로가 감시와 통제를 거둬들일 것이기 때문이다. 이것은 공동체의 유지와 존속을 위한 새로운 틀이 형성되어 가고 있는 것으로 보아야 한다. 그런 의미에서 그동안 부정적으로 평가되어왔던 눈치 문화도 재평가해야 한다. 눈치야말로 새로운 공동체의 덕목이 되는 것이다. 네트워크 이론이 개발한 신뢰도 내지 신뢰 지수도 한국 사회에서는 그대로 적용하기 어려워 보인다. 정부의 방역 대책이 적절하기도 하겠지만, 이것의 성공 여부는 국민들이 이 정책에 대한 전폭적인 신뢰 덕택이다.

포스트 코로나 시대는 또 다른 현대의 특성인 대중 사회에 많은 변화를 가져올 것이다. 현대 사회는 대중 사회로 익명성을 기반으로 무수한 접촉이 이루어지는 사회이다. 우린 여기에 익숙해 있다. 그런 의미에서 새로운 개인주의와 가족주의는 기존의 대중 사회에 대해 변형을 가하고 수정을 요구하게 될 수도 있다. 현대 사회를 떠받치는 많은 인프라 역시 대중 동원을 특징으로 한다. 바로 스포츠와 대중음악을 비롯한 예술이다. 물론 또 다른 하나의 축이 미디어의 영향력을 무시할 수는 없지만, 대중과의 직접적 교류는 여전히 근본을 이룬다. 그러므로 대규모 공연인 콘서트, 축구, 야구와 같은 프로 스포츠는 관객과 다른 형태의 의사소통 구조가 절실해진 것이다. 현대 사회의 산물인 TV를 비롯한 다양한 미디어, SNS, 유투브 채널 등과 같은 다양한 소통 수단의 영향력이 더욱 커질 수 있다. 그래서 비대면, 언택트가 각광받는 것이다. 그러나 언택트는 기본적으로 비접촉이 아니라 간접적인 접촉이다. 간접적인 접촉의 기반은 기술이다. 기술은 자본이다. 자본주의 사회가 전염병에서조차도 계급 간 불평등하게 적용되는 분할이 일어나는 것은 그래서이다. 인터넷과 결합한 컴퓨터나 휴대폰이 없다면 대안적 형태의 온라인 쇼핑, 비대면 강의가 어떻게 가능할 것인가? 포스트 코로나 시대에도 문화의 향유나 정보의 공유에서 자본 크기에 따른 불평등은 그대로이거나 강화될 것이다.

코로나 19는 세계화 덕분에 국가의 경계를 넘어 전 세계로 번져 나가 창궐하고 있다. 그러나 개별 국가가 그에 대처하는 방식은 나라마다 다르다. 국가의 정책은 어느 때보다 중요하다. 물론 정책의 성패는 정책의 내용뿐만 아니라 국민이 얼마나 수용하고 실천하느냐 하는 것도 중요하다. 한국의 방역 정책이 세계의 평가를 받고 있다면, 이러한 요소를 두루 갖추고 있기 때문일 것이다. 그 힘은 바로 시민들이 스스로 호혜의 정신으로 감시와 통제를 받아들인 자발적 통제·감시 사회라는 새로운 공동체주의에 있다고 할 것이다. 코로나의 원인이 인류가 자연과 대립해 생긴 것이라 해도, 그 해결을 위해 자연으로 돌아가는 삶을 선택할 여지는 없다. 가능한 일도 바람직한 일도 아니다. 그래서 포스트 코로나 시대에는 공동체 의식에 기반해 평등하고 평화로운 현대성을 재구성할 것을 요구한다. 이제 코로나 19는 국가 간의 경계를 허물어뜨리고 인류가 하나의 생명 공동체로 묶여 있음을 여실히 보여주고 있다. 따라서 그것을 극복하는 일도 한 개인, 사회, 국가만으로는 불가능하다. 이를 극복하기 위해서는 공동체가 서로 배척하고 적대하는 태도를 버리고, 이해하고 배려하는 행동을 실행해야 한다, 따라서 지속적인 소통과 교류의 노력을 게을리해서는 안 된다. 물리적 접촉을 뛰어넘는 진정한 연대가 가능할 때 코로나도 극복할 수 있을 것이다.

남북 협력에서 민간의 역할

이헌수

남북강원도협력협회 이사장

1. 한반도에서 통일이란 무엇인가, 어떻게 이뤄지는가?

일반적으로 대부분 국가는 단일한 정치 체제를 가지고 있다. 그렇지만 분단된 한반도에는 두 개의 국가 체제가 있다. 두 국가 체제의 통일, 한반도에서도 통일을 이야기할 때, 때로는 정치권력 체제까지의 통일을 이야기하기도 한다. 정치 체제의 통일은 경제, 군사, 외교, 사회, 문화, 교육 등 제 분야에서의 유기적 관계, 혹은 통합적 관계의 형성을 전제로 이뤄진다. 두 국가가 통일되려면 어떤 분야에서 다소 다른 체제를 가지더라도 군사나 외교는 필수적으로 하나로 통일되게 된다. 경제, 사회, 문화, 교육 등 제 분야까지 완전히 하나로 통일되면 단일한 정치경제 체제가 이뤄지는 것이다.

이 문제는 간단해 보이기도 하고 합의가 된 듯이 생각되곤 하지만 사실은 그렇지 않다. 한반도에서의 통일이 어떻게 이뤄질 것이고, 어떤 방향으로 가느냐의 문제에서 매우 중요한 문제이다. 한반도에서의 통일은 4가지 경우의 수가 있다. 첫째로는 남한 체제로의 흡수 통일이고, 둘째는 북한 체제로의 통일이고, 셋째는 자본주의와 사회주의 양 체제가 존속하면서 이뤄질 연방이나 연합의 방식이고, 넷째는 자본주의나 사회주의를 넘어서는 제3의 체제로의 통일이다.

이 중에 첫째와 둘째는 현실적으로 불가능한 것으로 이해되고 있다. 셋째 방식이 가장 현실성이 있고, 현재 남과 북의 의견이 근접해 있는 방식이다. 제4의 통일 방식에 대해서는 세 번째의 통일 방식을 거친 이후에나 모색할 수 있다. 현재로서는 아무도 주목하지 않는 방식이다.

그러나 기후위기의 시대에 현대 국가, 현대 문명의 위기 상황에 대한 깊이 있는 성찰을 하면 제3의 사회 체제, 제3의 국가 체제에 대한 고민과 검토는 지금 시점에서부터 충분히 연구되어야 할 일이라고 생각된다.

분단을 극복하고 통일을 지향하는 한반도에서 제3의 체제를 모색하는 일은 매우 중요하다. 서로 다른 두 체제가 현실적으로 존재하기 때문에 서로의 강점을 살리면서 기후위기에 대응하는 새로운 국가 체제, 새로운 문명을 건설하는 문제로 접근할 수 있는 유리한 조건을 가지고 있다고 볼 수 있다.

코로나19 팬데믹, 남북의 분단, 미국과 중국 패권 경쟁, 세계적인 경제 위기, 빈부 문제, 실업, 민족 문제, 종교 갈등 등 우리 세계가 안고 있는 제반의 문명사적인 문제들도 기후위기 앞에서는 부수적인 문제이다. 기후위기는 이미 민족과 국가의 문제를 넘어서는 인류의 생존을 위한 긴박하고 당면한 문제이다.

2. 남북통일에서 중요한 변수

1) 통일로 가는 길목, 종전 선언과 평화 협정

현재 남과 북을 자르고 있는 분단선은 한국전쟁이 진행 중이던 1953년 7월 23일에 일시적으로 전쟁을 멈추기 위해 그은 잠정적인 선이다. 이 잠정적인 이 선이 그어진 지 어느덧 73년이 되었다. 법적으로 한반도는 아직도 전쟁 중이다. 73년째 전쟁이 잠시 멈춘 상태, 휴전의 상태로 있는 것이다. 한반도 평화의 시작은 전쟁을 공식적으로 멈추는 것에서 출발한다. 전쟁을 멈추는 행위는 전쟁 당사자가 서로 적대적인 관계를 공식적으로 청산하는 것이다.

한국은 전쟁 개전 초기인 1950년 7월 14일 이승만 대통령이 작전권을 UN군에 넘겨준 상태에서 정전 협정이 진행되면서 책임 있는 전쟁 당사자에서 제외되었다. 이 때문에 정전 협정의 당사자는 북한과 UN군과 중국군 3자로 되면서, 남한은 협정 당사자의 지위를 가지지 못하게 되었다. 이러한 이유로 국제법상 정전 상태를 종식하는 종전의 문제는 북한과 UN과 중국이 당사자로서 나서야 하는 상황이 되었다.

그런데 지금 시점에서 종전 선언의 문제를 협의하는 당사자가 UN이 아니라 미국인 이유는 1978년 11월 한미연합사령부가 창설되면서 주한미군 사령관이 UN군 사령관을 겸하고 있는 점과 주한 UN군 사령관이 가진 작전통제권(작전지휘권)을 한미연합사령관에게 위임한 사정과 무관하지 않다.

어쨌든 중국은 종전 선언, 평화 협정에 찬성하고 있어서, 종전 선언의 문제는 현재 시점에서 보면 북한과 미국이 협상 당사자로 되어있다. 그리고 종전 선언을 한다는 것은 당사자 상호 간에 적대 행위를 그만둔다는 선언이다.

2) 국제 관계 : 한미 동맹과 동북아 다자 안보 체제

한반도에서 종전 선언이 이뤄지고 나면 남한은 북한을 상대로 평화 협정의 당사자로 나설 수 있다. 평화 협정의 핵심 당사자는 남과 북이다. 물론 종전 선언 이후의 평화 협상 과정에서 주변국들의 적극적인 관여를 가져올 가능성이 있고, 한반도의 평화 체제 구축은 동아시아의 다자간 안보 체제 구축 문제로 불거질 가능성이 크다.

일반적으로는 정전을 맺으면 그것이 곧 평화 협정이다. 일반적인 경우에 비춰보면 한반도에서의 종전 선언과 협정은 동시에 이뤄질 수도 있다. 그러나 한반도의 경우는 상황이 다르다. 정전 협정 당시의 특수한 상황 즉, UN군과 중국군이 개입한 국제 전쟁이라는 성격과 전쟁의 책임 있는 당사자로서 한국이 빠졌다는 점 때문에 종전의 문제와 평화 협정의 문제가 복잡하게 얽혀버린 것이다.

그리고 지금 진행되는 흐름으로 보더라도, 종전 선언과 평화 협정이 동시에 진행되기 보다는 종전 선언을 통해 상호 적대적인 관계를 해소하면서, 비핵화의 문제를 동시에 해결하는 과정에서 실마리가 풀리게 될 것으로 예측된다. 그런데 현실적으로 이 과정에서는 두 가지가 필요하다. 북한이 미국에 위협이 되지 않는다는 것을 객관적으로 입증하는 것과 반대로 미국이 북한에 대해 적대적이지 않는 것을 보여주어야 한다. 즉 쌍방 간에 군사적인 위협 요인을 없애야 한다. 종전 선언과 평화 협정이 성사되는 것에는 북미 간의 상호 신뢰를 구축하는 것이 전제로 된다.

그런데 조금 시야를 돌려보면 북미 문제의 배경에는 미-중 문제가 깔려 있다. 미국에 대해서 북한보다는 중국이 실질적이고 현실적인 위협이다. 미국의 대북한 정책은 대중국 정책과 긴밀하게 연결되어 있다. 중국의 팽창을 최대한 억제할 수 있는 지정학적 위치에 한반도가 있다. 미국은 남북한 모두 중국의 팽창을 견제할 수 있는 최선의 카드로 활용하는 과정에서 남북문제를 바라보고 있을 것이다.

한미 동맹의 문제도 북한 위협에 대한 대응이라는 표면의 이유보다는 미국의 대중국 견제를 위해 더욱 필요한 것으로 보인다. 이런 이유로 전시작전권의 문제도 미국이 한국에 쉽게 이전하지 않으려고 할 것이다. 미국이 북한의 위협을 강조하는 배경에는 중국이 있다고 봐야 한다.

덧붙인다면 중국을 견제함에 있어서 미국은 한반도를 현 상태로 관리하는 것이 유리하다. 남한에 무기를 판매하고 그 무기로 북한을 견제하는 명분하에 중국을 견제할 힘을 갖추는 것이다. 같은 이유로 북한의 군사적 위협을 억제한다는 명목으로 남한 군대를 통제할 수 있다면 중국에 대한 군사적 견제를 우한 미국의 입장이 더할 수 없이 좋아진다. 전시작전권도 북한에 대한 전쟁 억지력을 위한 것이기보다는 중국에 대한 견제를 이유로 하여 미국으로서는 내려놓기가 매우 아쉬운 카드이다. 한미 동맹에서 미국의 전략적 이익은 중국 견제가 핵심이다.

미국의 이익을 훼손하지 않으면서 군사안보 문제를 관리하는 현실적 방안이 동아시아의 집단 안보 체제 문제가 될 수밖에 없는 구조를 가지고 있는 것이다.

3. 북한의 오늘

그런데 상황이 달라지고 있다. 북한이 핵을 가졌고, 미 전역을 사정거리로 하는 대륙 간 탄도 미사일, 잠수함 발사 탄도 미사일을 가지게 되면서, 미국에 대해 직접적인 위협이 될 수 없었던 북한이 실질적인 위협으로 등장한 것이다. 북한의 군사력은 러시아와 중국 다음으로 세계에서 초강대국 미국을 공격할 수 있는 세 번째 국가가 되었다고 해도 틀린 말이 아니다. 이런 환경에서 미국의 대북 정책을 바꿀 수밖에 없게 되었다. 즉, 북한과 직접적인 대화와 협상을 할 필요성이 매우 커졌다. 다른 말로 하면, 큰 틀에서 보면 북미 문제를 풀기 위해라도 한반도의 종전 선언, 평화 협정을 체결할 가능성이 커져가고 있다고 할 수 있다. 미국에 대한 북한의 직접적인 군사적 위협을 제거하는 것은, 북한의 군사력을 100% 무력화시킬 수 있는 방안이 없다면, 북한에 대한 적대 정책을 폐기하는 것이 최선인 상황이 조성된 것이다.

UN과 미국의 제재 아래에서 북한이 굴복하지 않고, 오히려 더 힘을 키우고 있는 현실을 어떻게 이해해야 할까? 북한의 잠재력과 변화하는 현실을 바로 볼 필요가 있다. 북한은 이라크나 리비아, 이란과는 다르다. 군사적으로 스스로 지키고 자기 혼자 경제 성장할 잠재력을 가지고 있다. 이러한 능력을 최소한 1990년대 이후부터 현재까지 보여주고 있다.

1) 사회주의 붕괴(1980년 후반, 1990년대 초)와 고난의 행군(1995~1999년)

북한은 1995년부터 1999년까지 널리 알려진 대로 '고난의 행군' 시기를 겪는다. 이 고난의 행군은 1980년대 말~1990년대 초에 걸쳐 진행된 사회주의권 붕괴와 깊은 관련이 있다. 각종 기계류와 석유 수입원이었던 사회주의 경제권이 무너지면서 생산 기반이 무너진다. 여기에 더하여 1995~1996년의 대홍수로 식량 생산이 급감하면서 30여만 명 내외로 추정되는 아사자가 발생했다. 한마디로 국가의 생산 기반이 무너진 것이라고 할 수 있다.

고난의 행군은 한국전쟁으로 1950년 말~1951년 초 군사적으로 압록강까지 패퇴했던 이후 국가의 존망이 걸린 가장 위태로운 시기였다.

2) 2000~2016년 제7차 노동당 대회

2000년 이후 본격적인 국토개조 사업, 생산기반 복구 사업을 진행하면서 사회 전반에 걸친 생산력이 회복되었다. 국제적으로 고립된 가운데 자력으로 국가 체제를 정비해나간 것이다. 그러다가 2011년 12월 김정일 사망과 김정은 집권 시대를 맞으면서 본격적인 체제 정비를 이룬 것으로 보인다.

북한은 조선노동당이 국가의 최고 의사 결정을 한다. 즉 당이 정부(내각)를 지도하는 국가이다. 그래서 북한에서 노동당 대회는 가장 중요한 정치 행사이다. 그 중요한 노동당 대회가 김일성 시대인 1980년도 6차 대회 이후 36년간 열리지 못했다. 김정일 위원장 시대에는 한 번도 열린 적이 없다. 그러던 것이 김정은 집권 5년 만인 2016년에 7차 노동당 대회가 열렸다. 정상적인 국가 시스템이 작동되기 시작한 것으로 보인다.

3) 2020년 10월 10일 노동당 창건 75주년 기념식

북한은 2016년 노동당 대회 이후 5년간 급속하게 변화 발전하였다. 군사와 경제, 사회생활 전반에서 많은 변화가 있었다. 식량과 생활필수품 부족, 열악한 전력의 사정을 내부의 힘으로 상당 부분 극복했다. 문화생활에서도 급속하게 여유를 만들어가고 있다. 남한과의 경제적 격차만이 아니라 생활문화적인 격차도 아주 큰 폭으로 줄어들었다. 10월 10일에 열린 노동당 창건 75주년 기념식은 최소한 지난 4년 동안 북한이 얼마나 어떻게 빠른 속도로 변화 발전했는지를 보여주었다.

특히 군사 분야에서의 진전은 세계가 놀랄 정도로 커다란 변화를 보여주었다. 비대칭 전략 무기만이 아니라 재래식 전술 무기에서도 첨단 과학기술이 적용된 신형의 공격과 방어 무기 체계들이 다양하게 등장하였다. 지금까지는 전술 무기 전력에서 남한과 비교하여 20여 년 뒤졌다는 평가가 일반적이었는데 10월 10일 열병식에 등장한 무기를 보면 남한의 첨단무기에 뒤지지 않는 것이 확인되었다.

4. 북한의 2021년 1월 제8차 노동당 대회와 전망

북한은 내년 1월에 개최될 제8차 노동당 대회를 어느 당 대회보다도 중요하게 여기고 준비할 것이다. 이미 올 연말의 마지막 기간을 80일 전투로 정해서 7차 당 대회에서 제시한 경제발전 5개년 전략의 마무리와 제8차 노동당 대회 준비에 총력을 기울이고 있다.

8차 노동당 대회에서는 7차 노동당 대회에서 제시한 5개년 경제발전 전략의 성과를 이어받아 경제 발전 계획 5개년 계획을 수립하여 제시할 것이다. 전략에서 계획으로 바뀌는 것에 주목할 필요가 있다. 북한의 경제는 자본주의 시장 경제가 아니라 사회주의 계획 경제이다. 경제 발전의 계획을 세운다는 것은 사회주의 경제시스템이 정상적으로 작동한다는 것이다. 지난 5년을 자력으로 경제 발전 사업을 추진하면서 상당한 성과를 낸 것으로 자체 평가하면서 향후 5년의 계획 경제 목표를 제시한다는 것이다. 주목할 것은 국제 제재 중임에도 경제가 위축되는 것이 아니라 오히려 빠른 속도로 성장하고 있다는 것이다.

그뿐만 아니라 군사 부문에서의 전력을 강화하는 것에 대해서도 포괄적인 언급이 있을 것이다. 외국 군대의 침략에 대응해 맞설 수 있는 충분한 무력이 있다는 것과 계속해서 자체의 전쟁 억지력을 키워가겠다는 의지를 드러낼 것이다. 한마디로 요약하면 대북 제재가 그다지 실효성이 없다는 것을 국제 사회에 입증하려고 할 것이다. 그리고 경제와 군사의 두 부문에서 정면 돌파전을 계속 전개해나가겠다는 의지를 나타낼 것이다.

제재와 압박으로 북한을 굴복시켜 북핵 문제를 해결하려는 국제 사회의 시도를 무력화했다는 자신감을 가진 북한을 상대로 해서 미국의 바이든 정부는 오바마 정권 시절의 '전략적 인내' 정책을 계속 이어가기 어려워졌다. 이렇게 변화된 환경 아래에서 미국의 새 정부는 중국과 북한 등 아시아의 적대국들과의 외교 정책이 정리된 이후 어떤 형태로든 북미 간의 대화를 시도하게 될 것이다.

북한은 미국에 대해서는 대화의 문을 열어 놓되 미국이 요구하고 있는 비핵화 조치에 대해서는 언급하지 않을 것이다. 남한에 대해서는 직접 당사자로서 남북 직접 협력에 적극 나설 것을 주문할 것이다. 남북 협력에 적극적인 의지를 보이리라고 기대된다. 북한은 이미 이에 대해 이미 유화적인 태도를 보이고 있다. 남한과 북한이 공동으로 이로운 사업을 협력의 관점에서 풀어가는 것은 민족적 이익에 부합하는 일로 남북 모두에게 필요한 일이다.

그런데 노동당 대회 이후 남북 간에 대화 분위기가 조성될 것으로 예측되는데 변수가 있다. 2~3월로 예정된 키리졸브, 독수리 한미군사훈련에 대해 북한이 강도 높게 맞대응한다면 대화 분위기는 금방 냉각될 것이다. 이 시기는 미국의 대북(비핵화) 정책에 대한 방향이 충분하게 정리되지 않은 시점이다. 남북 대화 분위기 조성을 위해서는 우리 정부가 미국의 새 정부가 출범하자마자 잘 협의하여 한미군사훈련을 연기하든지 축소하든지 조정해야 할 것이다.

북한의 노동당 대회가 끝나고, 미국의 새 정부가 출범하면서 긴장이 조성되지 않는다면 우리 국회도 3월 즈음에 판문점선언과 평양선언을 비준하게 될 가능성이 높다. 이렇게 분위기가 만들어지면 2021년의 남북 관계는 파격적인 변화는 아니더라도 중간 규모나 소규모로 긍정적인 변화가 일어날 것이다.

5. 평화운동, 남북 협력 사업에서 민간의 역할

2008년 7월 금강산 관광 중단, 2016년 2월 개성공단 폐쇄 이후, 교류가 대폭 축소되면서 우리의 북한 사회 변화에 대한 정보와 이해가 부족해졌다. 그 사이 북한에는 상당한 변화가 있었다. 경제도 상당 부분 성장하였고, 도시도

대규모 건설이 이뤄지면서 빠른 속도로 변화해가고 있다. 사회생활 전반에도 변화가 크게 일어나고 있는 것으로 파악된다. 북한 내부가 변화 발전하면서 앞으로의 남북 협력 사업에도 상당한 변화가 일어날 것으로 예측된다.

이제껏 대북 협력에서는 크게 보면 정부, 민간, 기업, 자치 단체 등이 각자의 역할을 가지고 직접, 간접으로 사업을 해왔다. 앞으로도 남북 협력은 큰 틀에서는 정부가 주도할 것이고, 인도적 지원, 사회 문화 교류 등의 다양한 협력 사업은 여전히 민간과 기타 단위에서 전개할 것이다. 지방 자치 단체도 기존에는 민간과 협력하는 방식으로 사업을 해왔는데 앞으로는 직접 사업을 할 기회가 많아질 것이다.

그런데 앞으로는 북한이 남북 협력 사업에서 인도적 지원은 받지 않거나, 최소화할 것으로 예측된다. 인도적 지원에 대해 거부감을 보이는 것은 북한의 자존심도 있겠지만, 사회 경제적 상황이 많이 개선되어 일방적인 무상 지원의 필요성이 없어졌기 때문이기도 하다. 그렇지만 남북 간 대화가 잘 진행되면 기존에 진행된 사회 문화 교류나 개발 협력 사업은 민간 단위에서 여건이 조성되는 대로 재개, 확대될 것이다.

그렇지만 보다 큰 변화는 북핵 문제 협상이 재개되면 제재가 완화되기 시작하면서 이뤄질 것이다. 이에 맞춰 개성공단을 비롯하여 북한 전역에 투자한 민간의 기업 활동도 조건에 맞게 재개되어 갈 것이다. 향후 중요한 경제 협력은 당연히 기업들이 주도하게 될 것이다.

그런데 한편으로는 남북 협력은 한반도 평화 체제를 만들어가는 밑거름일 뿐 아니라, 전 지구적인 기후위기 시대의 미래를 준비하는 과정이기도 하다. 우리는 남북 평화 문제를 한반도 차원으로 국한 하지 않고 세계적인 시각으로 바라보아야 한다. 또한 정치 군사의 문제를 넘어서서 기후위기에 대응하는 인류 문명의 문제로 접근하는 것이 절대적으로 필요한 때이다. 즉, 남북 평화 문제를 민족 문제를 넘어서는 생명위기 문제로 인식하고 이를 해결하기 위한 근원적인 대안을 찾아가면서 접근해야 한다.

평화 시대 남북의 체제 경쟁은 사회 경제적 갈등 해결과 변화 발전을 이루는 체제 경쟁의 문제로 그쳐서는 안 된다. 기후위기에 대응하는 문화와 지구 생명 공동체 문명을 어떻게 만들어나가느냐에 초점이 맞춰져야 한다. 민간의 역할은 남북문제를 해결하는 보조적이고 수동적인 역할이 아니다. 전면적이고 미래지향적인 방향을 제시하면서 새로운 문화와 문명을 만들어내는 선도적인 역할을 해야 하는 것이다. 인류 문명의 위기인 기후위기에 대응하는 사회 경제 체제를 어떻게 만들어내느냐에 초점을 맞추고 남과 모두에게 새로운 사회 체제를 만들어가는 주문을 강력하게 해나가야 할 것이다.

당장은 사회 문화 교류와 개발 협력을 준비해나가야 하지만 한반도를 중심으로 한 큰 변화를 주동적으로 준비하는 안목을 키워가야 할 때이다.

그리고 덧붙인다면 지금과 같이 남북 직접 협력이 제한된 상황을 풀어나가는 데 있어 앞으로 국회의 역할이 조만간 매우 중요하게 부각될 것이다. 남북 정상 간에 합의한 판문점선언, 평양선언 등이 법적으로 뒷받침되면 정부의 남북 협력도 힘을 받을 근거가 마련된다. 남북 정상 회담에 대한 국회의 비준은 남북 협력 사업의 지속과 발전을 위해 매우 중요하다.

지금은 정부만이 아니라 국회, 민간, 기업, 자치 단체 등 다양한 단위의 크고 작은 남북 협력 사업을 모색해 나가야 한다. 특히 남한 내부에서 남북의 평화 운동, 통일운동으로 민족 동질성을 회복, 강화하는 운동이 필요한 시점이다. 정부와 국회, 민간과 기업들이 변화될 환경에 맞게 각자의 위치에서 남북 협력을 준비해야 한다.

의료 사회주의
— 코로나 19 정국에 대한 어떤 생각

하창수

소설가, 번역가

'코로나정국'이라는 말도 기가 찬데, 대체 언제 끝날지 모르고 등락을 반복하는 이즈음의 삶이 마치 롤러코스터를 탄 듯 울렁거린다. 지난여름, 한풀 꺾이는가 싶던 코로나19의 위세를 안타까워하던 '무리'들이 대규모 집회를 열어 드라마틱하게 반등시킨 마당에 때 아닌 '의대생 증원과 의사협 총파업'이 겹쳐져 뒤숭숭하던 무렵, 「의사가 먼저 찾아갑니다, 지금」이라는 한 언론사의 특집 기사가 눈길을 끌었다. 코로나19와 관련해 쿠바의 공공 의료를 다룬 것이었는데, 가슴을 치는 내용이라 그랬는지 내리 세 번을 읽었더랬다. 처음엔 놀랐고, 다음엔 부러웠고, 마지막엔 화가 났다. 놀라움과 부러움과 화는, 사실, 기사를 읽는 내내 수시로, 번갈아가며 일어난 감정들이었다. 손 소독제조차 변변히 없는 쿠바의 열악한 상황에 놀라고, 그것을 극복해내는 그들의 지혜가 부럽고, 그즈음에 벌어진 '우리 의사'들의 단체 행동이 겹쳐지며 화가 나는 식으로.

“공공 의료의 나라 쿠바에선 의대생들이 매일 주민을 찾아가 아침 인사를 한다. 건강 상태를 확인하러 온 것이다”로 시작해 “오랜 경제 봉쇄로 의료품은 만성적으로 부족하고 개인 정보가 전산화되지 않아 디지털 방역을 하기도 어려운 쿠바로선, 그나마 풍부한 의료 인력에다 의대생을 더해 ‘인해 전술’을 펼치는 것이 가장 현실적인 방역 수단일지 모른다. 한 명 한 명의 건강 변화를 일상적으로 점검하면서 감염 징후를 가급적 빨리 파악하는 것—이것이 현재 쿠바가 코로나19와 싸우는 방법”이라는 대목을 지나 “주치의는 마을 주민들의 건강 정보를 주민이 태어나서 죽을 때까지 갱신, 축적한다. 만약, 주민이 코로나19에 감염돼 ‘특별 격리 시설’로 옮겨지더라도, 주치의는 이송과 치료 과정 전반에 개입하며 상급 기관 의료진과 정보를 공유한다”는 데 이르면 놀라움도, 부러움도, 치미는 화도 무의미해진다. 우리가 가지려 해도 가질 수 없는, 하려 해도 할 수 없는 영역이기 때문이다. 가지려고도 않고 하려고도 들지 않는다는 점에서, 우리에겐 그저 ‘강 건너 불구경’에 불과한 일이다.

쿠바의 공공 의료 기사를 읽다가 영국의 대표적인 좌파 영화감독 켄 로치(Ken Loach)의 「1945년의 시대정신(The spirit of 1945)」이 겹쳐졌다. 2013년에 만들어진 「1945년의 시대정신」은 우리의 사회 교과서에서도 만날 수 있는 “요람에서 무덤까지”라는, 지상 낙원과도 같은 사회 복지의 천국을 보여주는 다큐멘터리다. 상상에서나 가능한 이 ‘천국’이 실제로, 그것도 30여 년이나 지속되었다는 사실을 눈으로 확인하는 일은 ‘사회주의’를 곧 ‘빨갱이’로 치환해 버리는 정치적 잣대가 얼마나 저열한 것인지를 강렬하게 인식시켜준다. 이것이 구현된 나라가 구소련이나 동구의 공산주의 국가가 아니라 자유 민주주의를 대표하는 영국이었기 때문이다. 흔히 사민주의(社民主義)로 불리는 사회민주주의가 영국과 독일, 프랑스, 북유럽의 주요한 정치 사회적 근간이란 사실은 상식에 속하지만, 켄 로치의 흑백 화면에 드러나는, 제2차 세계대전으로 초토화된 1945년에 노동당이 집권하며 펼쳐내기 시작한 놀라운 '천국의 지형도'는 인간이 결코 이기적 존재이지만은 않다는 희망과 정치 세력이 내거는 "국가와 국민을 위해"라는 슬로건이 헛된 공약에 그치지 않을 때 어떤 기적과도 같은 일이 일어날 수 있는지를 논픽션으로 재현한다.

공공 의료, 혹은 무상 의료 내지 최소 의료비 부담을 통해 의료 혜택의 사각지대를 없애는 것은 사회 민주주의에서 구현되는 의료시스템의 핵심에 해당한다. 이것과 가장 극단에 있는, 코로나19 사태로 '참상'이 드러난 미국의 경우, 공적 의료보험이 환자를 보호해줄 수 있는 영역이 매우 적다는 것은 잘 알려진 사실이다. 공적 보험과 사적 보험의 비율이 3:7이라는 미국에서 환자가 환자로서의 권리를 누리기 위해서는 높은 보험료를 부담할 수 있는 안정된 직장인이 되는 길밖에 없다. 아니면 '금수저'를 물고 태어나거나. 의료보험시스템을 '고비용 저효율'이라는 말로 정리하거나 "아픈 치아를 집에서 뽑고, 찢어진 상처를 친구가 와서 낚싯바늘로 꿰매주었다"는 식의 엽기적 사례가 회자되는 현재 미국의 의료 상황이 고스란히 대변한다. (이 원고를 쓰고 있는 11월 23일 현재) 전 세계 확진자 57,851,535명 가운데 1/5에 해당하는 11,789,012명, 사망자 1,376,890명 가운데 252,460명이라는 통계 수치들과 무관하다고 하기 힘들다. 미국에서 코로나19 초기 진단 비용이 907달러(약 1백만 원)라거나, 확진 이후 발병이 되었을 때 소요되는 최종 치료 비용이 3만5천 달러(약 4천만 원)에 이른다는 얘기가 악의적인 헛소문이 아니라면, 이 역시 의료 체계의 난맥상과 무관할 리 없다.

공공 의료 개념을 기반으로 한 쿠바와 민영 의료를 기본으로 한 미국—과거에도 그랬고 지금도 여전히 유지되고 있는 두 국가 사이의 판이한 다름은 의료에 대한 우리의 관점과 지향에 시사하는 바가 적지 않다. 포스트 코로나 시대에 '공공 의료'만이 답일 수는 없겠으나, 왠지 이 답이 선택지에서 빠져나가고 있다는 불길한 느낌이 드는 이즈음, '미래 우리의 의사'들에 대한 불신과 이 까닭모를 불길함은 또 무슨 끈끈한 관계일까. 궁금함은 불안과 의혹으로, 덧없이 치닫는다.

걸어서 만나는 대관령 사계

김인자

시인, 여행가

1. 가을, 단풍에게 길을 묻다

계절은 만추를 향해 달리고 있다. 물먹은 솜처럼 몸이 무거워 자주 잠이 깨는 날은 비가 오거나 잠들기 전까지 누군가를 집요하게 생각한 날이다. 시골의 어둠은 무엇으로도 뚫을 수 없는 벽 같아서 나는 눈을 뜨고도 전생인지 이생인지조차 분간 못할 때가 있다. 그러다 간신히 잠 속으로 다시 나를 밀어 넣으면 익숙한 길을 번번이 잃곤 했다. 어떤 이유로든 꿈에서 흐느끼다 깬 날은 소금 자국 선명한 눈가를 보며 거울 앞에서 나는 나를 연민했다. 그런 아침이면 혹시나 하는 마음에 옷장을 열어보고 편한 신발을 꺼내 먼지를 털곤 했다. 영원히 오지 않을 것 같은 아침이 와도 달려가 안을 수 없는 사람은 잊기로 했다.

대관령의 가을

노을이 짙어질 때를 기다리다 놓친 시간들은 얼마나 될까. 무심코 내뱉은 말들이 화살이 되어 박히듯 눈길 한 번 주지 않고 거친 발로 뭉갠 꽃은 또 얼마나 많을까. 꽃을 보고 돌아서 한 계절을 다한 마른 풀잎을 아무렇지도 않게 봐도 되는 것인지. 그래도 꽃을 본다는 건 찰나일지라도 살아서 누리는 지복일 테니 있을 때 즐기는 게 맞겠지. 함께 있을 땐 자유로운 고립을 꿈꾸지만 고립에 직면하는 순간 멈추고 싶은 유혹을 받는 존재가 인간이니까. 진정한 고립은 완벽한 세계 그 자체일 수도 있겠다. 인간은 본능적으로 안락을 추구하는 동물이고 육신의 고통에서 자유로울 수 없는 다중성을 가진 존재니까. 고통이 없다는 건 생각이 멈춘 상태를 말하는 것이니 정신이나 영혼으로 가는 가장 완벽한 단계는 육체를 올바르게 지키는 것이 아닐까. 우리가 꿈꾸는 어떤 세계도 육신을 통과하지 않고 닿을 순 없을 테니까. 살면서 어떻게 길들여지느냐에 따라 그것은 운명이 되기도 한다지. 뜻대로 되는 것이 있다면 되지 않는 것도 있어야지. 그러므로 자신을 믿고 순간에 집중하는 것이 옳다. 야망을 갖되 현실을 부정하거나 배척하지 않고 무작정 타인을 쫓지 말며 높거나 멀리 있는 것을 바라지 말고 현재에 머무를 것, 모든 과정이 중요하지만 지금 이 순간만큼 중요하진 않을 테니까.

고통을 차단하고 싶다. 그러나 생각을 끊어 고통이 정지되는 것이 아니라 그 고통을 고스란히 안고 통과하는 길을 택하고 싶은 것이다. 숲을 걷는데 태풍에 꺾인 구절초 꽃대 하나 제 몸 간신이 지탱하면서도 지켜주지 못해 미안하다는 듯 휘청거리는 다른 꽃을 안아주고 있다. 꽃은 '내가 너를 좋아하는데 네가 나를 좋아하지 않는다는 이유만으로 이 사랑을 포기할 수 없다'는 고백을 하는 듯하다. 부끄럽다. 진정 나는 할 수 없는 일을 계절이 다해 허리가 반쯤 꺾인 구절초가 하고 있으니. 살아 있는 것 모두 눈물겹게 아름다워서 슬픔이 차오르는 만추다.

2. 겨울, 눈(雪)의 제국

밤새 내린 눈으로 고원은 온통 백(白)의 세상이다. 쌓인 눈은 무릎까지 빠지고 나는 익숙한 길을 놓치는 실수를 만끽하며 숲으로 향한다. 잠시 눈은 멎었지만 바람이 불 때마다 가문비 나뭇가지에 쌓인 눈가루가 은총처럼 지상으로 날려 대개는 바닥에 쌓이지만 얼마는 내 머리 위에 앉기도 한다. 눈보라가 시야를 가려 백야에 머무는 착각도 들었다. 정작 숲에서 숲을 보지 못한다면 숲 그 자체가 되어보는 건 어떨까. 나는 생각에 갇히지 않기 위해 스스로 숲이 되길 바랐던 건 아니었을까. 정신은 빠르게 충전되었으나 걷는 속도는 한없이 느려져 비로소 바라던 속도를 회복한 듯싶다. 백의 나라에선 불안 따윈 없다. 오로지 눈(雪)과 빛으로 가득했던 숲은 신성한 태초의 제단 같아서 나는 내가 걸친 누더기 옷을 벗어버리고픈 강렬한 유혹을 느꼈을 뿐 추위도 수치감도 내려놓고 나를 빠져나와 나를 바라보는 시간은 그렇게 얼마간 지속되었다. 돌아보니 이번 겨울 들어 가장 완벽했던 시간이 저 숲에 두 팔 벌리고 전율하던 바로 그 순간이 아니었나 싶다.

며칠 만에 눈은 그치고 하늘은 다시 파랗다. 언제부터 나는 모험가가 되었을까. 오늘은 겨울 휴가가 얼마 남지 않았다는 조바심이 한몫했을 것이다. 평지에 쌓인 눈은 한자 정도지만 조금만 벗어나면 여지없이 허벅지까지 빠지는 적설량, 좋았다. 신생의 대지를 홀로 걷는다는 설렘으로, 숲 가득한 빛으로, 바람이 불 때마다 나뭇가지에서 떨어지던 눈가루세례로, 뭔가 차오르는 그윽함으로, 그 숲을 걷는 동안 숲만이 아니라 내 머릿속도 하얗게 비워지는 느낌이었으니, 무엇보다 그 숲으로 인해 신의 존재를 인정하게 되었고 내 자신 작아지고 겸손해질 수 있음에 감사했다. 또한 두려움을 뒤로 하고 어디든 가고자 한 내 마음에게, 아름다운 순간을 보고자 한 두 눈에게, 걷자걷자 조르던

대관령의 겨울

두 발에게, 그 어떤 소리도 놓치지 않으려는 두 귀에게, 그 숲으로 나를 초대해준 어떤 분에게도 감사했다.

열심히 글을 쓰지 않았을 때도 나는 집에서 가장 좋은 자리에 책상을 두는 고집을 고수하고 있다. 작은 책상이 놓인 대관령 오두막은 정면 남향이 능경봉 능선이고, 반대로 식탁이 놓인 북향은 풍력발전기가 도열해 있는 선자령이다. 이 집은 어느 방향으로 앉아도 축복 같은 풍경을 보여준다. 내가 일상에서 누리는 가장 큰 사치다. 며칠 폭설에 맞춰 떠난 일주일 단기 유배는 나를 달뜨게 했다. 첫날은 숲의 유혹을 견디지 못해 종일 밖을 내다봤지만 차마 신발을 신기 망설여져 실내에서 게으름과 놀았다. 그러는 동안 쌀가루 같은 눈이 창가에도 건너편 황태덕장에도 교회 뾰족탑에도 소복이 쌓였다. 습설이어서 오래갈 것 같지는 않지만 그래도 이게 어딘가 하면서 눈구경을 했다. 엄동이고 고립무원인데 절실하지 않는 것이 어디 있을까. 다음날 저녁 무렵이 되어서야 에스키모인처럼 얼굴을 감싸고 나가 설화(雪花) 핀 나무를 일독했다. 꽃이 죽어야 열매를 얻을 수 있다는 말이 눈 속에서 혹한을 견디고 있었다. 비탈진 덕장에는 박제된 황태들, 허공에 매달려 살을 말리는 저 부동의 것들도 무언가를 바랄까. 이 계절에 그대가 온다면 가난해서 드릴 것 없는 나는 옥수수와 감자를 곁들인 밥을 짓고 황탯국을 끓여야지. 너무 추울 땐 깃발도 부동이 된다는데 얼음나무가 전하는 은밀한 신호, 나에게 어떤 말을 하고 싶은지 알 듯하나 저 참을 수 없는 바람의 지리멸렬(支離滅裂)까지는 내 소관이 아닌 듯하여 입을 닫는다.

3. 봄, 걷고 싶어라

이 산정 어디선가 비발디 사계 봄 악장이 들려오면, 안개의 계절 봄이다. 돌돌돌 시냇물 흘러가는 소리와 바람이 이끄는 대로 가다보면 나만의 영지에 닿는다. 일단은 숲의 정령을 불러 숲으로 들어가도 되는지를 묻는다. 모든 속도에서 자유로워진 나는 그의 허락을 기다리는 시간이 행복하다. 대지가 바람을 거부할 리도 없고 나무가 비를 외면할 리도 없지만, 지난 늦가을 바닥으로 투신한 씨앗들이 일제히 땅을 박차고 일어나는 일은 우주를 통째로 들어 올리는 힘과 맞먹는다니 생명이 신비이고 기적이란 말은 조금도 과장된 것이 아니다. 하므로 신성한 저들만의 리그에서 도태의 빌미를 제공하는 것이 고작 인간의 사소한 간섭이 되어서야 쓰겠는가.

사막을 걷다보면 꿈꾸게 된다. 아무리 같은 풍경일지라도 멈추지 않고 더 느리게 오래 걷고 싶은 욕망을, 숲을 통과하는 동안 사하라에 다시 간다면 나는 더 늙고 힘없는 낙타를 수배하리란 뜬금없는 생각도 했다. 딱히 산골 생활이 아니어도 나는 몸을 신뢰하지 지식이나 머리는 그다지 신뢰하지 않는다. 지식은 일정 노력으로 가능하지만 지혜는 실천 없이는 어림없는 일이기 때문이다. 대관령살이를 택한 후, 내가 희망하는 건 과거도 미래도 아닌 지금 이 순간을 향유하는 단순한 삶이다. 계절은 전속력으로 달려 어느덧 여름이다. 이 속도를 제어할 능력이 없는 우리에겐 녹음이 짙은 여름보다 온갖 꽃으로 물드는 찰라 같은 봄이 더 애틋할 수도 있겠다. 종일 소쩍새 우는 소리를 듣는다. 백두대간 길은 이미 야생화 잔치가 시작되고 겨울이 길어 대개 일모작인 고랭지 밭들은 5월 중순인 이제야 파종을 시작하고 있다. 단순한 삶을 즐기려면 좋아하는 책을 곁에 두고 지나치게 문명적인 것을 바라지 않는 대신

Vestas

대관령의 봄

오늘처럼 저 골짜기로 들어가 산나물 한줌 뜯어 식탁에 올리는 것만으로도 행복이라는 걸 잊지 않으려한다. 안개가 걷힌 저녁마다 별을 보는 건 또 어떤가.

삶에서 걷는 즐거움을 빼면 무엇이 남을까. 움직이거나 걷는 행위는 내가 상전의 위치에서 아랫것 부리듯 몸을 부려 학대하는 것이 아니라 마음을 내려놓고 몸을 부림으로써 오히려 몸을 모시는 의식에 가깝다고 봐야 한다. 몸이 해야 할 일을 머리가 하게 해선 안 되는 이유도 여기에 포함된다. 단순하지만 걷기는 몸을 일으켜 앞으로 나아가면서 자신을 한 곳에 집중하게 하는 처음이자 마지막 단계에 속한다. 같은 거리를 자동차로 이동했을 때 보고 얻을 수 있는 것이 하나라면 느리게 걸었을 때 얻을 수 있는 것은 참으로 많다. 그것은 혹여 눈이 놓치더라도 몸이 알아서 담을 것이기에 중요한 것을 놓치지 않을까 조바심할 필요는 없다. 많이 걷는 것보다 오래 걷는 것을 권한다. 몸으로 하는 걷기는 정직하다. 아무리 유능한 비서나 몸종도 심지어 목숨을 줘도 아깝지 않을 사람조차도 대신해줄 수 없으며 스스로 일어서 나아가지 않으면 안 되는 외로운 게임이다. 걷기는 전문적인 지식이나 장소가 필요한 것이 아니므로 틈나는 대로 걸으면 되지만 달콤한 말이나 하수들의 허언에 연연하는 건 바보짓이다. 걷기로 얻게 되는 쾌감이나 자족감은 걷는 동안 겪게 될 격정이나 피로감에 정직하게 비례한다. 결과를 의심하지 말라. 밑져도 본전 이상은 거둔다. 대신 조건이 있다. 배가 부르지 않게 위를 반쯤 채우고 조급해하지 말고 고독을 친구 삼아 혼자 걸어라. 입을 닫으면 눈과 귀는 열릴 것이고 눈과 귀가 열리면 마음의 평온은 시간 문제, 욕망하는 것이 있다면 그때 모두 가져라.

4, 여름, 무엇으로 저 초록에 닿을 수 있나

내가 새였다면 새이기에 날개가 없는 인간을 꿈꾸었을지도 모른다. 내가 날개를 꿈꾸는 건 날개를 갖지 못한 인간이기 때문일 텐데 차이가 있다면 새는 날개를 공포로 받아들이고 인간은 날개를 꿈으로 해석한다는 것, 내게도 아플 때 '괜찮아 다 괜찮아'라고 말해주는 친구가 있었으면 좋겠다 싶을 때 그에 답하듯 새가 운다. 가만히 듣고 있자니 새는 우는 것도 노래하는 것도 아니다. '괜찮아 다 괜찮아'라고 말하는 거였다. 오후엔 책상에 쌓인 신간 시집을 무작위로 읽었다. 어떤 추상화 과정을 거쳐 관념이 되었든 태초의 담백했던 어의는 우리 의식의 지하 호수나 표면의 얇은 막에라도 남아 있으리란 생각인데, 그러므로 좋은 시(詩)가 건네는 함의는 독자를 전혀 다른 세계로 데려다주기도 하는 모양이다. 정착자에겐 탐험가의 희망을, 전인미답의 행성으로 날아간 어떤 순간은 전혀 다른 차원의 생명체로, 그도 아니라면 불모의 물질로 표기된 유기질로 이어진 신호 전달 체계 같은, 자연과 인간을 연결하는 시는 그런 것이겠지.

시를 일러, 공자는 "시를 읽으면 품성이 맑아지고 언어가 세련되며 물정에 통달되니 수양과 사교에 도움이 된다" 했고, 랭보는 "시인들은 모든 감각을 한없이 오랫동안 신중하게 교란시킴으로써 자신을 환상가로 만든다" 했다. M.W. 셸리는 "가장 선하고 가장 행복한 순간의 기록이다"라 했고, 도교에서 "시는 신성으로 우리를 인도하고, 비유는 형이상학을 가능케 한다" 했다. 시의 분자주의를 억압하는 의미를 제거하면 아무 것도 하지 않고 아무 것도 없는 허무가 남지 않을까. 텅 비었으나 가득 차 있는 태허, 아무 것도 하지 않으나 하지 않는 게 없다는 노자의 '상덕' 같은 태허, 꼬투리도 꺼내지 않은 영혼,

대관령의 여름

혹은 행복은 외물의 경계 너머에 있지 않을까 하는 생각까지도. 시가 갖는 힘은 강이 바다로 흘러가는 일만큼이나 크고 자연스러운 일이 아닐까. 흐르고 흘러가다보면 서로에게 닿기 위해 거기까지 왔다는 걸 알게 되듯.

출선, 남는 것을 덜어 모자라는 것에 더한다는, 미생물의 작용, 물질 대사 혹은 의식 작용을 인간의 삶과 연결 짓지 않으면 어떻게 될까. 행복이란, 이제 거기에 없는 별 같다는 생각, 늘 밤하늘에 떠오르고 져서 내리며 지구가 우주의 중심에 자리한다는 믿음을 굳건하게 해주는 오독 같은 가정, 행복이 별이라면 아마도 우리는 수억 년, 혹은 수십억 년 전 폭발로 우주 공간에서 사라진 환상을 맹목 신앙했을지도 모른다. 하지만 내게 행복이란 문학과 사랑하는 사람뿐. 무엇이 옳고 그른지 알 수 없는 혼란한 시대, 그것이 사실이든 아니든 근자에 몇몇 이들의 발언은 씁쓸하기 짝이 없다. 고전 한문 강독 시간에 일독했던 도덕경 38장의 한 대목, "그러므로 도를 잃은 뒤에 덕을 말하고, 덕을 잃은 뒤에 어짊을 말하며, 어짊을 잃은 뒤에 의로움을 말하고, 의로움을 잃은 뒤에 예의를 말한다. 예의란 참됨과 미쁨이 엷어진 것이고, 어지러움의 꼬투리다." 동어와 통사 반복의 긴 글을 읽다가 도덕(道德)과 인의(仁義), 충신(忠信)이 어지러워진 세태를 읽는 그의 심정이 참담했으리라 짐작한다. 그러니 법대로 하면 돼, 라고 시비를 가려달라고 할 것도 없는 치기어린 실망감은 이루 표현할 수 없다. 다만 희망을 잃어서는 안 된다고 스스로를 속이는 일만은 없었으면 하는 바람뿐.

사진, 어떤 대상을 찍든 그것은 찍는 사람의 생각에서 나왔다는 말을 온전히 이해했다고 생각했는데 아니다. 부끄럽다. 몸이 생각을 앞지르는 것이 지극히 자연스러운 일이란 걸 비로소 다른 방법으로 이해한 듯하다. 저 의연함은 어디서 왔을까. 웅덩이에 낙화한 꽃들이 빗속에서도 여전히 빨갛고 노랗게 웃는다. 너는 이 계절이 쓸쓸하냐고 물었지. 외롭다 엄살 부릴 틈조차 없다 하면 거짓이겠지. 단지 시간의 운행에 따라 계절이 바뀌는 것뿐이라는 답은 좀 그럴 거고. 언젠가 건너갈 지금과 다른 세상도 이와 크게 다르지 않을 거야. 왔으니 가야 하고 갔으니 오는 것처럼.

발끝으로 빗방울을 톡톡 차며 "참 좋구나."를 되뇌면 정말로 기분이 좋아진다는 걸 너도 알잖아. 걸을 때 나뭇잎이 어깨를 스치면 나의 위로로 생각한다던 너, 다시 무탈한지 물었던가. 봄나물을 뜯던 앞산 능경봉 언저리도 초록이 제법 짙어졌다. 저 초록의 힘으로 모두가 여여하길 바랐는데 웃자란 생각은 모든 것이 정지된 무대에서 홀로 부르는 아리아 같아 애달다. 창을 닫으면 다시 적막이지만 그렇지 않고 밤새 저 물소리를 따라 흐르다보면 원하는 그곳에 닿을 수 있지 않을까. 지금은 빛과 어둠, 슬픔 같은 기쁨이, 기쁨 같은 슬픔이 잠시 머물다 가는 순간이다. 비는 나를 기다리는 애인처럼 톡톡 창을 두드리며 나지막이 노래를 부른다. 하지만 알고 있다. 그리운 것은 멀리 있다는 것을.

내 기억의 캘커타와 후글리(Hooghly)강

김홍성

시인, 소설가

1995년 8월 3일은 음력 칠월칠석날이었다. 이날 인도 서부에서 동부까지 항공편으로 이동하는 몇 시간 동안 계속해서 폭우가 쏟아졌다. 과연 무사히 착륙할 수 있을지가 걱정될 정도였다. 1992년 칠석날에도 히말라야 북부 사막 지대인 라마유르라는 곳에서 소낙비를 만났다. 허름한 로지의 발코니에서 황량한 사막을 바라보고 있었는데 갑자기 바람이 불고 구름이 몰려오더니 굵은 빗방울들이 떨어졌다. 빗방울들이 어찌나 세찬지 마당에서 흙먼지가 피어오르며 매캐한 냄새가 났다. 소나기가 그치자 무지개가 섰다. 선명한 쌍무지개였다. 칠석날은 견우와 직녀가 오작교에서 해후하는 날이며, 그들이 흘리는 눈물이 비가 되어 쏟아진다는 전설은 인도 땅에서 비롯된 것이나 아닐까 싶었다.

대산맥 히말라야에 막혀서 비구름이 넘어오지 못하는 산중 사막에서 비와 쌍무지개를 만난 것은 축복이며 은총이라고 할 수 있겠다. 그러나 캘커타에 내린 칠석날 비는 재앙에 가까웠다. 캘커타 도심 교통이 마비되어버렸다. 공항버스를 타고 시내로 들어가면서 보니 승용차들이 길가 곳곳에 버려져 있었다. 도로 가운데서 시동이 꺼진 차를 여럿이 밀어내기도 했다. 행인들은 바지와 신을 벗어 들고 허리까지 오는 물을 헤치며 걸었다. 집 안으로 넘쳐 들어온 물을 양동이로 퍼내는 사람들, 러닝셔츠 차림으로 우산을 들고 교통 정리하는 순경들도 보였다. 이런 물난리 속에서도 릭샤(인력거의 일종)를 끄는 사람들은 대목을 만났다. 승용차에서 내린 손님을 받아 싣고 물길을 신나게 달리는 릭샤도 있었다. 부잣집 딸들로 보이는 아리따운 여학생 둘을 실은 그 릭샤 운전사는 행복해 보였다.

공항버스에서 내려 걷기로 했다. 비도 그쳤고, 이미 3시간 동안 차 안에 갇혀 있었기에 갑갑해서 견딜 수 없었다. 지도에 의하면 호텔까지 약 2킬로미터. 그러나 등에 진 배낭이 돌덩이처럼 무거웠다. 델리와 캘커타 공항의 화물 적재 벨트 위에서 비에 흠뻑 젖었기 때문이었다. 거리에 범람한 물은 무릎 위까지 차올랐다. 인력거를 불러 탈 수도 있었지만 그냥 걷기로 했다. 캘커타의 칠석날 물난리를 온몸으로 겪어볼 작정으로 한 시간쯤 더듬더듬 물길을 걸어서 수데르 거리의 마리아 호텔에 도착했다.

빗물은 호텔 현관 문지방 앞까지 차 있었다. 마침 이층에 빈 방이 하나 있었다. 영국 식민지 시절의 감옥을 연상케 하는 퀴퀴한 방이었다. 변소 소독용 소석회 냄새가 났다. 높다란 천정에 큼직한 프로펠러 선풍기가 달려 있었다. 화장실에는 좌대가 따로 없는 변기와 꼭지 떨어진 샤워기가 외설스럽게 달려 있었다. 그래도 침대와 베개 시트는 깨끗해 보였다. 빨랫줄을 매고 배낭 속의 젖은 옷가지를 방안 가득 널고 나니 배가 고팠다. 어두해진 거리의 상점들은 전등을 켜기 시작했다. 거리에는 여전히 흙탕물이 출렁이고 있었다. 분뇨와 쓰레기가 마구 뒤섞인 흙탕물은 거리의 불빛에 의해 바람이 흔드는 꽃밭처럼 아름답게 보였다.

이튿날 아침에는 우선 호텔 마리아 옥상에 올라가 보았다. 구름 낀 하늘 아래 더욱 우중충해 보이는 건물들 사이로 캘커타 시가지가 제법 멀리까지 내다보였다. 물속에서 솟아난 중세 도시를 보는 느낌이었다. 곰팡이나 이끼, 또는 녹이나 물때 같은 것이 더덕더덕 붙어 있는 축축한 건물들은 곧 무너질 것만 같았다. 죽음의 도시, 망각의 도시… 그런 단어들이 떠올랐다. 그러나 건물 밑 골목에서 꼼지락거리며 서서히 크게 울려 나오는 소음들은 이 도시가 아직 살아 있는 도시라는 걸 일깨워주고 있었다. 자동차 소리, 릭샤 모는 사람들이 손님을 끌기 위해 딱딱이 치는 소리, 이웃 건물의 변기에서 물 빠지는 소리.

앞 건물 옥상 난간에는 예쁜 꽃이 핀 진흙 화분이 서너 개쯤 줄지어 놓여 있었다. 그 화분들 뒤에서 한 소녀의 얼굴이 쑥 올라왔다. 소매 없는 얇은 셔츠 차림의 소녀는 흰 치약 거품을 물고서 윗니를 닦고 있었다. 빨래 너는 옥상들도 많았다. 아침 햇살 속에 내걸린 각양각색의 빨래들은 하나하나가 무슨 깃발 같았다. 그곳에서 사람의 삶이 영위되고 있음을 알리는 깃발들…….

기차를 타고 북쪽 히말라야를 향해 떠나기까지 2박 3일을 묵는 동안 제법 많은 구경을 했지만 그중에서도 캘커타 한가운데를 흐르는 후글리강의 풍광이 가장 감동적이었다. 칠석날 내린 폭우로 인해서 강물은 넘실넘실 힘차게 흘렀다. 고깃배도 보이고 짐배도 보였지만 가장 많은 배는 대중교통 수단으로서의 커다란 나룻배였다. 페리라고 부르는 이 나룻배에는 벤치 같은 좌석도 있고 입석 승객을 위한 손잡이들이 죽 매달려 있었다. 시민들이 페리에 앉거나 서서 학교나 직장 또는 일터를 왕래하는 모습이 참 이채로웠다. 물론 후글리강에도 현대식 대형 교량이 있지만 출퇴근 시간에는 우리나라 한강 다리들만큼이나 혼잡이 심했다.

시원한 강바람을 맞으며 물 위에 서서 유유하게 통근하는 사람들은 얼마나 낭만적이냐. 통근하다가 남몰래 눈 맞아 연애하는 남녀도 수두룩하리라. 나룻배에는 땅콩 장수도 탔고, 맹인 가수 부부도 탔고, 앵벌이하는 장애인들도 타고 있었다. 선착장에는 벌거벗은 아이들이 강물 속으로 다이빙을 하고, 강가에서 빨래하고 설거지도 하는 아낙네들이 있었으며, 물속에 들어가 합장한 손을 치켜들고 신에게 기도하는 남자들도 보였다.

저녁 무렵에는 한 노인도 만났다. 대도시의 거대한 혼잡을 등지고서 후글리강의 한 풍경처럼 앉아서 뭔지 모를 조용한 노래를 읊조리던 그 노인은 유행(流行)하는 힌두 수행자. 자리를 펴놓은 것으로 보아 거기서 노숙할 작정이었나 보았다. 그는 힌두의 관습에 따라 집을 떠나서 성지를 순례하며 걷는 중이라고 했다. 그에게 종착지를 물었을 때 그는 우리가 걸어온 길을 가리키고 저만치 흘러가는 강물을 가리켰다. 그러고는 다시 흥얼흥얼 염불 같은 노래를 읊조리기 시작했다. 느린가 하면 빠르고, 빠른가 싶으면 느린 노인의 노래는 후글리강의 힘찬 물결에 실려서 멀리멀리 흘러갔다.

물고기와 관련한 3가지 에피소드

김보일

시인, 저술가

1. 참치의 부레

물고기가 물에 뜰 수 있게 해주는 기능을 담당한 기관은 물고기의 부레다. 그런데 참치에는 부레가 없다. 이 저주받은 물고기는 부레가 없기 때문에 가차없이 앞으로 나아갈 수밖에 없다. 멈추고 쉬다가는 바닥으로 가라앉을 수밖에 없다. 휴식과 쉼은 곧 죽음이다.

쉼 없이 헤엄을 쳐야 하기 때문에 다른 물고기에 비해 운동량이 많은 참치는 중장거리 마라토너처럼 몸에 군살[지방]이 없다. 참치가 건강식품으로 알려진 것도 이 때문이다.

도가(道家)들은 유가(儒家)들에 비해 부레가 큰 인간들이었는지 모르겠다.

부레가 컸던 만큼 휴식과 쉼과 몽상의 시간이 상대적으로 길었을 것이다. 중세의 인간들은 현대인들의 부레에 비해 그 크기가 상대적으로 더 컸을지도 모르겠다.

내 부레의 크기를 결정하는 것은 과연 나일까, 아니면 시스템과 구조일까. 힐링과 멈춤과 슬로우 문화를 강조하는 이들은 부레의 크기를 결정하는 것이 개인의 몫이라는 쪽으로 문제를 몰고 가고 싶어 하는 눈치다. 그러나 시스템과 구조가 얼마나 큰 짐을 얹어놓는가. 멈춤을 알고 휴식을 구하는 일, 부력을 유지하기가 쉽지가 않다. 내 코가 석자요, 목구멍이 포도청인데 널널할 수 있겠나. 매품이라도 팔아야지.

2. 낚시꾼 폴 퀸네트

우울증에 빠진 사람은 대체로 사실주의자가 된다. 나의 현실은 엉망이야, 가족 관계는 실패했어, 통장의 잔고는 바닥이 나 있고, 거울에 비친 내 모습은 한심하기 짝이 없어, 뭐든 되는 게 없어, 심지어는 강아지 새끼마저 나를 보면 왈왈 짖어대……. 이런 불만은 단순한 지레짐작이 아니라 사실일 가능성도 있다.

그러나 건강한 보통 사람들은 사물을 긍정적으로 과대평가하는 경향이 있다. 언제나 스스로를 평균보다 좀 똑똑하다고 생각하고, 평균의 미모보다 스스로가 낫다고 생각하고, 타인보다는 자기 자신이 조금은 더 자비롭고 친절하기까지 하다고 생각한다. 착각은 운명일지도 모른다.

희대의 낚시꾼이자 심리학자인 폴 퀸네트는 이 사실을 간명하게 요약했다.

"낚시꾼은 방금 놓친 묵지근한 물고기가 분명 세계 기록 감이었다고 믿고, 우울증 환자는 방금 놓친 것을 중고차 타이어로 치부한다."

사실을 직시하는 것이 필요하단 것은 두말할 나위도 없다. 그러나 긍정적 착각도 어느 때는 필요하다. 내 친구, 내 가족이 제일이라는 자부심, 약간의 자기 우월감, 나는 어쩌면 천재일지도 몰라 하는 식의 자기 착각…. 그것이 비록 실상과 부합하지 않을지라도 우리에게는 때로는 약간의 허영이 필요할 때가 있다.

이 사실을 폴 퀸네트는 또 다시 간명하게 요약한다.

"거대한 물고기를 잡았다며 흥분한 낚시꾼에게 눈금 달린 줄자를 들이대는 것은 가장 추악한 인권 침해다. 가장 잘 팔리는 물고기 계량용 기기의 제품명이 '거짓말쟁이(De-Liar)'인 것도 우연이 아니다."

내 가족들은 선하고 내 친구들은 죄다 좋은 녀석들이다. 난? 글쎄, 그게, 그니깐…… 최고지.

3. 척추의 기원

11월의 자연사박물관의 입구에는 인간의 몸을 이루고 있는 물질도 별에서 만들어진 것입니다, 라고 쓰여 있다. 이곳에는 우주 137억 년의 시간이 켜켜이 쌓여 있다. 나는 그 시간의 일부를 떼어내 페름기의 석탄빛 같은 검고 진한 커피를 마신다. 이곳에는 우주에서 날아온 편지, 운석들도 고단한 얼굴빛으로 휴식을 취하고 있다. 우주로부터 칠레의 해안으로 날아든 편지도, 사하라 사막의 모래 틈에 배달된 편지도, 아르헨티나의 산정에 도착한 편지도 굳게 입을 닫고 있지만 과학자들은 돌의 가슴에 굳게 채워진 블라우스의 단추를 끄르고 돌 속에 갇혀 있는 우주의 속살들을 하나하나 탐욕스레 읽어낼 것이다. 박물관에는 돌 속에서 읽어낸 사연들로 즐비하다.

화석에 박힌 물고기로부터 어떤 과학자는 척추의 기원이 5억 3천만 년 전임을 알아냈다. 내 슬픔을 곧추세워줄 축대가 세워진 것이 모든 척추동물의 조상인 어류가 출현한 5억 년 전의 캄브리아 초기였던 셈이다. 내가 커피를 마시고 있는 지구 카페의 행성이 만들어진 것은 46억 년 전의 일이고, 10억 년 동안 지구 카페에는 어떤 생명체도 없었다. 이별도, 아픔도, 배신도 없는, 먹먹한 평화의, 무진장한 시간이 10억 년 동안 지구 카페를 감쌌다. 시간의 턴테이블에 음반 한 장 올려지지 않던 밋밋하고 무료한 침묵의 시간을 견딜 수 없었는지 카페의 주인장은 하품을 하며 자신의 눈물과 콧물을 우주의 먼지에 섞어 영장류를 만들었다. 사랑과 배신, 복수와 용서, 전쟁과 평화의 장대한 드라마가 시작된 것이 이때, 신생대 초기였다.

두 발 달린 영장류들이 유리창 너머로 이미 오래전에 호흡을 멈춘 동물들을 들여다보는 사이, 나는 페름기의 쓰디쓴 커피를 다 마시고 우주의 한 모퉁이를 돌아 목성까지 가는 전동차를 타러 역으로 간다. 신생대 에오세에 번성했다는 은행나무가 노란 잎사귀로 우주의 시간을 말해주고 있다. 나는 내게 날아온 노랑 은행잎 한 장에게 구약의 예언자를 흉내내 한 번 뇌까려본다. 흩날리는 시간들은 모두 돌이 되리라.

되새김질하는 들쑥날쑥 여행기

— 노르웨이에서 러시아와 발트 3국까지

이주자천

시인, 무작정 여행자

하늘길이 막히고 보니 갈 곳과 가고 싶은 곳이 늘어난다. 아직 밟아보지 못한 땅과 하늘길이 남아 있는데 언제나 코로나19는 지구에서 사라질지 아득하다. 살다보니 생각지도 못했던 재앙이 닥치고 그 재앙 속에서 우리가 잊고 살았던 당연한 일상을 돌아본다. 맘대로 떠날 수 있었음이 얼마나 넘치는 축복이었는지, 마스크 한 장의 감옥이 이렇게 크고 어둡고 무서운지, 평범한 일상이 행복이고 감사였음을 깨닫게 된다. 훌쩍 비행기 표를 끊어서 배낭 둘러매고 여행하던 날은 어느 곳이고 다 소중하였음이다. 이렇게 될 줄 모르고 예약해둔 여행지가 더 아쉬운 것은 갈 수 없기 때문이기도 하지만 그때가 천국이었음을 몰랐다. 늘 천국이었는데 불평과 불만을 갖고 살았다. 오만의 대가를 치르는 게 아닐까 싶다. 한 번 갔던 곳이지만 다시 가고 싶은 곳이 있다. 그래서 두 번씩 여행했던 곳이 여러 곳이다. 그중에 오늘은 노르웨이와 러시아, 그리고 동화 같은 나라, 발트 3국으로 돌아가보고 싶다.

노르웨이

독일 프랑크푸르트에서 노르웨이로 떠날 때는 폭염이 쏟아지는 7월이었다. 숨이 막히게 후텁지근한 독일에서 노르웨이에 도착하니 기온이 다르다. 무덥지도 끈적이지도 않고 상쾌한 날씨다. 달력 사진에서 본 노르웨이의 풍경은 감탄사가 저절로 나온다. 스타방거라는 도시에 짐을 풀었다. 이곳에는 소문도 유명한 '뤼세 피요르'가 있다. 노르웨이어로 '빛과 협만'이라는 이름의 뤼세 피요르, 길이는 40Km이며 깊이는 422m 정도이고 약 10,000년 전 얼음으로 만들어졌다고 한다. 배를 타고 피요르를 올라가는데 물보라가 거세다. 추워서 큰 머플러를 눈만 내놓고 둘둘 감쌌지만 피요르 양쪽 설산에서 흘러내리는 물줄기와 바람은 정말 차가웠다.

태초의 지구가 이렇게 형성되었구나. 볼수록 세상은 넓고 또 넓고 무한하구나. 어떤 설명으로도 부족한 자연의 모습에 내가 자꾸 작아진다. 노르웨이는 세계에서 인구 밀도가 두 번째로 낮은 나라이다. 15만 개의 섬이 있다고 하더니 섬에서 섬으로 이동하는 게 잦다. 물론 버스가 배에 실려서 이동을 하기 때문에 색다른 경험이고 가장 인상 깊었던 것은 버스의 시간이 정확한 것이다. 나는 자유 여행을 하기 때문에 사전에 인터넷으로 예약을 하고 다니는데 한 번도 시간이 어긋나지 않았다.

프레이케스톨렌 (preikestolen)

뤼세 피요르가 한 눈에 내려다보이는 해발 604m의 절벽이다. 이곳에는 펄핏 락(Pulpit Rock)이라는 평평하고 큰 바위가 있다. 산길을 왕복 약 4시간 걸어가야 하는데 길이 아름답고 자연 상태가 그대로 보존이 되어 있어서 지루하지 않게 걸을 수 있다. 풀꽃과 나무들이 낯선 여행자와 눈을 맞추고 바람이 싱싱하다. 많은 여행자들이 오르고 내려오는 길, 서로 손을 흔들어주며 격려하고 인사하는 길, 울퉁불퉁 크고 작은 돌이 많은 길인데 물기도 많아서 미끄럽다.

정상에 올라서 느끼는 이 놀라움이라니, 나도 모르게 두 팔이 하늘로 올라갔다. 오! 세상에 이런 신천지가 이곳에 있었구나. 지구야 너는 나를 얼마나 더 놀라게 할 것이냐? 바위에 올라앉아서 마시는 한 잔의 커피와 비스킷은 평생 잊을 수가 없는 꿀맛이다. 물론 보온병에 담아 간 커피였다. 절벽 끝에서 사진을 찍는 사람들이 있기에 나도 도전해보았다. 처음에는 엉금엉금 기어가는데 약간의 두려움이 밀려오기 시작했다. 내가 언제 이곳에 앉아보겠는가. 앉아보지 않고 이곳을 떠나면 평생 나는 후회를 할 게 뻔했다. 그래 후회하지 말자 절대 후회하지 말자. 살그머니 앉았다. 지금도 그날 절벽에 앉아 있는 사진을 보면 아찔하다. 내가 도대체 정신이 나갔던 건가? 미친 짓을 했구나. 그때는 몰랐는데 갈수록 오금이 저려온다. 살다가 정신 나간 짓, 정말 크게 미친 짓을 했다. 누군가 노르웨이를 간다면 꼭 추천하고 싶은 곳이 있다. 베르겐이다. 이곳은 연 평균 275일 비가 내리는 곳이다. 물론 하루 종일은 아니고 오다 말다 계속 흐리다. 그래서 나무들은 이끼가 두껍게 이불처럼 덮여 있다. 베르겐의 어시장에서 싱싱한 해산물을 한번 먹어보라. 어디서나 어부들은 강한 생명력으로 존재함이다. 특히 플뤼엔 산에서 내려다보는 경치는 장관이다. 베르겐의 오밀조밀한 시가지를 한눈에 내려다볼 수 있는데 그림처럼 아름답고 눈부시게 평화롭다.

러시아

노르웨이에서 일주일을 보내고 스웨덴과 핀란드에서 한동안 머물다가 러시아에 왔다. 기차를 타고서 금단의 땅이었던 러시아를 가다니, 설레는 감정이 불쑥불쑥 명치를 치받고 올라온다. 예전에 소련으로 불리던 러시아는 내게 묵직한 느낌으로 열렸다. 러시아라고 하면 가장 먼저 떠오르는 게 닥터 지바고다. 영화를 일곱 번쯤 본 닥터 지바고, 러시아의 설경은 나를 꽉 잡았다. 저 들판을 나도 달려볼 수 있다면 얼마나 좋을까. 그런데 내가 갈 때는 여름이었기 때문에 꿈에 그리던 설경은 없었다. 털모자와 검정 털외투를 입은 건장한 사내들은 어디에도 없다. 체제에 둘러싸였던 선입견 때문일까? 규칙적인 건물과 거의 표정이 없는 사람들의 얼굴이 낯설면서도 어디선가 본 차분하고

익숙한 그런 기분이다. 미리 검색해서 예약해둔 상트페테르부르크 아파트에 짐을 풀었다. 하루에 우리 돈 3만 원인데 약 20평 정도의 아파트다. 오래된 집이라서 낡았고 정문에서 집 안으로 들어가는 데는 무려 3번의 열쇠를 사용해야 한다. 치안이 잘 되어 있지 않다는 증거다. 대한민국, 우리나라 참 좋은 나라다. 그런데 오래되고 낡은 이 아파트가 지금도 생각이 난다. 낡은 편안함과 따뜻함, 창문의 녹슨 쇠 장식도 눈에 선하다. 러시아는 물가가 싸기 때문에 마트에서 장을 봐서 저녁을 해서 먹었는데 내가 좋아하는 왕새우를 실컷 쪄 먹었다. 최소한의 비용으로 만족을 얻는 자유 여행, 그 특혜를 도처에서 찾아 알뜰하게 누린다. 역사적인 일들이야 이곳에 많고도 많다. 이름도 외우기 힘들었던 역사 속 사건과 이름들은 다 덮자. 내게는 도시를 흐르는 네바강이 인상적이었다. 한강에 비하면 훨씬 작지만 물결은 도도하고 힘차게 흐른다. 네바강 양편에 줄지어 선 커다란 건물들은 어디에서도 본 적이 없다. 엄청난 크기의 건물들이 하나인 듯 빼곡하게 끝도 없이 늘어서 있다. 건물마다 동상들이 매달려 있어서 눈길을 끈다. 이 도시는 늪을 메워 건설했다는데 이렇게 웅장한 도시를 만들고 그 건물마다 수많은 작품을 매달아놓다니, 놀라움을 넘어서 경이로웠다.

여행자들이 손꼽는 여러 곳이 있지만 나는 소외된 곳을 좋아한다. 누구나 가는 곳이 아닌, 티브이나 책에서 소개된 곳보다 잘 알려지지 않은 곳, 그 나라의 냄새가 나는 곳을 찾는다.

음식도 그 나라의 대표적인 맛과 향, 서민들의 음식이 좋다. 한 번도 여행 중에 한국 음식을 먹지 않는 이유다. 그곳에 가면 그곳을 맛보고 느끼고 그곳

을 알아가는 게 참 여행이라고 고집 부린다. 러시아도 사람 사는 곳이다. 작은 식당에서 그곳 전통 음식을 시켰다. 느끼하지 않고 대체로 담백하다. 한 잔의 보드카도 곁들이니 더 바랄 게 없다. 이곳에서 가장 인상적인 것 한 가지는 지하철이다. 대부분 전쟁을 대비한 참호의 용도로 건설되어 무척 깊다. 에스컬레이터도 5분 정도 소요되는 곳도 있다. 상트페테르부르크의 지하철은 세계에서 가장 깊고 아름답기로 손꼽는다. 소비에트 시절의 청동과 유리와 돌로 장식되어서 아주 멋지다. 겨울 궁전이라 불리는 예르미타쥐 미술관의 거대함에 입이 안 닫힌다. 누가 내게 물으면 나는 이렇게 대답한다. 엄청난 작품을 보았는데 한 가지도 기억에 없다. 레오나르도 다빈치, 미켈란젤로, 라파엘로, 루빈스, 피카소, 고갱, 고흐와 르느와르, 수많은 작가들이 여전하게 살아서 숨쉰다. 2020년은 예르미타쥐 미술관이 255년 되는 해다. 다시 간다면 한 보름

REGINA PACIS
FUNDA NOS IN PACE

쯤 이곳에서 머물고 싶다. 어느 겨울날에 나는 네바강을 걸을 것이고 미술관으로 매일 아침 출근을 할 것이고 키가 크고 육중한 콧수염의 사내를 훔쳐보며 뜨거운 보드카를 마실 것이다. 생각하는 것만으로도 나는 보드카의 향에 취기가 오른다. 제복 입은 사람들을 만나게 되면 약간 위압감이 든다. 일단 덩치가 커서 더 그렇고 우리와는 다른 굵은 선의 외모와 근엄한 표정에 괜스레 조심스러워졌다. 물론 제복 입은 여자들도 그랬다. 제복이 주는 어떤 중압감과 과거 사회주의의 인상이 남아 있어서 더 그렇게 느껴지는 것 같다. 그러나 사람 사는 곳은 특별하지 않다. 처음에는 전혀 다른 느낌이지만 조금씩 여행을 하다보면 결국 사람은 거기서 거기라는 결론이 얼추 맞게 된다.

이제 발트 3국으로 떠나보자. 발트 3국은 발트해 남동 해안에 있는 에스토니아, 라트비아, 리투아니아를 가리킨다. 이 세 나라는 강대국의 지배를 받아왔고, 18세기부터는 러시아의 지배를 받았다. 1918년을 기점으로 발트 3국은 각각 독립하여 공화국을 수립하였다.

에스토니아

에스토니아의 탄린은 발칸해에서 가장 오래된 도시 중 하나이다. 중세풍의 성벽과 오래된 교회와 자갈길이 아주 이색적이다. 유럽에서 가장 잘 보존된 고풍스럽고 이국적인 풍경에 금세 반하게 되었다. 작은 골목길을 걷다보면 타임머신을 타고 있는 듯, 어떤 동화 속을 누비는 환상적인 기분은 한동안 이곳에서 살고 싶다는 충동을 갖게 된다. 사람들은 소박하고 친절하여 길을 묻거나 식당을 묻거나 언제든 자세히 알려준다. 우리의 옛날 어른들이 이랬을까! 시청 광장에 자리한 1422년에 문을 열어 10대에 걸쳐 영업하고 있는 약국을 갔다. 유럽에서 가장 오래된 약국이란다. 약국은 관광객들이 돌아보고 살펴볼 수 있도록 열려 있다. 약을 만들던 기구와 그릇과 그때의 사진을 전시해 두었다. 금세 사라지는 우리네의 시각에서 이해가 힘들 만큼 대단하다. 여름철이면 광장에서 중세풍의 시장이 열린다. 동화책에서 본 알록달록한 모자와 직접 손으로 뜬 장갑과 옷가지, 그리고 수공예품들이 그곳의 전통을 담아서 아름다웠다. 나도 그곳에서 빨간 모자를 하나 샀다. 모자를 볼 때마다 그곳 시장의 풍경과 사람들의 발자국 소리가 들린다. 꼭 다시 가야할 곳이다.

라트비아

발트 3국 중 가운데 위치한 나라이고 우리나라의 3/2 크기다. 대부분이 해발 311m 이하의 저지대이다. 훼손되지 않은 자연이 부러울 만큼 보존되어 있다. 자, 이제 리가(Riga)로 가보자. 북유럽의 파리라 불린다더니 건물이며 골목이며 정말 아름답다. 유명한 이름의 삼형제 건물은 관광객이 즐겨 들르는 곳이다. 삼형제 건물이라 해서 삼형제가 지었든가 살았겠지 했는데 아니다. 세 건물이 틈도 없이 붙어 있고 나란히 지어졌지만 놀랍게도 15, 16, 17세기에 걸쳐 지어진 건물인데 무려 100년의 시차가 있는 것이다. 그러니까 서로 다른 유럽의 건축 양식 변천사가 나란히 있는 것이다. 여행 중에 행복한 고민은 오늘은 무엇을 먹을까? 다행히도 신선한 생선을 실컷 먹을 수 있었다. 무엇을 먹든 하루하루가 선물이고 늘 첫 끼니처럼 감사하다. 좁을 골목을 돌다가 들어간 작은 식당에서 연어 스테이크를 먹었다. 두툼한 연어 한 덩이가 버터에 살짝 익혀서 달콤한 소스를 뿌린 채 우리의 식탁에 나왔을 때의 기쁨, 코끝에서 느껴지던 행복감, 생각만으로도 입안에 침이 고인다. 가끔 나는 내게 말을 건다.

"어이 주자천! 연어 스테이크 먹으러 언제 갈까?"

가격도 비싸지 않다. 자유 여행자는 일단 비용 계산을 먼저 하게 된다. 여행사에서 가는 일주일 정도의 비용으로 한 달을 지내야 한다. 그러다보니 일단 가격부터 보고 식당을 들어가게 된다. 아주 가끔은 내가 나에게 멋지고 괜찮은 음식을 대접한다. 여행 중 몇 번의 호사로 모든 게 여유로워지기 때문이다. 세계 최초의 크리스마스트리가 세워진 나라, 작은 나라지만 볼거리가 많다. 베드로 대성당과 돔 대성당, 성요한 교회, 성야곱 교회 등 특히 교회가 많다. 그중에 둔달레성의 화려함은 상상 그 이상이다. 아무리 화려했던 시절도 역사 속에 남아 있고 지금은 화려함에 오히려 쓸쓸해진다.

리투아니아

발트 3국 가운데 가장 큰 나라다. 향기가 나는 도시라 불리는 빌뉴스는 시가지 전체가 유네스코 문화유산이다. 오래전 티브이 국제 뉴스에서 본 '발트의 길'을 꼭 걷고 싶었다. 1989년 8월 23일 리투아니아 빌뉴스에서 라트비아 리가와 에스토니아 탄린을 잇는 인간 사슬로 3국 국민 200여만 명이 손에 손을 잡고 만든 인간 띠, 세계에서 가장 긴 620km의 인간 사슬을 만들어 자유를 외쳤던 장면이 흑백 영화의 한 장면으로 기억에 남아 있었다. 이 거리를 직접 내 발로 걸어가면서 느낀 감회는 새롭다. 우리나라의 여러 민주화 투쟁이 겹쳤고 과연 사람에게서 자유란 어떤 의미이고 어떤 값을 치르는가. 광장 바닥 한 켠에 작은 발 모양의 동판 한 장이 전부다. 일부러 찾지 않으면 그냥 지나칠 수밖에 없는 작은 표시판. 나는 신발을 벗고 맨발로 그 발모양에 내 발을 얹었다. 동판의 차가운 기운이 싸하게 전해진다. 얼마나 많은 발들이 자유를 위해 함성을 울렸던가. 그 3국의 사람들이 얻고자 한 것은 어떤 것일까. 그 대가를 치루고 과연 얻은 게 무엇일까. 세월이 흘러 지금은 잊혀져가는 관광지가 되었다. 쓸쓸하다는 말도 쓸쓸한 발트의 길을 나는 언제 다시 밟을까. 지구 속 수많은 나라를 여행하면 다시 가고 싶은 곳이 있다. '다시 가고 싶다'와 '꼭 가고 싶다' 그리고 '꼭 갈 것이다'가 있는데 발트 3국은 꼭 갈 것이다. 그 날이 언제일지 기약은 없지만 두 다리 성할 때, 조금은 덜 늙었을 때 혀끝의 미각이 남아 있고 두 눈의 기억이 사라지지 않았을 때 그리고 이 참을 수 없는 역마살의 열병이 낫기 전에 가리라. 기다려라 발트 3국의 중세 골목길들이여!

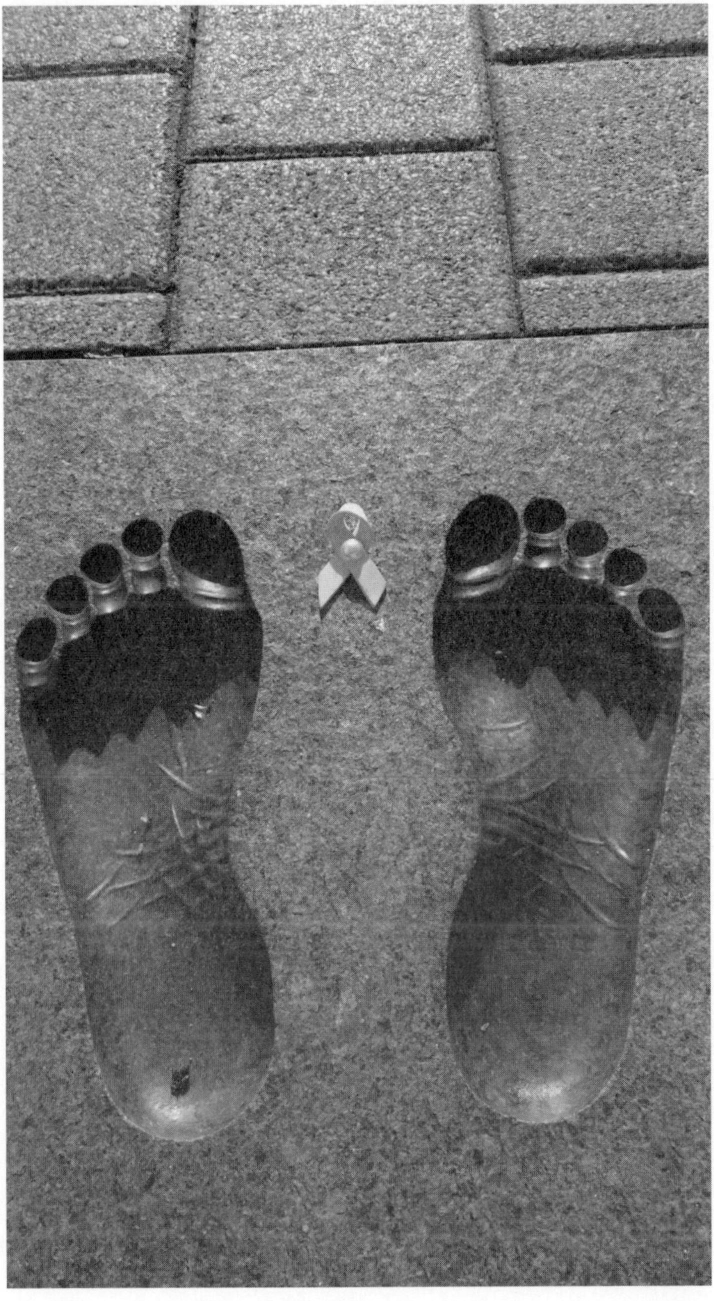

편집 후기

지금 우리는 코로나로 지구적 재앙 상태에 처하고 있다. 사람들은 비로소 지금까지의 지나침 탄소 배출과 에너지 소비에 대해 돌아보고 있다. 특히나 한국의 1인당 에너지 소비량은 5.49TOE(석유환산톤)로, 일본 3.41TOE, 프랑스 3.68TOE, 독일 3.77TOE보다 많다. 여기에 한국의 온실가스 배출 수준은 G20 평균의 2배에 이르고, 재생에너지 발전 비중은 G20 평균의 1/5 수준이다. 지난 5년간 G20 국가들은 매년 2.9%씩 온실가스를 줄였는데 한국의 온실가스 배출량은 매년 평균 3.6% 늘어났다. 에너지 자립도는 2017년 기준으로 19%에 불과하다. 자연환경으로 치자면 깡패도 이런 깡패가 없다. G20에 들어 선진국이 됐다고 떨던 호들갑이 눈에 선하다. 진정 선진국은 여러모로 품위를 갖춰야 한다. 미국 대선 후 트럼프의 행적을 보면서 혀를 차는 이유이다. 이제 우리도 이 토목과 건설의 망치를 멈추고 강과 산을 바라보아야 할 때다. 이 문제에는 '빠름'은 없다. 강과 사람의 애독자들께서도 힘을 실어주시길 바란다..

- 한강생명포럼 편집위원회

이 책은 與山與水 '한강생명포럼(사)'이 기획했습니다.

한강생명포럼은 자연과 인간의 호혜공동체, '산과 함께 물과 더불어' 사는 여산여수(與山與水)의 지속가능한 문명의 화두를 실천하기 위해 생명의 하천을 살리고, 유역민이 주체가 된 건강한 하천을 가꾸고, 도농이 소통하는 순수한 공동체를 만들어 지키는 '살가지(Salgaji) 운동'을 펼치고 있습니다. 회원가입 문의는 전화(033-253-2012)또는 이메일 (294@daum.net)으로 연락주시기 바랍니다.

한강생명포럼 편집위원회 조직

발행인 : 이헌수

편집장 : 최삼경

편집위원 : 김정욱, 박창근, 박재현, 이철재, 염형철, 신재은, 양호, 함성호, 김레베카

우리의 삶을 에둘러 흐르는
사람과 강의 이야기

강과 사람

1판 1쇄 발행 2020년 12월 15일

지은이 (사)한강생명포럼
발행인 윤미소
발행처 (주)달아실출판사

책임편집 박제영
디자인 전형근
마케팅 배상휘
법률자문 김용진

주소 강원도 춘천시 춘천로 17번길 37, 1층
전화 033-241-7661
팩스 033-241-7662
이메일 dalasilmoongo@naver.com
출판등록 2016년 12월 30일 제494호

ISBN 979-11-88710-92-8 03800

* 이 도서의 국립중앙도서관 출판예정도서목록(CIP)은 서지정보유통지원시스템 홈페이지(http://seoji.nl.go.kr)와 국가자료공동목록시스템(http://www.nl.go.kr/kolisnet)에서 이용하실 수 있습니다.(CIP제어번호 : CIP2020051723)

* 잘못된 책은 구입한 곳에서 바꿔드립니다.
* 책값은 뒤표지에 표시되어 있습니다.

셀카와
자화상
이운진 시집
달아실